CORRESPONDANCE DRAMATIQUE,

CONTENANT

1º. Les Annales du Théâtre Français depuis 1722, jusqu'en 1750.

2º. Les Annales du Théâtre Italien depuis sa création en 1716, jusqu'en 1750.

3º. Le Précis historique des Théâtres des Foires, & ceux établis sur les Remparts.

Le tout mêlé d'Anecdotes, de Faits historiques sur les Auteurs & leurs Ouvrages.

---

2 Vol. in-8º. Prix 6 liv. *Broché.*

TOME PREMIER.

A PARIS,

Chez
{
DESVENTES, Libraire, Quai de Gêvres.
RUAULT, Libraire, rue de la Harpe.
La Veuve DUCHESNE, rue Saint-Jacques.

M. DCC. LXXVIII.

Avec Approbation & Privilége du Roi.

AVERTISSEMENT.

DANS ces Lettres on trouvera des matériaux pour écrire l'Histoire de nos Spectacles : ce sont les Annales des Théâtres Français, Italien & Forains.

Enfin on y a sçu joindre l'ancien & le nouveau ; c'est-à-dire, qu'on y parle des nouveautés qui ont paru dans le genre dramatique seulement, depuis le premier Mai 1776, jusqu'au premier Juin 1778.

On y lira les noms de toutes les Pièces, soit comiques, soit tragiques, représentées, ou non représentées ; les débuts des Acteurs & Actrices, leurs retraites ou leurs morts.

Ces Lettres ne forment point une Histoire suivie ni raisonnée de nos Spectacles : elles contiennent seulement des matériaux précieux pour l'écrire : en un mot, ce sont des Mémoires Historiques, Anecdotiques & Critiques sur les Spectacles.

CORRESPONDANCE
DRAMATIQUE.

LETTRE PREMIERE.

VOTRE goût décidé pour les Spectacles m'engage à vous écrire, Madame la Comtesse, ces Lettres historiques & critiques ; songez que c'est moins un ouvrage périodique, qu'une dissertation raisonnée & continue, sur le grand Art de la Comédie, sur ses parties, sur ses Membres ; enfin, sur le Théâtre en général. Je vous parlerai plus souvent des pièces imprimées & non jouées que de celles qui auront eu les honneurs de la représentation ; quoique je donnerai mon avis sur ces dernieres avec une loyale franchise & une impartialité peu commune. Je puise mon principe dans votre bon ami *Virgile*, que que vous lisez quelquefois, dont vous avez traduit plusieurs morceaux : *tros Rutulus ve fuat, nullum discrimen habebo.* Mais loin de moi tout sarcasme, tout trait particulier, toute ironie insultante : j'ôse avancer que le fait n'est pas d'un galant-homme

A

ainſi ne vous attendez pas, Madame, à trouver des perſonnalités dans cet ouvrage, ni contre les Gens de Lettres, ni contre les Comédiens. Il eſt vrai que je ferai voir par fois les négligences des Ecrivains, les fautes des Acteurs & Actrices, leurs torts envers le Public; mais je me tairai ſur la vie ſecrette des uns & les intrigues amoureuſes des autres; en un mot, je ne leur dirai aucune ſottiſe domeſtique, je ne prendrai ces *Meſſieurs* & ces *Dames* que ſur la Scène, aux yeux du Public : commençons.

ARTICLE PREMIER.

LEs Comédiens Français viennent d'expoſer dans leur Foyer le Répertoire de toutes les pièces à jouer, ſoit Comiques, ſoit Tragiques: elles ſont inſcrites ſur une feuille à trois colonnes, entourée d'un cadre noir uni, & non doré. Je vais ſatisfaire votre curioſité, Madame, en mettant ce tableau ſous vos yeux, ſuivant le rang de leur réception, & l'ordre qu'il eſt diviſé.

Tragédies en 5 Actes.

Zuma, par M. le Fevre, Auteur de Coſroès.
Virginie, par M. Chabanon, Auteur d'Eponine, Tragédie, d'après laquelle il a fait l'Opéra de Sabinus.
Barnewelt, par M. le Mierre, Auteur d'Hypper-

neftre, Artaxerxe, la Veuve du Malabar, & autres belles Tragédies.

Maillard ou Paris Sauvé, par M. Sedaine, Auteur
du Philofophe fans le favoir, & de plufieurs
Opéra-Comiques charmans. J'obferverai que
cette piece eft en profe, que c'eft à ce fujet que
M. de Voltaire a dit :

Melpomene fe propofe,
D'abaiffer fon cothurne & de parler en profe.

Gabrielle de Vergy, de feu M. du Belloi.
Les Adieux d'Hector & d'Andromaque, par M.
Clairfontaines.
Coriolan, par M. Gudin.
Muftapha, par M.***
Les Barmecides, par M. la Harpe.
Médée, par M. Clément.
Alcefte, par M. Dorat.
. . . . . . Ici devroit être Natalie, par M. Mercier,
Auteur du Déferteur, de l'Indigent, joués avec
le plus grand fuccès dans les Provinces. Comme
fes pièces font prefque toutes imprimées, j'aurai
occafion de vous en parler.
Admete & Alcefte, par M. Ducis, Auteur de Romeo
& Juliette.
Menzicoff, par M. la Harpe.
Abimelech, par M. Audebez.

Comédies en 5 Actes.

La Confidence trahie, reçue il y a quinze ans,
dit-on, par M. Bret.
L'Ecole des Mœurs, par M. Falbaire.

L'Avare fastueux, par M. Goldony.

Les Principes à la mode, par M. Colardeau, Auteur de Caliste.

L'Egoïsme, par M. Cailhava, Auteur de l'Art de la Comédie.

Les cinq Soubrettes, par M. Laugeon, Auteur de l'Acte d'Eglé.

L'Homme personnel, par M. Barthe, Auteur des Fausses Infidélités.

Le Malheureux Imaginaire, par M. Dorat. J'ai fait un Proverbe Dramatique, sous ce titre, il va paroître incessamment.

Le Chevalier de Grammont à Turin, par M. Dorat.

Le Chev. de Grammont à Londres, par *le même*.

Le Triomphe de l'Honnêteté, par M.***

Comédies en 1, 2 & 3 Actes.

Le Gentilhomme Campagnard, par M. Duvaur.

La Fleur d'Agathon, } Par M. Marin, ci-devant Censeur de la Police ; ces

L'Heureux Mensonge { deux pièces sont déja imprimées.

Les Statuts, par M.***

Les Satyriques, par M. Palissot, Auteur des Philosophes.

L'Ami du Mari ou les Mœurs à la mode, par M. Barthe.

Le Quiproquo, par M.***

L'Antipathie contre l'Amour, par M. Dudoyer.

L'Innocence à Cythère, par M.***

Le Bon Ami, par M. Legrand.

Les vieux Epoux, par M.***

La Charge à vendre, par M.***

Charles Morinzer, par le sieur Monvel, Comédien Français.

L'Aveugle par crédulité, par M.***

Le Cadet de famille, par M. Fontaine Malherbe.

Le Couronnement de Télémaque, par M.***

La Soumission de Paris, par M. Desfontaines.

L'Impatient, par M.***

La Rupture ou le Mal-entendu, par M.***

Cette foule de piéces nouvelles, prouve la nécessité d'une seconde Troupe, c'est le vœu de toute la Nation ; car dans quelle année la derniere pièce reçue sera-t-elle jouée ? il se coulera bien du tems, & la mort peut-être ! ... A propos de mort, nous venons de perdre un Auteur Dramatique, je veux dire M. Colardeau, âgé de 38 ans, nommé à l'Académie Française, & non reçu ; voici une notice de sa vie & de ses Ouvrages.

Charles - Pierre Colardeau, né à Joinville dans l'Orléanois, d'une famille de bonne bourgeoisie, vint faire ses études à Paris, & remporta plusieurs prix à l'Université. Il composa dans sa jeunesse nombre d'Ouvrages, qui annonçoient le bon versificateur ; entr'autres, il traduisit en vers la belle Epître d'Héloïse à Abeilard, par le célèbre Pope. Cette Héroïde est trop connue pour en dire ici quelque chose.

Il fut nommé à l'Académie Française le 7 Mars, & ne put en être reçu, parce que la mort vint le surprendre le 7 Avril, à dix heures du matin, n'ayant pas encore 40 ans. Néanmoins cette Compagnie Illustre lui a fait célébrer un service le 18 suivant. Ce bon ami me dit un jour : « ma réception est fixée

» au 22 Avril, c'est M. Watelet, qui est élu Direc-
» teur; cela me convient d'autant mieux qu'il est
» valétudinaire, ainsi que moi. Quant à mon Dis-
» cours, ajouta-t-il, je ne veux y mettre que huit
» jours à le composer, sans courir après l'esprit;
» c'est le vrai moyen de bien faire ». Le Public a
paru fâché de ce qu'il ne l'avoit point fait; je lui
dirai qu'il étoit commencé, & qu'il paroîtra dans
l'édition entiere de ses Ouvrages, à laquelle prési-
dent MM. Watelet, Marmontel & Thomas, &
qui sera faite au profit de ses deux Sœurs.

M. Colardeau avoit fortement à se plaindre des
Comédiens Français, & s'en plaignoit très-peu:
ce ne fut qu'après avoir sollicité en vain pendant
trois ans la reprise de sa Tragédie de Caliste, qu'il
avoit droit d'exiger, qu'il commença à s'en plaindre, on lira le fait tel que je tiens de sa bouche,
dans le Dialogue suivant.) Il a toujours conservé sa
présence d'esprit: la veille même de sa mort, il
nous parla pendant plus d'une heure de différens
Ouvrages qu'il avoit esquissés; & le jour de son
décès il étoit fort gai. Ses dernieres paroles furent,
adieu, mes amis, je me meurs. Toute l'assemblée
resta muette, & fondit en larmes. Bel éloge sans
doute, & qui prouve combien les bons sont regret-
tés, tandis que les mechans ne le sont de personne!
En effet, il n'est aucune ame honnête qui ne regrette
sincèrement M. *Colardeau*; jamais Poëte n'eut autant, ni de meilleurs amis, ni qui mérita mieux
d'en avoir que lui; j'ose le dire.

Il est Auteur de la traduction en vers du Temple
de Gnide, des Hommes de Prométhée, Poëmes;
de l'Epître à Minette, D'Astarbé & de Caliste,

Tragédie en cinq Actes, en vers, (à préfent on en fait en profe,) des Perfidies à la mode, comme les Comédiens l'ont mis fur le noir tableau du foyer.

Le 13 de Mai, les Comédiens Français donnèrent l'École des Mœurs. La Scène fe paffe à Londres, & ce font des vices de Paris que l'Auteur y a peint. Quelle inconféquence! Il femble que c'eft la véritable raifon qui a excité un fi grand foulevement contre cette Pièce, & a empêché les repréfentations fuivantes. Le Parterre étoit fort turbulent, je puis vous en parler, parce que j'y étois; cette Comédie fut jouée jufqu'au bout; mais ne fut point annoncée. (La Reine honoroit le Spectacle.) Je dis hautement, dans le Foyer, que fi l'Auteur m'en croyoit, il réduiroit fon Drame en trois actes, & qu'alors il feroit reçu avantageufement du Public. Car il y a de belles chofes, des tableaux frappans, des vers bien faits; témoins ceux-ci, que je ne ferois pas étonnés de voir paffer en proverbe, & que ma mémoire me fournit.

> Le riche à fes bienfaits peut joindre ainfi l'offenfe;
> Mais quand le pauvre oblige, il eft fans défiance.

C'eft un Geolier, homme brufque; mais bon, qui les prononce au quatrieme acte, je crois. Il y a dans le cinquieme, cette maxime, que j'ai retenue.

> Ce n'eft que des cœurs purs que l'Amour eft goûté,
> Et dans le fein du vice il perd fa volupté.

La marche de ce Drame eft fimple, les événemens ne font point trop romanefques, & le but ne peut être plus moral; il tend à montrer les suites funestes du libertinage; ce qui l'a fait tomber, c'est le dénouement : En effet, exposée sur la Scène un fils qui égorge son pere dans un duel, est un spectacle horrible, & qui a réellement révolté tout le monde; on auroit dû dérober cet événement aux yeux du Spectateur, il suffisoit de l'en instruire par un récit. Nous ne dirons rien du style, que l'on jugera lors de l'impression. Je finirai par vous dire, Madame, qu'il paroît que la plus grande partie du Public auroit desiré que ce sujet fut traité en plaisanterie, & non sérieusement. Quelques jours après parut cette Lettre de M. Falbaire, en date du 20 Mai.

« J'apprends, Monsieur, qu'un des grands re-
» proches que l'on ait fait à l'*Ecole des Mœurs*, c'est
» de montrer sur la Scène un fils qui égorge en quel-
» que sorte son pere aux yeux des Spectateurs :
» mais je ne dois point en être accusé. J'ai bien assez
» de mes fautes, sans avoir encore à répondre de
» celles des Comédiens. Ce sont eux qui, l'avant-
» veille de la représentation, exigerent que je misse
» en action ce qui n'étoit d'abord qu'en récit. Vous
» le savez, Monsieur, vous qui avez lu la Piece; &
» le Manuscrit, qui est resté dans les Bureaux de la
» Police, en fait encore une preuve incontestable.
» Ces Messieurs prétendirent donc que, si le pere
» étoit blessé derriere le Théâtre, rien ne seroit plus
» froid, & qu'ils ne pourroient rien faire d'un pa-
» reil dénouement; mais que l'autre les mettroit en
» situation. Je me rendis; & je n'ai pu juger d'aucun
» effet, puisqu'il m'a été impossible d'obtenir une
» seule répétition où l'on ait bien voulu jouer comme

on

» on devoit repréſenter. Je ne la demandois que
» pour moi; car ces Meſſieurs ſont ſi ſûrs de leurs
» talens! L'on dit cependant que jamais ils n'en ont
» moins fait uſage. Je ne m'en plains pas; mais
» vous vous étonnerez peut-être qu'après avoir
» nui de toutes les façons à l'Ouvrage qui étoit entre
» leurs mains, ils ſe ſoient abſolument refuſés à
» réparer leurs torts. Ils doivent être accoutumés au
» tumulte des premieres repréſentations; & ils l'ont
» bravé avec intrépidité & ſuccès à l'occaſion d'Eu-
» génie, du Barbier de Séville, des Druides, &
» de beaucoup d'autres Pieces. Un procédé ſi ex-
» traordinaire a ſans doute des motifs ſecrets. On
» ſeroit tenté de ſoupçonner que les mêmes raiſons
» qui les ont empêché d'entendre la lecture du
» Séducteur, & de recevoir les Courtiſannes, ont
» bien pu les engager à ne pas repréſenter davan-
» tage l'Ecole des Mœurs; du moins cette con-
» duite paroît-elle annoncer des principes ſuivis,
» & ſur-tout très-moraux.

» J'avois prévu, Monſieur, tout ce qui vient d'ar-
» river, & je voulois, il y a dix-huit mois, faire
» imprimer ce Drame. Vous ſavez que l'on m'en
» détourna; je cédai aux conſeils de l'amitié, &
» je ne m'en repens point; j'ai eu par-là une nou-
» velle occaſion de connoître le ſiecle que j'ai tâché
» de peindre dans l'Ouvrage qu'on s'efforce d'é-
» touffer aujourd'hui. S'il n'eſt que mauvais, il ſuf-
» fiſoit de l'abandonner à lui-même; & s'il a quelque
» mérite, s'il n'eſt fait que pour venger la vertu
» & les mœurs, les mœurs & la vertu le vengeront
» à ſon tour des petites intrigues & des menées
» dont il eſt devenu la victime.

» J'ai l'honneur d'être, &c.   B

La Lettre que je vous viens de rapporter juſtifie pleinement M. de Falbaire d'une faute eſſentielle ; mais il me ſemble que rien ne peut le juſtifier d'avoir cru que des Comédiens en ſuſſent plus que lui. Il auroit dû ſe ſouvenir que ces mêmes Comédiens, dont les profondes connoiſſances égalent ſublimes talens, ont autrefois refuſé avec dédain l'*Honnête Criminel*. Cette Piéce n'en a pas moins depuis dix ans le ſuccès le plus ſoutenu dans toute l'Europe ; & elle auroit dû, ſelon vous & moi engager ſon Auteur à offrir directement ſes autres Ouvrages au Public, ſans les lui faire paſſer par *les organes ſourds & glapiſſans*, & les mains infidelles ou mal-adroites des Acteurs de Paris.

Les Comédiens Français répétent à préſent *Zuma*, Tragédie en cinq actes, de M. le Febvre, Auteur de Cofroès.

Ils viennent de recevoir tout récemment le *Dramomane*, Comédie en un acte & en vers, de M. le Chevalier Cubieres, & *Muſtapha & Zéangir*, Tragédie de M. de Chamfort.

Nos deſcendans pourront voir repréſenter ces deux Pieces qui ſont des chefs-d'œuvre, au jugement, non-ſeulement des Comédiens, qui ſe trompent toujours, mais encore à celui de toutes les perſonnes qui les ont entendues.

Les Comédiens ont auſſi reçu l'*Amant ſans le ſavoir*, Comédie en un acte, d'un de leurs Camarades (M. Monvel), à qui il ne manque pour être un très-bon Acteur, que de la figure, de la voix, & une autre conſtitution.

M. Dorat vient de finir une Comédie en trois actes & en vers, intitulée *les Prôneurs*. On pré-

prétend qu'elle est encore au-dessus de toutes se
autres productions.

Je ne parlerai point des derniers débuts à la
Comédie Française. La Demoiselle qui a débuté par *Phèdre*, a sûrement voulu s'amuser.

Un autre Acteur qui a paru deux fois, n'a pas été
jugé meilleur.

Ces *Messieurs* & ces *Dames* ont bien voulu recevoir *le Siege de Saint - Jean de Lône*, Drame en
trois actes, en prose, par M. d'*Ussieux*, quoiqu'imprimé.

Le sieur *Varville* a débuté dans les rôles à manteau : il y en a quelques-uns qu'il a très-bien rendus.

Le sieur *Dorival*, à qui l'on ne peut refuser de
l'intelligence, mais dont l'organe est très-ingrat,
continue à paroître sur ce Théâtre. On espéroit
mieux de cet Acteur.

Les Comédiens Italiens ont donné le 8 du même
mois, la premiere représentation du Mai, Piéce
mêlée de chants & de danses, & dans le goût de
nos anciens Opéra-Comiques, dit-on, car il y a
plusieurs Vaudevilles & chansons sur des airs connus.
Ne l'ayant point vue, Madame, je ne vous en rendrai aucun compte tout ce que je sais c'est que
c'est une piéce en trois actes, en prose & en vers,
en ariettes & en vaudevilles, & qui n'a point eu
un grand succès, quoique la Reine ait honoré le
Spectacle de sa présence.

J'ai l'honneur d'être, &c.

Paris le premier Septembre 1776.

LETTRE II.

SCENE détachée en vers.
Un EXEMPT, un INCONNU, Plusieurs ARCHERS.

L'EXEMPT, *à ses Gardes.*

Avez-vous bien, chacun fait votre ronde,
Pour trouver sur le grand chemin,
Un scélérat, un moderne Mandrin,
Depuis long-tems qui désole le monde.

L'INCONNU *à part.*

Ma richesse provient des frais
Que j'ai volé dans cinquante Procès.

L'EXEMPT.

Quel est cet inconnu ? qu'à l'instant on l'arrête,
(*Les Archers l'arrêtent.*)
Gardes. Le Ciel semble me l'envoyer
Tout à propos : c'est une grande fête !

L'INCONNU *criant.*

Messieurs... Messieurs... vous me blessez la tête !

L'EXEMPT.

Quel est, l'ami, ton état, ton métier ?
Voleur, sans doute.

L'INCONNU.

Moi ! je suis un Officier,

B ij

Un fuivant du Palais , un membre de Juftice ,
Et dans ces lieux j'exerce mon office ,
Monfieur l'Exempt , avec diftinction ,

L'EXEMPT.

Je me fuis abufé dans cette occafion.

L'INCONNU.

Depuis ving-ans je fais de Cujas le fervice ,
Et vous ôfez ainfi me traiter de voleur.
Un honnête homme , un Syndic Procureur.

L'EXEMPT.

Je ne me trompois pas : qu'on le mene au fupplice.

SCENE détachée , en Profe.

Une AMANTE & fon AMANT.

L'AMANT.

MADAME, il eft en votre pouvoir de faire
mon bonheur, je ne puis être heureux qu'en vous
aimant , & je ne puis vous aimer qu'autant que je
vous eftimerai, Madame.

L'AMANTE.

Je l'entends bien ainfi , Monfieur.

L'AMANT.

C'eft pourquoi je vous conjure de n'avoir jamais

de foibleffe pour moi ; car je vous avoue franche-
ment que c'eft là le mal de ma tendreffe, & que
fi j'avois trouvé des cruelles, je n'aurois jamais été
inconftant.

L'AMANTE.

Vous n'avez jamais trouvé d'honnêtes femmes,
Monfieur, cela paroît un peu fort.

L'AMANT.

Profitez de l'avis que je vous donne ; il y va de
nos amours,& vous ne pouvez me fixer qu'a ce prix.
Peut-être que moins maître de ma paffion que
je ne le fuis aujourd'hui, je vous tiendrai demain un
autre langage ; mais prenez garde de vous laiffer
perfuader, Madame, je vous parle en honnête
homme, & en véritable amant, au lieu qu'alors
je vous parlerai en homme qui vous aimera beaucoup moins que fon plaifir.

L'AMANTE.

Je connois mes devoirs, & je fais ce qu'une honnête femme doit faire.

L'AMANT.

Je ne vois que vous digne de fixer mon cœur,
tâchez de le garder, Madame, & n'allez pas par
de fatales complaifances, détruire toute l'impreffion qu'a fait fur moi votre beauté.

L'AMANTE.

Ma beauté eft peu de chofe ; mais Monfieur ne
craignez rien, ma vertu me répond de votre conf-
tance. & quelques bons que foient vos confeils,
vous auriez pu vous épargner la peine de me les
donner.

DIALOGUE EN VERS.

Un Homme de Qualité, un Homme du Peuple.

L'HOMME DE QUALITÉ.

AUx Petites-Maisons un homme de bon sens !
Un fol, pui n'est pas fol ; sans doute je m'égare.

L'HOMME DU PEUPLE.

Vous paroissez surpris de mes sages accens ?

L'HOMME DE QUALITÉ.

Je l'avoue, il est vrai ; car il est assez rare
Ici de rencontrer un esprit cultivé,
Un maintien raisonnable, un mérite achevé.
   Or sus, par quelle aventure bisare,
Etes vous, mon ami, renfermé dans ces lieux ?
   Quelle raison ?... dites-là je vous prie ?

L'HOMME DU PEUPLE.

Je ne crains point la colere des cieux ;
C'est, Monseigneur, l'effet pernicieux
   D'une extrême mélancolie.

L'HOMME DE QUALITÉ.

Des Anglais c'est la maladie.

L'HOMME DU PEUPLE.

Entre vous autres grands Seigneurs,
Ce que l'on nomme vapeurs,
Parmi le Peuple on l'appelle F o l i e.

CONTE DRAMATIQUE.

LE PÉDANT ET SA FEMME.

Hortensius, ergoteur sans pitié,
Très-savamment parloit à sa moitié,
Qui croyoit tout ; d'Agnès la pareille.
(Même que les enfans se faisoient par l'oreille.)
« Femme , lui disoit-il, qui voit un favori,
» Toutes les fois fait lever une corne,
» Faisant le cas , au front de son mari.
» Je ressemblois d'abord à la licorne ;
» Point n'ai jasé , quoique fort triste & morne,
» m'imaginant désormais à l'abri ;
» Mais sur mon docte front , j'ai vu naître infidelle,
» En dépit de mes soins , de mes brûlans desirs ;
» Mon grec & mon latin , qui font tout mes plaisirs.
» *Oterque quaterque!*... Petite Peronelle....
» J'ai vu , dis-je, j'ai vu, six cornes en ce mois
» Seulement. *Per jovem*.... ça , répondez, donzelle ?
» *Six cornes ! point du tout ; vous mentez*, dit la belle ,
» *Vous n'en avez , Monsieur, certainement que trois* ».

CHANSON.

CHANSON DIALOGUÉE.

L'ABBÉ.

ON ne peut fixer les Coquettes.

LA COQUETTE.

Les Abbés font-ils plus conſtants ?
Dès que nous les rendons contents,
Adieu paniers, vendanges font faites.

Hélas ! un rien, de la conſtance
Peut vous conduire au changement.

L'ABBÉ.

Qui ? moi ! changer ſi promptement ?

LA COQUETTE.

De l'amour à l'indifférence,
C'eſt l'ouvrage d'un moment.

L'ABBÉ.

Sous le nom de l'amitié
Acceptez ma tendreſſe,   bis.
Que ce cœur s'intéreſſe
Pour le moins de moitié ;
Sous le nom, ſous le nom de l'amitié.

C

ÉPIGRAMME DIALOGUÉE.

MADAME, montrez-moi des gands;
Que vendez-vous ceux-ci?-- Monsieur, rien que six francs.
Madame, vous en aurez quatre.
Monsieur, je n'en puis rien rabattre.
Madame, un écus d'or; mais je veux un baiser.
Monsieur, je n'ai rien fait de toute la semaine.
En vérité, c'est mon étrenne,
Je ne veux pas vous refuser.

AUTRE.

QUE pensez-vous, mon cher Abbé,
Du Malheureux Imaginaire?
C'est parler mal, soit dit sans vous déplaire,
C'est à présent le Malheureux tombé.

MONOLOGUE.

(*C'est un* Nègre Maron, *qui est sensé parler,
au moment qu'on le mène au supplice.*)

HOMMES à la peau blanche, à l'ame atroce;
vous qui prenez le nom de mes Maîtres; vous que

» je ne pourrois fans honte appeller mes égaux,
» vous allez me tuer ; tuez-moi. J'ai commis un
» crime, un grand crime à vos yeux ; j'ai rompu
» mes chaînes, j'ai emmené cinq cens de mes ca-
» marades. Je pouvois commettre un plus grand
» crime, & vous ne m'en auriez pas puni. Au lieu
» de confeiller la fuite, fi j'eufle laiffé agir mes
» compagnons, vous étiez tous égorgés, tous brûlés
» dans vos habitations, la même nuit, à la même
» heure. Je ne l'ai pas voulu. La Religion que vous
» m'avez fait connoître, & que vos mœurs n'ont
» pu me faire haïr, me le défendoit. Je ne l'ai pas
» voulu ; tuez-moi. Vengez tout le fang qu'il vous
» a coûté pour me reprendre. Délivrez-moi de mes
» deux plus grands tourmens, de votre vue & de
» l'efclavage ; mais avant de me tuer, écoutez mes
» dernieres paroles.

   » Et vous, compagnons d'infortune, vous qu'on
» entraîne ici pour que mon fupplice vous ferve
» d'exemple ; écoutez, *Agathon*, écoutez votre
» frere, votre ami. C'eft pour vous plus que pour
» moi que je vous parle. Vous reftez dans l'efcla-
» vage, & j'en fors. Cet échafaud que je baife eft
» le feuil de la liberté. Ecoutez-moi tous.

   » L'Etre fuprême, en me créant homme, me
» créa libre. Il me donna une volonté pour la fui-
» vre. L'indépendance fut le premier & le plus
» précieux de fes dons. Comment l'ai-je perdu ?
» Blancs, c'eft vous que j'interroge.

   » Un brigand attaquoit la vie & la poffeffion de
» mon pere, j'ai défendu fa vie & notre cabane.
» J'ai fuccombé. Ce brigand m'a troqué contre une
» liqueur enivrante. Un pareil trafic a-t-il pu me

» dégrader de mon être? Cette liqueur peut bien
» empoifonner la raifon des hommes qui l'avalent ;
» mais peut-elle changer le fort d'un être noble
» qui l'a toujours éloignée de fes lèvres comme
» le menfonge?

» Voilà, hommes atroces ; votre droit fur moi,
» droit abominable, droit que rien ne pouvoit vous
» acquérir. Mon pere avoit des droits fur moi; il
» pouvoit me punir fi j'euffe été rébelle ; je lui
» devois l'exiftence ; mais le droit de me vendre
» étoit excepté de tous fes droits. Moi-même l'au-
» rois-je eu ? J'étois maître d'expofer ma vie; mais
» ma liberté n'étoit pas à ma difpofition. Ce que
» vous n'auriez pu acheter ni de mon pere, ni de
» moi, croyez-vous l'avoir acquis d'un voleur?

» Ces montres que vous portez dans vos poches
» font à vous. L'ouvrier vous les a cédées pour de
» l'argent; il le pouvoit; mais fi, au lieu du reffort
» de fer qui les fait aller, une ame raifonnable
» leur donnoit le mouvement, l'ouvrier n'auroit
» pas eu le droit de les vendre. Et vous m'avez
» acherez! Moi, animé du fouffle de la Divinité!
» En m'achetant, vous avez cru m'ôter la dignité
» d'homme ! Vous m'avez courbé parmi vos bêtes
» de charges! Et encore.... m'avez-vous traité
» comme vous les traitez?

» Quand la rufe & l'adreffe ont fait tomber un
» cheval fauvage dans vos filets, vous l'apprivoifez
» avant de le dompter. Ce n'eft que par degrés
» que vous l'accoutumez à la fervitude. Vous le ca-
» reffez en lui donnant le mords. Les premiers far-
» deaux font flégers, le repos fuit la fatigue,
» les alimens réparent fes forces. Eft-ce ainfi que

» vous traitez ces malheureux qui m'écoutent ?

» Mais vous n'aviez pas befoin de m'apprivoifer ;
» je vous chériffois avant de vous connoître ! je vous
» regardois comme des Divinités bienfaifantes ; je
» bénisfois l'inftant qui me donnoit à vous. Ces
» fentimens, je les infpirois à mes compagnons.
» Malheureux amis! je vous ai trompés ; je vous
» en demande pardon ; je vous ai trompés, parce
» que j'étois dans l'erreur.

» Et toi, vénérable vieillard, toi que je regrette
» encore en mourant, toi de qui la mémoire m'eft
» auffi chère que celle de mon pere ; je te pardonne
» de m'avoir fait chérir les hommes de ton efpèce.
» Ce font tes actions & non tes difcours qui m'ont
» abufé. J'ai cru que tous les Blancs étoient bons
» comme toi. Jetté fur nos rivages par le naufrage
» & la tempête, lorfque je t'eus conduit dans notre
» cabane, avec quelle reconnoiffance tu recevois
» mes fervices! Avec quelle amitié tu m'inftruifois
» dans les Arts & les Sciences de ton pays ! Je fentois
» mon ame s'aggrandir en t'écoutant ; tu me don-
» nois une nouvelle vie ; pouvois-je ne pas chérir
» en toi ton efpèce toute entière ? Pendant la chaleur
» du jour, lorfque j'avois porté mon pere à l'ombre
» de nos Coccotiers, je t'y portois auprès de lui.
» Je cueillois, j'ouvrois pour vous deux leur fruit
» rafraîchiffant. Alors tu élevois ma penfée jufqu'à
» l'Etre qui a dit aux arbres : *produifez pour les hu-*
» *mains.*

» Ces humains, je les regardois comme une grande
» famille, comme une famille gouvernée par un
» pere commun, qui chérit tous fes enfans......
» Quelle famille, Quelle famille, grand Dieu !

» Tyrannie, férocité, avarice, d'un côté ; foumif-
» fion, patience, efclavage, de l'autre ; voilà le
» partage.

» Combien de tems il m'a fallu, pour me guérir
» de la folie d'aimer les Blancs! Que de meurtriffures
» j'ai fouffertes avant de vous haïr! A chaque fup-
» plice je me jugeois coupable, j'aimois mieux
» me croire en faute que de vous réputer injuftes.
» Vous y êtes pourtant parvenus à vous faire dé-
» tefter par moi. Eh! pouvois-je toûjours l'étouffer
» mon exécration? Rappellez-vous vos dernieres
» cruautés.

» A côté de ma loge, je voyois une efclave
» épuifée par le travail & la faim, n'offrir à fon
» fils décharné qu'une mammelle flétrie & defféchée.
» C'étoit des larmes au lieu de lait que fuçoit l'en-
» fant. Je partage avec elle ma nourriture ; je differe
» ma tâche pour la fienne. La voilà dans la foule,
» cette malheureufe ; regardez ; c'eft cette femme
» éplorée qui fouleve un enfant. J'emporte avec
» moi la confolation de les favoir vivans.

» Cette action, dont mon cœur m'a fi bien
» payé, dont le Souverain Juge me récompenfera ;
» comment l'avez-vous récompenfée, vous? (Bour-
» reau, délie mes bras, je ne pourrai fuir, mes
» jambes font garottées, délie mes bras.) (*Aga-*
» *thon découvre fes épaules.*) La voilà, écrite fur
» mon dos, la punition de mon humanité. Ces
» cicatrices me font cheres autant que vous m'êtes
» odieux.

» La pudeur m'empêche de découvrir toutes
» les traces de votre barbarie. Quand mon cadavre
» fera expofé nud à tous les regards ; Noirs, venez-y

» contempler, si vous en avez le courage, la féro-
» cité de vos Maîtres, & les traitemens que vous de-
» vez attendre. Et vous, Blancs, venez-y admirer en
» souriant les raffinemens de votre cruauté. Vous
» y verrez des incisions que j'ai endurées pour
» avoir refusé l'accouplement que vous me propo-
» siez sous le nom de mariage; vous me le propo-
» seriez encore, vous mettriez ma vie à ce prix,
» je le refuserois; je le refuserois toujours, tou-
» jours.

» Quand un voleur me fit captif, j'avois donné
» ma foi. Mon pere alloit m'unir à ma tendre
» *Zima* : elle avoit reçu mes présens, sa mere m'a-
» voit donné des Zagaye (*Flèches.*): les joueurs
» de flûtes avoient accordé leurs instrumens :
» les garçons & les filles avoient répété en dan-
» sant la chanson nuptiale; le bonheur.... Cruel
» souvenir, devrois-tu dans ce moment?... Non, tu
» n'amoliras point mon courage. Blancs, que n'é-
» tiez-vous humains! j'aurois pu oublier des ser-
» mens dont mon cœur dégageoit *Zima* : J'aurois
» pu... Mais pourquoi unir mon esclavage à l'es-
» clavage d'une compagne? Pour donner plus de
» prise sur mon ame à votre barbarie. Devois-
» je doubler une existence que vous me forciez
» de maudire? Toutes les parties de mon corps
» étoient en votre pouvoir. Vos fouets & votre fer
» me l'ont bien fait sentir. J'avois de la constance
» assez pour endurer vos tortures. Je l'aurois perdue,
» si je m'étois vu déchirer dans la plus sensible por-
» tion de moi-même, dans ma femme.... & mes
» enfans!... Quel mot ai-je prononcé? Mes enfans!
» La colère me suffoque. Mes enfans! Un esclave

» en a-t-il des enfans ? Le doux nom de pere peut-
» il jamais flatter son oreille, & retentir à son
» cœur ? Non ; il fait des petits, il multiplie le
» bétail de ses maîtres, mais il n'en a point d'en-
» fans. Falloit-il vous faire des victimes ?

» Pèrisse plutôt dans ses germes toute la race des
» Nègres ! Puisse-t-elle disparoître de la terre &
» l'esclavage avec elle ! Mais non l'esclavage ne dis-
» paroîtroit point encore. Votre férocité ne res-
» teroit pas oisive, vous vous asserviriez les uns les
» autres.

» Puisse donc la race des Noirs se multiplier &
» s'éclairer ! puisse-t-elle un jour.... Lâches tyrans !
» vous baissez la tête ! Rassurez-vous, puisse-t-elle
» un jour, je ne dis pas réduire à la servitude, mais
» forcer à l'humanité ces Blancs qui l'outragent !
» Puisse-t-elle leur apprendre que tous les hommes
» sont freres ! Voilà mes derniers vœux ; Dieu
» puissant daigne les exaucer ! Bourreau, fais ton
» métier, mon corps est à toi ; brise la prison de
» mon ame, qu'elle aille s'unir à son Créateur ».

Ce discours est de M. l'Abbé *le Monnier*, connu
par des Fables & Contes d'un genre neuf ; & sur-
tout par sa Traduction de Térence, dont je vous
rendrai compte incessamment.

J'ai l'honneur d'être, &c.

Paris le 15 Septembre 1776.

LETTRE

LETTRE III.

Annonces & Extraits des Ouvrages Dramatiques, ou relatifs à cet Art.

DE l'Art du Théâtre, vol. *in-8°.* de 700 pag. à peu-près ; à Amfterdam, & fe trouve à Paris chez *Nyon*, Libraire, rue Saint-Jean de Beauvais.

Le Public l'a voulu attribuer à M. *Mercier*, qui n'en eft point convenu, mais qui a daigné approuver la façon de penfer de l'Auteur, non-feulement envers le Théâtre ; mais encore à l'endroit des Actrices & des Acteurs. Nous ne ferons point l'Éloge de cet ouvrage, qui déja a été jugé ; mais nous engagerons les Gens de Lettres & les Amateurs à le ranger dans leurs Bibliothèques.

Caufes de la décadence du Théâtre & les moyens de le faire fleurir, broch. *in 8°.* de 78 pages, par M. *Cailhava.* Cet opufcule eft extrait d'un excellent ouvrage, intitulé : *de l'Art de la Comédie,* 3 vol. *in-12*, à Paris, chez *Didot* l'aîné, Imprimeur-Libraire ; quand je l'aurai reçu, je me ferai un plaifir, Madame, de vous en rendre compte.

Lettre à Madame la Comteffe de Turpin, fur un fecond Théâtre Français à Paris, & fur le retour de l'ancien Opéra-Comique, broch. *in 8°.* de 32 pag. par M. le Chev. *du Coudray,* à Paris chez *Durand*, Libraire, rue Galande, & *Ruault*, Libraire, rue

D

de la Harpe. Cet Ouvrage, moitié littéraire, moitié politique, a fait du bruit ; & je n'entre dans aucun détail parce que j'imagine, Madame, que vous vous l'êtes procuré au plutôt.

Eloge en vers de Moliere, avec des Notes curieuses, par le petit Cousin de Rabelais ; à Londres, & se trouve à Paris chez les Libraires qui débitent les nouveautés. L'Auteur qui se déguise sous ce nom, est connu fort avantageusement dans la République des Lettres ; l'année derniere il fit paroître encore un Recueil de Contes en vers, dont je vais aussi vous rendre compte, Madame ; commençons par l'Eloge de Moliere, qui n'est point sans mérite ; & qui se fait lire même, après toutes celles en prose, qui ont paru à l'honneur de ce grand-homme. Les Notes rapportées à la fin sont historiques & critiques ; il y en a de rares ou peu connues, j'en semerai dans ces Lettres quand l'occasion s'en présentera. Je dois vous parler de ces Contes, ce sont des historittes rimées : ce recueil s'est bien vendu & méritoit de l'être : la poésie est légere & coulante & le fonds en est gai.

Les Œuvres de *Piron*, chez Michel Lambert, Imprimeur Libraire, rue de la Harpe, 8 vol. gros *in-8°*. prix 48 liv. lorsque je l'aurai reçu, je vous en rendrai compte.

Les deux premiers volumes de la traduction nouvelle, par M. *le Tourneur, Fontaine Malherbe,* &c. de Shakespear, fameux Poëte Dramatique Anglais, ont été mis en vente depuis peu ; ils se délivrent chez *Musier* fils, Libraire, rue du Foin Saint-Jacques ; il y a deux éditions, l'une *in-8°.* qui se vend 5 livres le volume, & l'autre *in-4°.* qui se vend 10 livres ; quand les Traducteurs me les auront envoyés, j'en parlerai alors.

Les Œuvres de Madame la Comtesse de *Beauharnais*, 2 vol. *in* 8°. avec des estampes superbes, prix 6 liv. A Paris, chez *Delalain*, rue de l'ancienne Comédie Française ; je ne vous en parlerai ici que par rapport à deux Ouvrages Dramatiques qui se trouvent dans cette jolie édition.

Le Public vient de faire une perte réelle par la retraite de Mademoiselle *Dumesnil*, de la carriere du Théâtre où elle a brillé avec tant de succès & tant de gloire. Cette Actrice a toujours plus obéi à la nature qu'à l'Art ; elle n'a imité aucun modele, & elle a été inimitable ; elle a rendu avec beaucoup d'énergie les élans de la passion ; elle n'a jamais été au-dessous du sublime, lorsqu'il falloit l'atteindre : elle a enfin rempli & même surpassé les espérances qu'elle donna dans son début en 1747, célebré par ces vers :

Dans son brillant essai qu'applaudit tout Paris,

Le suprême talent s'enveloppe avec elle,

Et prenant un essor dont les yeux sont surpris,

Elle ne suit personne & présente un modèle.

C'est avec plaisir que je trace l'éloge de cette Actrice. On ne doit pas oublier que ce fut elle qui se chargea de faire recevoir *Mérope*, Tragédie du Sophocle de nos jours, qui avoit été refusée par ces *Messieurs* & par ces *Dames*. Quelle obligation ! quelle reconnoissance ne devons-nous pas avoir à Mademoiselle *Dumesnil* ! Quoi ! sans elle la Scène Française auroit été privée d'un de ses chefs-d'œuvre ? ... *Vox faussibus hæsit.*

D ij

Théâtre de Famille ou Recueil de Comédies, Pièces, Farces, Parodies & autres, par M. le Chev. *du Coudray*, Tome premier ; à Paris, chez *Durand*, Libraire, rue Galande, & *Ruault*, Libraire, rue de la Harpe. Ce volume, grand *in-8°.*, contient quatre Pièces ; savoir, la Cinquantaine Dramatique de M. de Voltaire, suivie de l'Inauguration de sa Statue, Intermède en un acte, en prose, mêlé de chants & de danses ; le Bal de l'Opéra, Comédie, mêlée de chants & de danses ; l'Egoïste, Comédie Ballet en grands vers, & la Comtesse de Sunderlend, ou l'Indifférence vaincue, Comédie en un acte en vers libres. Je ne vous rendrai, Madame, aucun compte maintenant de ces Comédies, j'en ferai l'Extrait l'une après l'autre : je me contenterai cette fois de rapporter l'Avertissement de l'Auteur.

« Si je disois que cet Ouvrage auroit dû paroître il y a six mois au moins, je ne ne ferois que dire la vérité. Néanmoins on ne me croira point, c'est l'usage, toute Préface est menteuse. Le Théâtre de Campagne m'a donc devancé par la faute de mon Imprimeur ; & j'en suis charmé d'une façon : c'est d'avoir occasion de témoigner publiquement mon estime pour son Auteur, (M. Carmontel) connu avantageusement dans la République des Lettres.

Ce premier volume ne contient que des Pièces imprimées, & qui ont paru à différentes époques ; toutes ont été refusées à Paris, & sont jouées en Provinces ; le succès dont elles jouissent peut prouver que nos Comédiens ont eu quelque tort de ne point les accepter : ce qui démontre de nouveau la nécessité d'avoir un second Théâtre Français dans notre Capitale ; c'eſt le cri général , c'eſt le deſir de toute la Nation.

Lorſque les Italiens jouoient des Comédies Françaiſes , les autres Hiſtrions étoient moins arrogans , & les Auteurs moins embarraſſés. Si ces derniers n'acceptoient point , faiſant naître des difficultés ; on alloit tout ſimplement lire ſa Pièce aux Italiens , qui l'acceptoient avec enthouſiaſme. Ainſi en ont agi les *Marivaux* , les *Boiſſi* , les *de Saint - Foix* , les *de Lille* , & d'autres illuſtres Auteurs. Il y a fonds d'excellentes Comédies à ce Théâtre , perdues pour le Public ; les futurs Comédiens pourront s'en accommoder. Alors nous jouirons du plaiſir de la nouveauté , vu l'eſpace immenſe de tems qu'elles n'ont été jouées. Je leur donne d'avance mes quatre Comédies contenues dans le premier volume. Le ſecond doit paroître inceſſamment.

Diſons un mot ſur le titre. Je prie mon Lecteur de vouloir bien me regarder comme de ſa famille ; d'avoir la même indulgence pour mes Comédies qu'en auroit un mien parent , & de ne les point lire & juger à la rigueur ».

Les Vices d'un Bon-Homme , à Londres , & ſe vend chez *Baſtien* , Libraire , rue du Petit Lion Saint-Germain. Je vous parle de cette brochure à cauſe du dernier Chapitre , intitulé : *fatalité des petites Loges* , dont je tranſcrirai pluſieurs morceaux parmi mes Lettres.

L'Ombre de Colardeau aux Champs Eliſées ; ſuivis d'autres choſes venant de l'autre monde , à Paris , chez *le Jai* , Libraire , rue Saint-Jacques.

Cet Opufcule eft de M. le Chevalier *du Coudray.* Voyez le Journal de M. *Linguet*, du 25 Juillet.

Les Courtifannes ou *l'Ecole des Mœurs*, Comédie en 3 actes & en vers, par M. *Paliffot*. Nous ne parlerons point du fonds de la Pièce qui a été jugé par tout le monde, & que tout le monde a trouvé bon & décent, tandis que des Comédiens l'ont refufé, fur le vain prétexte qu'il étoit trop indécent, & qu'il ne convenoit point de repréfenter fur le Théâtre Français un Ouvrage pareil. M. *Paliffot* a vaincu cette difficulté, ou plutôt cet entrave que le ...... Comique ôfoit mettre en avant, en faifant approuver fa Comédie par le Cenfeur Royal ; point du tout, ce *Sénat* .... a toujours perfifté dans fa décifion, ou plutôt dans fon entêtement, fans fonger que les convenances morales d'un ouvrage ne lui appartenoient pas. D'ailleurs, d'où vient ces *Meffieurs* & ces *Dames* jouent-ils les rôles de *Narciffe* on du *Tartuffe* ? D'où vient que le Théâtre de *Dancourt*, qui n'a peint que des Chevaliers d'induftrie, des Femmes d'intrigues, (c'eft-à-dire, des *Courtifannes* & des *Frippons*,) refte-t-il encore fur leur Répertoire ? Cela fait pitié ! cela eft miférable ! je vous invite, Madame, à lire le Difcours de M. *Paliffot*, qu'il a prononcé aux Comédiens affemblés, ainfi que fon Mémoire à confulter & la Confultation, qui font fignés de plufieurs Avocats, contre la Troupe des Comédiens Français, vous la trouverez ci-joint.

Lettre à M. *Paliffot*, fur le refus de fa Comédie des Courtifannes, par l'Auteur de l'Egoïfte, Comédie refufée à Paris & jouée en Province. Cet Ouvrage eftimable eft pour montrer le ridicule qu'il y a que des *Hiftrions*, (c'eft le terme de l'Auteur) foient juges des productions du génie, & décident fur le fort des Pièces, tandis que les perfonnes de l'Art tremblent à prononcer. Qu'il eft indécent que les fuccefleurs des *Corneille*, des des *Racine*, des *Moliere*, des *Régnard*, &c. aillent folliciter une lecture chez ces *Meffieurs* & ces *Dames*; qu'ils ayent befoin de protecteurs, &c. A cet effet, l'Auteur propofe un établiffement d'un tribunal compofé de Gens de Lettres, pour juger les pièces : voici comme il s'exprime : « D'ailleurs c'eft une idée » que l'amour du bien public, l'avantage des Let- » tres, & la gloire des Auteurs m'a fuggérée & » que je hafarde, & je penfe qu'elle pourra s'exé- » cuter aifément, par MM. *de l'Académie Fran-* » *çaife :* ce n'eft point fans exemple. Il y avoit chez » les Athéniens cinq Juges établis pour juger de la » bonté des Pièces de Théâtre, & fi elles méritoient » d'être repréfentées en Public. Il y en avoit autant » chez les Romains & lorfque les Parties en atten- « doient le jugement, l'on difoit: *Stat in gennibus* » *quinque judicum* ». A tout cela nous ne faurions que dire *Amen*. En effet, ce tribunal une fois établi, les Gens de Lettres ne feroient plus jugés que par leurs pairs; & les *Hiftrions*, (pour nous fervir des termes de l'Auteur,) retourneroient à leur place : ils ne feroient plus que les *interprètes* du génie, dont ils font devenus les *arbitres*. On trouvera quelques exemplaires de cette brochure patriotique, chez Moutard, Libraire de la Reine, rue du Hurepoix.

MÉMOIRE à consulter & Consultation, par le sieur *PALISSOT DE MONTENOŸ*, contre la *Troupe des Comédiens Français*. A Paris, de l'Imprimerie de Clousier, rue Saint-Jacques. Nous croyons faire un cadeau au Public que de lui mettre sous les yeux cette pièce intéressante, qui servira d'ailleurs à l'Histoire du Théâtre.

« Si quelque chose pouvoit avilir aux yeux de la Nation les Gens de Lettres qui ce sont dévoués à la carriere glorieuse du Théâtre, ce seroit, sans contredit, l'espece de correspondance forcée qui s'est établie entr'eux & les Comédiens. Autant cette correspondance étoit honorable pour ces derniers, autant elle est devenue injurieuse pour les autres.

Trop jaloux peut-être d'ajouter au mérite de leurs Ouvrages l'illusion brillante de la Scène, les Auteurs Dramatiques ont achetés les complaisances des Comédiens par un abandon de leurs droits qui n'a d'exemple qu'en France. Ils ont eu la foiblesse de se donner pour Maître des gens qui n'avoient d'existence que par eux & qui n'étoient que les échos de leurs pensées.

Mais une licence qu'on ne peut guères comparer qu'à celle des Saturnales n'a régné que trop long-tems, & cette espece d'empire bifarre usurpée sur les véritables Maîtres, doit cesser à l'instant même où ceux-ci voudront se ressouvenir de ce qu'ils sont, reprendre la dignité de leur caractere & se rétablir dans la possession de leur domaine. Cet instant est venu peut-être. Un cri universel s'éleve contre la conduite audacieuse des Comédiens. Ces Puissances fantastiques qués font à la veille d'éprouver la vérité de cette maxime célebre, dont leur Théâtre a fi fouvent retenti :

L'Injuftice à la fin produit l'indépendance (*).

La réclamation du fieur Mercier a préparé cette révolution. Le Public a été indigné de voir une Troupe de Comédiens, non-feulement configner dans fes régiftres une délibération injurieufe pour un Homme de Lettres, mais lui déclarer à lui-même, par l'organe d'un Souffleur, érigé en Se-crétaire, qu'elle ne veut avoir rien de commun avec lui. Frappé de l'indécence de cette fingu-liere excommunication, prononcée par des Co-médiens, un Jurifconfulte éclairé a tracé au fieur Mercier le plan qu'il devoit fuivre pour traduire devant les Magiftrats les auteurs de cet abfurde anathême.

La caufe du fieur Paliffot n'eft pas moins di-gne de l'attention des Tribunaux.

Le famedi 11 Mars cet Auteur a lu à l'affem-blée des Comédiens une Pièce nouvelle, intitulée : *les Courtifannes* ou *l'Ecole des Mœurs.* Cette Pièce a occafionné dans cet Aréopage une efpece de fchifme. Sept voix, en comblant le fieur Paliffot d'éloges, dont il eft fort loin de fe prévaloir, fe font déclarées pour l'acceptation pure & fimple. Huit, en confirmant ces mêmes éloges, ont rejetté la Pièce *avec le plus grand regret, comme peu compatible, par fon extrême indécence, avec la di-gnité du Théâtre Français* : ce font les propres paroles des fuffrages.

(*) Vers de la Tragédie de Tancrede.

E

L'Auteur a cru que pour lever les scrupules des Diffidens, il n'avoit besoin que de l'approbation de la Police. Il l'a obtenue sans difficulté le 18 Mars, & le lundi 20, il l'a notifié lui-même aux Comédiens. Pour achever de les mettre dans leur tort, il a prononcé, dans leur assemblée, un discours plein de modération, qui se trouve placé, comme pièce justificative, à la suite de ce Mémoire.

Les Comédiens peut-être auroient dû savoir quelque gré à un Homme de Lettres de cet excès de condescendance ; mais après une délibération tumultueuse, la Troupe, se livrant à un délire d'expression qui paroîtra sans vraisemblance, a chargé le sieur des Essarts de lui annoncer qu'elle avoit jugé sa premiere décision *légale*.

C'est ici que le ridicule devient sans doute trop sérieux. Eh ! qui ne seroit pas choqué de la gravité burlesque d'un pareil Aréopage ? Qui ne seroit pas indigné de voir des Gens de Lettres soumis à cet humiliant despotisme, sur-tout si l'on se rappelle que les Grecs soigneux de ne point avilir la majesté des Arts, bien loin de faire ramper, aux pieds de leurs histrions, les Aristophanes & les Sophocles, avoient fait du Théâtre une Jurisdiction importante, & l'avoient confiée spécialement à leurs premiers Magistrats.

Quoiqu'il n'en soit pas tout-à-fait de même parmi nous, le sieur Palissot croit devoir, pour l'honneur de la Littérature & l'intérêt des mœurs, demander justice de la témérité des Comédiens. Il prie son Conseil de l'éclairer sur les voïes légales qu'il doit suivre, pour obtenir la satisfaction qui lui est due.

Signé PALISSOT DE MONTENOY.

ANECDOTES DRAMATIQUES.

LEs Auteurs *Dramatiques* de la *Grece* & de *Rome* trouvoient trop de difficulté pour bien dé-nouer leurs sujets : ils avoient ordinairement re-cours à une Divinité, qui vivoit dans une ma-chine, & qui délioit ce qui étoit trop embarassé ; d'où est venu le proverbe, *Deus ex machina.* A la fin cette invention étant devenue trop commune, on condamna ces sortes de dénouements, entr'au-tres *Horace* conseille aux *Poètes Dramatiques* de ne point employer pour le dénouement le secours d'un *Dieu.* Si le nœud ne mérite qu'un *Dieu* vienne le délier.

Nec Deus interfit, nisi dignus vindice nodus

Inciderit. *De Arte Poetica.*

On a reproché à Moliere de n'avoir point des dé-nouemens heureux, plusieurs de ses Comédies en font foi. J'aurai occasion de vous en parler.

La fin principale de l'*Art Dramatique* est d'ins-truire & d'amuser. Tout Auteur a manqué son but, qui ne fait que divertir le Spectateur. *Terence* fait dire dans le Prologue de son Andrienne :

Poeta, cum primum animum ad scribendum appulit,

Id sibi negotii credidit solum dari

Populo ut placerent quos fecisset fabulas.

E ij

« Lorſque le Poète s'eſt mis à écrire, il a cru que
» la ſeule choſe qu'il avoit à faire étoit de rendre
» ſes Comédies agréables au Peuple ». Nous ôſons
dire que *Térence* s'eſt trompé. *Spectatorem debe-*
tendo, pariter que mundo. *Moliere* a ſuivi ce modele, il a ſongé dans ſes Pièces inimitable plutôt à
réjouir les Spectateurs qu'à les inſtruire. Nous ſa-
vons bien qu'il ne faut pas faire un ſermon ſur
le Théâtre; mais on doit y débiter de la morale
ſaine & pure, des maximes de vertu, des principes
d'honneur; en un mot, pour que la Scène *Dra-*
matique ſoit l'école des *Mœurs*, il faut que l'in-
nocent ſoit récompenſé, & le libertin foudroyé.
Néanmoins on trouve de ces exemples dans pluſieurs
Comédies de Moliere. Auſſi lui a-t-on dit de ſon
tems :

> Chacun profite à ton école,
> Tout en eſt beau, tout en eſt bon,
> Et la plus burleſque parole
> Eſt ſouvent un docte ſermon.

On connoît le ſentiment de *Boileau*, nous ne le
rapporterons point; mais voici le ſentiment de
Céſar ſur ſon Emule *Dramatique* : « Toi auſſi *de-*
» *mi-Ménandre*, tu es mis au nombre des plus grands
» Poètes, & avec raiſon, pour la pureté de ton
» ſtyle. Eh! plut aux Dieux que la douceur de ton
» langage fut accompagnée de la force que de-
» mande la Comédie, afin que ton mérite fut égal
» à celui des *Grecs*, & qu'en cela tu ne fuſſes pas
» fort au deſſous des autres; mais c'eſt ce qui te
» manque, *ô Térence!* & c'eſt ce qui fait ma dou-
» leur ».

Un jeune Poète, nouvellement lié avec *Piron*, lui avoit envoyé un Faisan. Le lendemain il fut le voir, & tira de sa poche une Comédie, sur laquelle il venoit consulter notre Auteur. « Je » vois le piége, *s'écria Piron*, remportez vîte » votre Faisan & votre Comédie ».

Aux Jeux *Apollinaires* on sacrifioit un bœuf & deux chèvres dont on doroit les cornes ; le Peuple regardoit cette cérémonie, ayant une couronne sur la tête & l'on faisoit des festins devant les portes au milieu des rues. La premiere fois qu'on célèbra ces Jeux à Rome, l'an 542 de sa fondation, le Peuple fut averti que certains ennemis de la République venoient l'attaquer ; étant sorti du Théâtre, il alla au-devant d'eux, les mit en fuite, & se persuada que c'étoit par le secours d'*Apollon*, qui lança du Ciel un grand nombre de flèches contr'eux ; ainsi le même jour les Romains revinrent continuer leurs Jeux au nom de leur Libérateur.

Autrefois on faisoit des Pièces en société : l'ancien Théâtre de la *Foire* a été composé par trois Auteurs ensemble ; savoir, *le Sage*, *Fuselier* & *d'Orneval*. La plupart de nos Parodies sont faites par deux personnes ensemble. *Harni* & *Favart*, *Marcouville* & *Anseaume*, *Pannard* & *Vadé*, ont travaillé souvent en société. Le Ballet intitulé, *le Triomphe de l'Amour*, représenté devant le Roi au Château des Thuileries, en 1681, fut com-

poſé par quatre perſonnes ; ſavoir, les vers chantés
ſont de *Quinault*, les vers pour les Seigneurs de
la Cour, jouant les rôles, ſont de *Benſerade*, la
Muſique eſt de *Lully*, les Machines de l'invention
d'un Italien appellé *Rivany*. On connoît la fa-
meuſe Comédie, dont le plan & l'intrigue ſont
du Cardinal de *Richelieu*, appellée la Comédie
des *cinq Auteurs*, qui étoient *Scuderi*, *Boiſrobert*,
Deſmarets, *Colletet* & *Triſtan*. La Comédie in-
tulée les *Thuileries*, eſt des cinq Auteurs auſſi.
Vous voyez que c'eſt du ſçavant.

Si nous en croyons *Philocore*, au troiſiéme Livre de ſon *Athys*, ce fut *Lyſandre* le Sicyonien,
qui enſeigna le moyen de joindre la voix au ſon des
inſtrumens.

Orſippe de Mégare, dans l'Achaye, ayant quitté
ſa ceinture pour courir plus facilement dans un jeu
Public, & ayant ainſi gagné le prix de la courſe,
donna occaſion à la coutume de courir tout nud
dans ces ſortes d'exercices, qui furent appellés
Gymniques du mot grec *Gymnos*. C'eſt *Pauſannias*
qui nous a conſervé ce fait hiſtorique.

Bien des perſonnes ne ſavent point ce que c'étoit
que l'*Hilario* chez les Italiens, c'eſt à peu-près chez
nous l'*Opéra Comique*, à cette différence néanmoins,
c'eſt qu'il avoit un peu de *Pantomime* ; en voici
la définition, Madame, ſans doute vous m'en
ſaurez gré : « C'eſt une petite pièce de Poèſie,
» mêlée de ſérieux & d'enjoué, que l'on chante

» & que l'on danse fur le Théâtre avec des geftes qui
» expriment le fens des paroles, fuivant la maniere
» des *Pantomimes* ».

J'ai balancé à vous rapporter cette *Pointe*;
mais elle peut fervir à la conteftation. Henri III,
Roi de France, apprenant la Dialectique, & ayant
entendu difcourir des cinq voix de Porphire, *dit*
Pafquier, un jour qu'on parloit de Mufique en pré-
fence de ce jeune Prince. « Il faut faire, *dit-il*,
» chanter Duperron, car il a bonne voix. SIRE,
» *répartit Duperron*, j'ai une des cinq voix de
» Porphire, c'eft la *différence*, parce qu'elle ne
» s'accorde jamais avec perfonne ». Il nous fouvient encore d'une autre pointe à peu près fem-
blable; nous la rapportons à caufe qu'elle regarde
un Acteur de l'Opéra. On l'attribue à *Thevenard*,
fameux Chanteur du fiécle dernier, pour qui Lully
avoit fait ce grand air, qui commence par ces parole : *au généreux Roland je dois ma délivrance*, &c.
Nous avons lu quelque part qu'il avoit une voix
fort douce & flexible, mais peu d'action. *Thevenard*
venoit d'acheter une maifon de Campagne; il
commande un charriot au Charron du Village;
celui-ci lui demande s'il donnera aux roues *la*
voie du pays; *Thevenard* furpris, répond : « eft-ce
» qu'il y a des voix dans ce Village? Eft ce une
» *haute contre* ou une *baffe taille* »?

Les Anciens avoient coutume de chanter dans les
Chœurs des *Hymnes à Bacchus*; mais les Poëtes
changeant dans la fuite cette coutume, *dit Zéno-*
dote ne repréfentoient que des *Ajax*, des *Centaures*,

& d'autres semblables fables, sur quoi les Spectateurs s'écrierent, en se plaignant de ce changement : *Cela n'est point à propos, cela n'est point à
l'honneur de Bacchus.* Pour satisfaire le Public, les
Poètes introduisirent des Satyres.

✻

Un jour le Peuple criant contre *Pylades*, fameux
Pantomime de Tragédie, au rapport de Macrobe,
de ce qu'en dansant le personnage d'Hercule furieux, il avoit fait quelques démarches indécentes
& déréglées, il leva son masque, & cria tout haut :
» *Sots que vous êtes, je représente un furieux* ». Ensuite il continua sa danse ; mais les Ediles après
le firent punir de cette insolence.

✻

Dufresne, le célèbre *Dufresne*, ce grand Acteur,
cet Acteur inimitable, cet homme qui représentoit
au naturel le Glorieux ; cet homme vraiment Comédien, Comédien dans toute l'étendue du terme,
ôsa manquer un jour au Parterre, à peu près de la
même façon que *Pylades* : voici le fait ; « *Mons Du-
» fresne* eut l'impudence de répondre au Parterre qui
» lui crioit *plus haut*, en disant, *vous, plus bas.*
» On le contraignit à faire promptement ses ex-
» cuses au Public ; en les faisant il s'inclina sur
» le bord du Théâtre ; le Parterre s'écria alors, *plus
» bas.* Mons *Dufresne*, devenu humble, reprit mo-
» destement : *Messieurs, vous me faites bien sentir
» la bassesse de mon Etat.* Voyez la Lettre à M.
Palissot, pag. 11. Ce Comédien se retira tout de
suite du Théâtre & demanda sa retraite. *Oncque
on ne le vit paroître depuis,* dit un Auteur du tems.
Certain

POST-CRIPTUM.

NON-feulement, Madame la Comtefſe, je vous parlerai des fêtes Publiques, telles que le Colifée, le Waux-hall de Torré & autres; mais encore des fêtes particulieres, nommément de celles données à Brunoi, pour la convalefcence de *Monſieur*, Frere du Roi; en voici le détail.

Le Mardi au foir, 2 de Juillet, *Monſieur*, en revenant de la promenade, entra dans fes Jardins, y fut reçu par une Mufique militaire, & y jouit fucceſſivement des différens Spectacles que l'on y avoit préparés. Des Scènes Champêtres, accompagnées de Couplets, des Danfes fur la corde, exécutées par les Sauteurs du fieur *Nicolet*, l'amuferent pluſieurs minutes; & de là *Madame* le conduiſit à un Café, à l'entrée duquel on lui chanta encore quelques Couplets.

Vers ce même Café étoit une Boutique, occupée par le fieur *Dugaʒon*, déguifé en femme; il y divertit tout le monde par les propos les plus plaifans, & *Madame* lui achetta nombre de boîtes d'or & d'étuis d'or, de chapeaux, de facs à Ouvrages, de nœuds d'épées, dont S. A. R. fit préfent aux Femmes de fa Cour, & aux Hommes qui compofent celle de fon augufte Epoux. On rentra dans les Appartemens pour voir tirer un feu d'artifice de l'invention des fieurs *Ruggieri*; après on fervit un fouper des plus fomptueux, pendant lequel tous les Jardins furent illuminés; au fortir de table leurs

F

Alteffes Royales jouirent de ce galant & nouveau fpectacle.

Les Comédiens Français repréfenterent trois petites Pièces le lendemain, terminées par ce Vaudeville, analogue à la fête. Il eft de M. le Chev. *du Coudray.*

VAUDEVILLE NOUVEAU,

Chanté fur le Théâtre de Brunoi.

Se déclarer le protecteur
Et le foutien du pauvre monde,
Avoir un efprit enchanteur,
Puis une bonté fans feconde,
Relever le riche abattu,
Couvrir le pauvre mal vêtu,
Etre la terreur des méchans,
    C'eft le goût du Prince,   *bis*
Etre la terrreur des méchans,
C'eft le goût du Prince de céans.

I I.

Refpecter les plus faintes loix,
Montrer un noble caractère,
Obéir à la douce voix
Qui répand le bonheur fur terre,
Sans ceffe fuivre un bon penchant.
Ne point épargner le méchant.
Etouffer les crimes naiffans,
    C'eft le goût du Prince „   *bis*
Etouffer les crimes naiffans,
C'eft le goût du Prince de céans.

I I I.

Rejetter la frivolité,
Eftimer la bonne morale,
Aimer la douce activité,
Haïr le bruit & le fcandale;

Secourir le noble indigent,
De ses conseils, de son argent,
Faire peu de cas des Courtisans,
C'est le goût du Prince,   *bis*
Faire peu de cas des Courtisans,
C'est le goût du Prince de céans.

Le Jeudi 4, Chasse & dîné dans la forêt ; le sieur *Dugazon* y joua des Scènes comiques.

Le Vendredi 5, les Italiens vinrent y donner *le Tableau Parlant*, suivi de l'*Impromptu*, Pièce en Vaudevilles, dans le goût de nos anciens Opéra-Comiques, & composée pour la convalescence de *Monsieur*, par M. *Desfontaines*.

Le Dimanche 7, leurs Altesses Royales se rendirent sous une tente pratiquée au bord d'un long & superbe canal, la Demoiselle *le Febvre*, vêtue en Nayade, y invita ses Compagnes à célébrer la présence de leur bienfaiteur, & le Comédien *Dugazon*, paroissant à leur tête, chanta plusieurs morceaux analogues à la fête ; ils sont de M. *Desfontaines*. Si j'avois pu me les procurer, Madame la Comtesse, je vous les auroient envoyés. Ce Spectacle se termina par une joûte sur l'eau.

Le Mardi 9, les Comédiens Français y retournerent jouer *Nanine* & *le Mercure galant*. Le 10, les Italiens donnerent *Rose & Colas*, & *Annette & Lubin*. Le 11 chasse & dîné dans la forêt. Le 12, les Français y jouerent, pour la derniere fois, *Dupuis & Desronais*, & un divertissement intitulé : *Apollon à Brunoi*, par M. *Desfontaines*. Je vous en rendrai compte, Madame la Comtesse, lorsque l'Auteur me l'aura envoyé, ainsi que d'un Prologue recité le jour de l'ouverture du Théâtre :

tout ce que je puis vous dire, c'eſt que le bon ordre a régné pendant toutes ces fêtes, & que le goût y a préſidé.

Quoique ce *Poſt-ſcriptum* ſoit déja trop long peut-être, je parlerai encore *du Waux-hall de Torré*, qui a donné le mois de Juillet dernier une fête intitulée : *le Camp de Mars*, décoration d'un fort bel effet, placée dans l'eſpace découvert, qui ſe trouve entre la Rotonde & la Salle neuve. Permettez-moi d'entrer dans quelques détails.

Cette décoration repréſentoit un camp, dont les deux tentes principales, aux deux fonds, étoient celles de *Vénus* & de *Mars*, ornées des chiffres & des trophées qui leur ſont relatifs : aux deux côtés de chacune de ces tentes deux pavillons placés à pans coupés; pour celle de *Vénus*, les pavillons des *Engagemens* & des *Graces*, pour celle de *Mars*, ceux des *Chevaliers* & des *Novices*. Au milieu étoient vis-à-vis l'une de l'autre deux grandes tentes, dont la première étoit celle du grand *Conſeil*, & l'autre celle de l'*Ecole*; entre ces tentes principales étoient celles des Guerriers, dont les ſommets en cone, étoient couronnés par des palmiers, & entre chacun, à des piques ornées de banderolles, étoient attachés des arcs, des boucliers antiques. Toutes les parties de cette décoration ſe deſſinoient par lampions de verres colorés, qui faiſoient le plus grand effet.

CORRESPONDANCE
DRAMATIQUE.

LETTRE QUATRIEME.

Les anciens Réglemens de la Comédie Françoise feront le fujet de cette Lettre en partie : je vous fupplie donc, Madame, de vouloir bien accorder votre indulgence à ma narration, d'autant plus que l'on n'invente point les faits ; je commence par l'Hiftorique.

L'Hôtel des Comédiens Français, fitué au Fauxbourg Saint-Germain, appartient à ces *Meffieurs* & à ces *Dames* : à mefure qu'il en meurt ou qu'il s'en retire, ceux qui reftent rembourfent à ceux-ci, ou à leurs héritiers, le fruit qu'ils avoient acquis fur ce Bâtiment, qui fe monte à 13200 liv. chacun, & les nouveaux venus font dans l'obligation d'acquérir le même fonds, au prorata de ce qu'ils ont ; c'eft-à-dire, que celui qui n'a qu'un quart de part, n'a que le quart de 13200 liv. qui eft 3300 liv. ; celui qui a demie-part, 6600 liv. ainfi à proportion ; mais comme il arrive rarement qu'un nouvel Acteur foit en état de faire ce rembourfement, on lui retient la moitié de ce qu'il partage, juf-

G

qu'à ce qu'il ait acquis ce fonds, lui faisant payer l'intérêt de la somme qui lui reste à remplir. Quand une fois, il a part entiere, & qu'il a acquitté les 13200 liv. de fonds sur le total, non-seulement on ne lui retient plus rien sur ce qu'il gagne, mais on lui paie l'intérêt de son fonds, qui se monte, suivant l'accord fait entr'eux, à 80 liv. par mois. Vous ne serez peut-être pas fâchée, Madame, de savoir ce que c'est qu'une part ; je vais vous en toucher quelque chose.

Une part est la vingt-troisiéme partie de la recette, les frais prélevés, qui se montent à 300 liv. par jour ; ainsi il n'y a que vingt-trois parts, quoiqu'il y ait souvent un plus grand nombre dans la Troupe ; c'est aussi par cette raison qu'il y a de ces *Messieurs* & de ces *Dames* qui n'ont pas une part entiere.

Depuis que le Roi a eu la bonté de leur payer une pension de 12000 liv. par an, ils prennent le titre de Comédiens Français ordinaires de Sa Majesté. La Troupe est composée en ce mois de Juillet, de vingt-sept personnes ; savoir, treize hommes & quatorze femmes, dont voici les noms : à l'égard de leurs portraits, je les ferai à mesure que l'occasion s'en présentera, ou plutôt, je me servirai de la plume d'un grand Ecrivain de ce siecle, afin qu'ils soient faits par main de Maître ; j'ai même long-temps balancé de vous donner l'état actuel de la Troupe, parce que vous le connoissez : mais comme cet ouvrage n'est point éphémere, & qu'il pourra fort bien passer à la postérité, c'est ce qui m'a engagé à vous le transcrire d'après l'Almanach des Théâtres : j'y joindrai l'année de la réception.

LES SIEURS,		LES DEMOISELLES.	
Le Kain,	1751	Drouin,	1742
Bellecourt,	1751	Bellecour,	1749
Préville,	1753	Lelievre,	1753
Brizard,	1758	Préville,	1757
Molé,	1761	Molé,	1763
D'Auberval,	1762	D'Aligni,	1764
Augé,	1763	Luzy,	1764
Bouret,	1764	Fannier,	1766
D'Alinval,	1769	Saintval,	1767
Monvel,	1772	Dugazon,	1768
Dugazon,	1772	Veſtris,	1769
Des Eſſarts,	1773	La Chaſſaigne,	1769
La Rive,	1775	Raucourt,	1773

Chaque Comédien & Comédienne a ſa chambre dans l'Hôtel, qu'ils appellent *Loges*, quoiqu'il ne leur ſoit pas permis d'y loger; c'eſt pour s'habiller ſeulement. Il y a un Concierge aux gages de cent piſtoles par an. Depuis quelques années, ces *Meſſieurs* & ces *Dames* ont fait l'acquiſition d'un *Inſpecteur*, d'un *Contrôleur* & d'un Secrétaire-Souſleur. Il y a encore pluſieurs Délivreurs & Receveurs de billets : dont il eſt inutile de parler, ainſi que du nombre de Gagiſtes, tous Employés ſubalternes, mais qui font les importans, à l'imitation de leurs maîtres, d'où ſans doute eſt venu le Proverbe : *Tel Maître, tel Valet.*

Il me ſemble que je dois parler de l'Orcheſtre, qui conſiſte en ſix violons, trois baſſes, deux baſſons, deux quintes, deux hautbois, deux corps-de-chaſſe & une contre-baſſe : chacun de

G 2

Ces Muſiciens a 400 liv. par année , & quand
ils montent ſur le Théâtre , ils reçoivent 20 l.
chacun , ainſi que les Acteurs & Actrices ,
chaque fois qu'ils repréſentent ; ſans doute ,
c'eſt pour fournir aux menus frais qu'ils ſont
obligés de faire ces jours là , comme gants blancs ,
rouge & mouches : en outre , la Troupe a un
Conſeil compoſé de trois Avocats au Parlement ,
d'un Avocat au Conſeil , d'un Notaire , d'un
Procureur au Parlement & d'un Procureur au
Châtelet. Après avoir fait l'Hiſtorique de la
Comédie Françoiſe , voyons les Réglemens anciens ; je parlerai des nouveaux une autre fois.

Ces *Meſſieurs* & ces *Dames* s'aſſemblent tous les
Lundis , tant pour parler des affaires de la Troupe , que pour convenir de ce qu'ils joueront dans
la ſemaine ; ils en font même l'arrêté , & cela
s'appelle le répertoire ; les Acteurs & les Actrices qui ſe trouvent à l'Aſſemblée , qui commence
à onze heures un quart préciſes , ont pour leur
droit de préſence , un jetton d'argent de la va-
leur de 35 ſols , & les perſonnes qui ne s'y ren-
dent point , le perdent ; autrefois on le donnoit
aux femmes ſans qu'elles fuſſent obligées de s'y
rendre ; cela eſt changé aujourd'hui. Lorſqu'ils
remettent une piece ancienne , ou qu'ils en
jouent une nouvelle , ſitôt que les rôles ſont ſçus
ils s'aſſemblent au foyer pour répéter la piece ,
afin de prendre l'enſemble , (choſe la plus difficile pour un Comédien). Les perſonnes qui
manquent de venir à ces répétitions , ſont à
une amende de 30 ſols lors d'une repréſentation.
Quand un perſonnage n'entre pas ſur la ſcene
au temps qu'il y doit entrer , il paie auſſi 30 ſ.
d'amende ; & lorſqu'un Acteur ne ſe rend pas

à la Comédie pour y jouer son rôle, l'amende est de cinquante francs, à moins qu'il ne soit tombé malade ; alors il ne lui en coûte rien : mais on ne l'en croit pas sur sa parole, c'est pourquoi on prend de sûres précautions pour s'instruire du fait.

Quand un Acteur ou une Actrice se retire, après un certain nombre d'années de service, la Troupe lui rembourse, comme je vous ai dit, Madame, ce qu'il a acquis sur l'Hôtel, & lui fait, pour le reste de ses jours, une pension alimentaire de mille livres par chacun an ; ce qui est fort judicieusement établi, en ce que, sans cette pension, nombre pourroit passer assez mal le reste de leur vie. On a remarqué qu'en général, au théâtre, les femmes s'enrichissent plutôt que les hommes : il faut croire, pour l'honneur de votre sexe, Madame, qu'elles sont, dans le particulier, meilleures ménageres que les hommes : car, en public, elles portent la magnificence & le luxe des habits au dernier période, & cela sans rougir.

J'oubliois ce réglement-ci ; lorsqu'un Comédien fait des démarches pour l'intérêt commun, la Troupe lui paye un carrosse de remise & un repas : cela s'appelle entr'eux une *utilité*. Il y a plusieurs autres réglemens de Police, & de bon ordre, que je passe sous silence, pour venir aux réglemens des Auteurs Dramatiques.

Lorsqu'un homme de Lettres veut bien leur confier la représentation de son ouvrage, & courir les hazards de la Scène, il s'adresse aux *Se-mainiers* (ce sont deux Comédiens chargés, tour-à-tour, des affaires de la Troupe pendant la se-maine) : ceux-ci préviennent leurs camarades, on prend le jour de la lecture qui se fait dans une assemblée générale de ces *Messieurs* & de ces *Dames* qui jugent, en dernier ressort, à la pluralité des voix du refus ou de l'acceptation de la piéce. Vous savez, ma chere Comtesse, que des mauvaises ont été reçues, & des bonnes refusées. Je ne dis rien davantage, me réservant à vous en parler à part dans une autre Lettre : Continuons.

L'Auteur d'une piéce en cinq Actes, soit tragique, soit comique, retire un neuvième de la Recette toutes les fois qu'elle est jouée, jusqu'à ce qu'elle tombe deux fois de suite, ou trois fois séparément, au dessus de cinq cents livres ; alors elle est, ce qu'on appelle tombée dans les regles, & les Comédiens cessent de la jouer. A l'égard d'une piéce de trois, deux ou un Actes, l'Auteur a le dix-huitiéme de la Recette, jusqu'à ce qu'elle soit deux jours de suite, ou trois fois séparément, au dessous de trois cents livres ; en ce cas on ne la joue plus, & l'Auteur n'y peut plus rien prétendre : dans une autre Lettre je discuterai ce point. Voilà ce qui m'a paru digne de votre attention, Madame, dans les anciens réglemens de la Comédie Françoise : une autrefois je parlerai des nouveaux.

J'oubliois de vous dire, Madame, qu'outre les Acteurs & Actrices reçus, il y en a d'autres à la pension, qui sont, au moment que je vous écris, les sieurs *Belmont*, *Courville*, *Seguin*, *Dusaulx*, *Reymond*, les Dlles *Boinolo*, *S. Gervais*, *Suin*. Il y a encore des danseurs & des danseuses. Autrefois la Garde de ce Spectacle étoit composée d'un Lieutenant de Robe-Courte, d'un Exémt & de douze Archers : aujourd'hui elle est composée de trente soldats du Régiment des Gar-

des-Françaises, commandés par deux Sergens
& quatre Caporaux.

Plusieurs personnes condamnent les Spectacles : ont-elles raison ? ont-elles tort ? Oui &
non, non & oui. Lorsque les Comédiens respecteront les mœurs, sans jouer ni *Polieucte* ni
Athalie, ni autres Tragédies saintes ; lorsque
seulement les Poëtes Dramatiques exposeront
sur la Scene des leçons de vertu, des actes de
bienfaisance, les Spectacles cesseront d'être un
sujet de scandale. Afin de vous donner un
exemple de ce que j'avance, je vous citerai le *Fat
puni*, Comédie en un Acte & en Prose ; le
sujet, vous le savez, Madame est tiré du Conte
de la Fontaine ; (le *Gascon puni*) qui lui-même
le mit en vers d'après la conversation. Une certaine Philis n'aimoit point *Dorilas*, qui, pourtant se vantoit d'avoir les faveurs de la Belle,
& qui fut puni de sa vanité d'une façon singuliere ; elle le prie de coucher à sa place près de
son mari, vivant dans l'abstinence.

  >> Et soit par jalousie, ou bien par impuissance,
  >> A retrancher d'Himen certains droits d'amitié,
  >> Ronfle toujours, fait la nuit d'une traite ;
  >> C'est assez qu'à son lit il trouve un Hermite.

Nous vous ajusterons, *dit-elle* ; le Gascon consent à tout, on le coëffe, on le met au lit, on
éteint les bougies ; il n'ose ni tousser, ni cracher ; est plus froid qu'une glace ; croyant coucher près de ce vieil époux, tandis que c'est
avec sa Philis, qui ne le détrompe que le lendemain : voilà en gros le conte, qui est ridicule
& peu croyable, défectueux même dans le fonds ;

car une femme qui veut punir un homme pour publier fauſſement qu'il avoit joui de ſes faveurs, & qui le met dans le cas de l'affirmer avec pleine aſſurance, quelle idée extravagante ! quelle punition ! elle retombe ſur celle qui veut punir. D'ailleurs, quelle indécence ! une femme reſter une nuit entiere avec ſon amant, s'expoſe à un terrible danger ; & ſi la belle a eu aſſez de vertu pour réſiſter à la tentation, (car le diable eſt bien fort, ſur-tout la nuit,) du moins donne-t-elle lieu de penſer autrement ; on peut le dire, ſans médiſance, que Philis s'expoſoit gratuitement à être déshonorée.

L'Auteur Dramatique a bien changé cette obſcénité, & a fait une Scene auſſi agréable & neuve qu'intéreſſante ; la décence y regne, & les bonnes mœurs y ſont peintes : le Marquis eſt puni de ſa fatuité ; il eſt lui même l'artiſan & le complice de ſa punition. On prétend que Mlle *Quinault* avoit défié M. *Pont de Veyle* de mettre en action ce conte décemment ſur notre Théâtre ; l'Auteur a néanmoins vaincu la difficulté à ſa & a enrichi la ſcene françaiſe d'une très-jolie Comédie.

MÉMOIRE à conſulter & Conſultation pour le ſieur LONVAY DE LA SAUSSAYE, *contre la Troupe des Comédiens Français ordinaires du Roi. A Paris, chez Gueffier, rue de la Harpe.*

Le Sage avoit dit : Rien de nouveau ſous le Soleil, *nil novi ſub ſole*, néanmoins voici une affaire qui paroît avoir l'air de *nouveauté*. C'eſt un auteur qui a donné une piece au Théâtre Français,

çais, dont les cinq représentations ont produit
une somme quelconque. Sur cette somme M.
Lonvay redemande la portion que l'usage attribue aux Auteurs. Bien loin de la lui accorder,
les Comédiens lui répétent 646 livres. Ce n'est
pas tout ; la Troupe prétend que la Piéce lui
appartient : elle dépouille l'Auteur tout-à-la fois
& du produit de son travail & de sa propriété
même. Justement indigné de cette double spoliation, M. Lonvay s'est adressé à la Justice ordinaire, c'est-à-dire au Châtelet. Point du tout,
la Troupe a sçu si bien se tourner qu'elle a obtenu par le canal de MM. les premiers Gentils-
hommes de la Chambre un Arrêt du Conseil
pour y évoquer cette affaire, & empêcher les suites de la procédure. » Le Conseil estime, que
» M. Lonvay doit obtenir de Sa Majesté, ou
» le renvoi de la cause & des Parties devant
» les Tribunaux, où l'adjudication pure & sim-
» ple de ses conclusions primitives, qui sont
au compte du produit des représentations de sa
Comédie intitulée : *Alcidonis*, ou *la Journée Lacédémonienne*, trois actes en prose. La restitution
de sa perte & des dommages-intérêts proportionnés au tort qu'on lui a fait souffrir, tous ces objets
sont du ressort de la Justice ordinaire, ajoute
le Conseil : il faut lire la consultation entiere,
Madame, pour se mettre au fait de l'affaire.

Disons un mot du Mémoire à Consulter, ou
plutôt transcrivons-en plusieurs articles, & nos
Lecteurs verront, non sans surprise ni sans indignation même, que tout ce qu'il est possible
d'imaginer de hauteurs & de cabales, de morgue
& d'ingratitude, de mauvais procédés & de mauvaise foi, la *Troupe* des Comédiens Français

H

l'a épuisé envers M. *Lonvay de la Sauffaye* , qui s'exprime ainsi :

» Je n'ai point l'abfurde vanité de penfer que
» ma Comédie d'Alcidonis foit un chef-d'œu-
» vre ; mais ce n'eft pas du mérite de mon
» Ouvrage qu'il s'agit , c'eft fa propriété que
» les Comédiens me conteftent. Accoutumés à
» s'enrichir de la dépouille des Gens de Let-
» tres, ils m'ont fait l'honneur de convoiter
» auffi la mienne , ils s'en font emparés avec in-
» dignité.» (ce font les propres paroles de M. *Lon-*
vay) En effet, cet Auteur eftimable , échauffé du
grand fpectacle que préfente dans *Plutarque* la
defcription des mœurs de Sparte , imagina de
mettre fur la fcène , de réduire en action le
tableau qui l'avoit frappé dans l'hiftoire : » telle
» fut l'origine, *dit-il*, de la piece que je com-
» pofai fous le titre d'*Alcidonis*, ou de la *Journée*
» *Lacédemonienne*, vers l'année 1762. » Autrefois rien n'étoit fi fimple que la lecture aux
Comédiens, qui ne fe croyoient pas encore de
petits Seigneurs. Aujourd'hui par un ufage ridicule, il faut que les pieces nouvelles foient
connues par quelqu'un des Acteurs ; en conféquence M. *Lonvay* préfenta fon Alcidonis
à l'un des membres de l'Aréopage comique. En
1763, en 1764, il fe munit de l'approbation du
Cenfeur Royal, & pendant *quatre ans* il effuya
un cours complet de difficultés, de longueurs,
de manques de parole de la part de fon Exami-
nateur, qui peut-être comme *Dufrefne* faifoit,
du ciel de fon lit le noble dépôt des manuf-
crits qu'on lui confioit. Enfin, rebuté des obf-
tacles, las des délais, indigné des menfonges
qu'on employoit à fon égard, il renonça de

bonne grace aux honneurs de la Repréſentation,
& fit imprimer ſa piece en 1768. Les Journaux *
en rendirent un compte favorable , & l'intérêt des *Hiſtrions* , plus éclairé ou moins aveugle que leur goût , fit croire à quelques - uns
d'eux, qu'Alcidonis n'étoit pas indigne du Théâtre Français : mais d'un embarras il tomba dans
un autre , pour n'avoir point l'air de ſe démen-
tir. Ces *Meſſieurs* & ces *Dames* lui conſeillerent
des *retranchemens* & des *corrections* , qu'ils firent
eux mêmes. Auſſi l'Auteur s'écrie-t-il , » Alcido-
» nis fut donc couché ſur l'amphithéâtre *anato-*
» *mique* de la Comédie , & grace à la multitude
» de coups de *ſcapel* , qui en firent un *ſquelette* ,
» il parvint à être agréé de ſes *bourreaux*. Je ne
» ſçais , *ajoute t-il* , ſi l'excès de ma docilité
» doit être propoſé pour modele aux Ecrivains
» *dramatiques*. C'eſt à eux d'opter entre un refus
» qui les exile de la ſcène, & une admiſſion qui les
» y deshonore; il y a une réflexion de l'auteur que
» je ne dois pas obmettre, la voici:» par l'inverſion
» la plus bizarre , ce ſont les Comédiens qui ré-
» geutent les Auteurs , qui ſe croient en droit
» de charpenter leurs pieces au gré de leurs
» caprices , & qui preſque tous ſans *études* &
» ſans *connoiſſances* , s'imaginent que l'état de
» Comédiens leur inocule en vingt-quatre heures
» tout ce qui eſt néceſſaire pour ſe connoître aux
» chefs - d'œuvre de l'eſprit humain. » Pour-
ſuivons, M. *Lonvay* avoit été cinq ans , avant
de faire recevoir ſa piece; il lui fallut attendre un
luſtre encore , avant de la voir jouer. On l'avoit

* Voyez le Mercure de France.

bercé de plusieurs promesses positives à cet
égard ; mais les *passe-droits*, les *cabales*, *les
protections* le reculerent sans cesse. *Trois fois* on
s'étoit engagé à le jouer, *trois fois* on le mit
dans le cas de faire la dépense de la musique &
des rôles ; *trois fois* on lui a manqué de parole,
sous différens prétextes. Loin de sçavoir quelque
gré à l'auteur, de ces sacrifices, les *Histrions* pri-
rent à tâche de le contrarier en tout, jusqu'à
prodiguer des dépenses *ridicules*, contre son intention & contre le *bon sens*. Voici comme l'Auteur s'explique lui-même ; soyez-en le juge,
Madame, » j'avois recommandé, par exem-
» ple, qu'on ne vit, ni *or*, ni *argent* dans tout
» ce qui appartenoit aux Spartiates. Cette ob-
» servation étoit d'accord avec la vérité histori-
» que, dont les Comédiens pouvoient fort bien
» n'avoir aucune connoissance ; mais il y avoit
» quelque chose de plus fort & de plus pal-
» pable, le nœud de ma piece est fondé sur la
» loi de Sparte, qui ne permettoit pas aux hom-
» mes libres de porter de l'*or* ou de l'*argent*. Que
» fit-on, pour se conformer au costume que j'a-
» vois tracé si expressément, on *galonna* les ha-
» bits de cent Lacédemoniens. Au lieu de bou-
» cliers de *cuivre* & de piques de *fer*, on leur
» donna de petites armures très-proprement
» *dorés* & *argentés* ; on orna même les bou-
» cliers de *rubis* pour rendre le *ridicule plus com-
» plet.* »

Enfin, après tant de tracasseries, & de *malins
vouloirs*, arrive le jour de l'*exécution*. Oh dieu,
quelle *exécution* ! Tout ce que M. *Lonvay*
avoit laissé dans sa piece, de la maniere dont il
l'avoit écrite, & comme elle a été imprimée

dès 1768, fut écouté du public favorablement.
Tout ce que les *Histrions* avoient ajouté ou
changé, fut mal accueilli. Les plus grands *brou-
hahas* s'éleverent contre ses intermedes, & des
ballets où l'on avoit pris le contre-pied de ce
qu'il avoit prescrit. La plûpart de ceux-ci, mal
indisposés en sa faveur, marmoterent leurs rôles plutôt qu'ils ne les réciterent, ou jouerent à
contre-sens, (c'est ce dont nous fûmes, vous &
moi, les témoins alors.) Néanmoins le but
moral de la piece n'avoit point échappé à la sensibilité éclairée des Spectateurs. Il ne s'agissoit,
pour la faire entieremtnt goûter du Public, que
d'y faire les retranchemens & les additions
convenables. M. *Lonvay* voulut engager les Comédiens à restituer certains traits de son imprimé, dont la suppression avoit fait un tort mani-
feste à l'ouvrage, & rejetter en même-temps
toutes les interprétations *ridicules* par lesquelles
on l'avoit défiguré. Il ne trouve pas la *Troupe*
plus docile à ses remontrances : elle ne fit aucun des changemens qu'il avoit demandés de
vive voix & par écrit. Il eut beau réclamer la
vérité du costume ; on le laissa dire, & l'on joua
sa piece quatre fois, sans le consulter. On donna
même la cinquieme représentation, malgré lui ;
la *Troupe* qui avoit ses vues, choisit un mauvais
jour, & s'obstina *ridiculement* à faire préceder
Alcidonis par une *farce*, jouée par les *Doubles* ;
si bien donc que la *Troupe* décida que sa piece
lui appartenoit, & qu'il en avoit perdu la
propriété par des raisons *ridicules* & frivoles, ce
qui fait l'objet du procès.

Eh quoi ! M. *Lonvay* auroit perdu dix années entieres à être continuellement balotté,

Par qui ? par dés *Hiſtrions*, c'eſt-à-dire, par des gens qui ne ſont point ſur la même ligne que les autres citoyens. Il eſt vrai que, pendant ces dix années d'épreuves, ſes politeſſes, ſa patience, ſa complaiſance étoient aſſurément déplacées, puiſqu'elles n'ont fait que des *ingrats*. L'Auteur l'avoue lui-même, mais il s'oublie généreuſement, & ne voit que l'intérêt de l'Art, qui n'ira qu'en dépériſſant parmi nous, ſi les *Hiſtrions* en demeurent toujours les *arbitres*, ou, pour mieux dire, les *tyrans*. Voici comme il parle : « Quel-
» qu'aigri que je duſſe être perſonnellement des
» cabales & des hauteurs des Comédiens, ce
» n'eſt point le *reſſentiment de mon injure* qui m'a
» déterminé à leur livrer un combat judiciaire,
» j'y ai été déterminé par *le tort que leur domi-*
» *nation* fait à l'Art Dramatique ». On ne peut que louer M. *de la Sauſſaye* de ſes vues déſintéreſ-fées, de ſon amour pour la gloire des Lettres & pour les perſonnes qui les cultivent, en forçant les *Hiſtrions* à paroître en Juſtice réglée; car on ne ſauroit ſe perſuader qu'il puiſſe être permis à ces *Meſſieurs* & à ces *Dames* de tromper ſi indignement les Auteurs. La choſe leur ſeroit trop facile, en effet, dès que *la Troupe*, &c. Daignez, Madame, lire ce Mémoire imprimé. Nous craignons de nous être trop appeſantis ſur cet Extrait, mais cela nous a paru néceſſaire dans les circonſtances préſentes. La Conſultation *à l'Ordinaire prochain*.

Le Roi & le Miniſtre, ou, Henri IV & Sully, Drame en quatre Actes en proſe, enrichi de Notes hiſtoriques par M. le Chevalier du Coudray, prix 36 ſols. A Paris, chez *Durand*, Libraire, rue Gallande ; *Merigot*, Libraire, Quai

des Auguftins; *Ruault*, Libraire, rue de la Harpe,
1775, avec approbation & privilege du Roi.
J'ai balancé quelque temps, Madame, à vous faire
un Extrait de ce *Drame* qui en paroît peu fufceptible, étant, comme dit l'Auteur, les faits, dits, geftes & actions de *Henri IV* & de *Sully*. Il faudroit
pour-lors rapporter tout; néanmoins je vous dirai
que cet Ouvrage, vraiment patriotique, renferme
les momens les plus glorieux du regne de ce Monarque; par tout on reconnoît fa bonté, fa juftice,
envers fes Sujets, & fon amitié pour fon Miniftre.
On le voit, dans le premier Acte, travaillant
avec lui pour rétablir & mettre ordre dans fes fi-
nances, *qui font furieufement dérangées*, comme il
le dit lui même par fon jurement favori, VEN-
TRE-SAINT-GRIS. Ce Prince parle enfuite à M. de
Sully de fon mariage *vrai* ou *prétendu* avec la
Ducheffe de Beaufort. Ce Courtifan farouche lui
répond avec franchife que Sa Majefté feroit une
fottife, quoique la Ducheffe fût *digne de régner*.
Le Roi lui permet de parler *toujours auffi librement, fans appréhender qu'il s'en fâche*. Le Connétable, la Ducheffe même viennent prévenir le
Miniftre fur une gratification que le Roi a bien
voulu leur accorder, mais tous deux trouvent *Sully*
contraire & toujours inflexible, oppofant. Ils vont
porter leurs plaintes au Roi qui eft obligé lui-
même de prendre le parti de fon Miniftre. Cela
forme plufieurs Scenes qui compofent le fecond
Acte. Le troifieme commence par la réconciliation
Duc *d'Epernon* avec *Sully*, le Connétable auffi
pardonne au Miniftre, à la follicitation du Roi
qui lui montre qu'il a tort de fe fâcher contre fon
Miniftre & de lui en vouloir. Viennent les Députés du Parlement, qui eft une Scene très belle

& très-adroite de la part de l'Auteur : ce qu'y dit *Henri IV* eſt bien digne de paſſer à la poſté-rité, & je vous invite à la lire.

La Scene VII, (nous oſons le dire,) feroit un grand effet au Théâtre, elle ſe paſſe entre le Roi, la Ducheſſe de *Beaufort* & *Sully*. Cette femme im-périeuſe parle à celui ci avec fierté, avec dédain, avec hauteur, juſqu'à lui reprocher qu'il perſuade au Roi que le *noir eſt blanc*. « Je vais vous faire » voir, *dit le Roi,* que les femmes ne me poſſe- » dent pas, comme certains malins eſprits en » font courir le bruit. Je veux parler à elle en » Maître, & non en Serviteur ». Sully lui repré-ſente que la Ducheſſe n'a aucun tort, & qu'elle n'a point voulu l'offenſer. *Ah ! Sire, oubliez tous ces vains propos,* dit Sully. Le Roi demeure fer-me, & parle à ſa Maîtreſſe en grand homme. Celle-ci trouve qu'il a le ton dur, que c'eſt une humiliation pour elle ; en femme habile, elle a recours aux larmes, & dit : « Si j'avois un poi- » gnard, je m'en donnerois dans le cœur.... » Partant, vous voulez que je meure, puiſque » vous me privez de vos bonnes graces ». Henri dit à part : *Quelle ſouffrance ! ... O vertu ! ...* La Ducheſſe continue à pleurer, à ſe plaindre, & lui parle de ſes enfans. (Je n'ai pu réſiſter au déſir que j'avois de vous tranſcrire cette Scene intéreſ-ſante non moins que ſublime).

La Ducheſſe *ſe jette aux genoux du Roi.*

« Hélas ! Sire, que n'a-t-il point dit au mépris » de vos enfans, ces gages précieux de notre » amour, ces victimes innocentes ; & puis vous » l'endurez, Sire ! ... Sire, vous l'endurez ! ... » (*Elle ſe leve.*) O Dieu ! il ne faut plus vivre après » tant de diſgraces, & voir que vous aimez » mieux

» mieux un Serviteur, de qui tant de gens se plai-
» gnent, qu'une Maîtresse de qui tout le monde
» se loue ». (*Elle tombe évanouie.*)

Je ne doute point, Madame, que cette Scene
attendrissante n'eût été du plus grand effet au
Théâtre, en émouvant l'ame des Spectateurs.
Henri est Grand, la Duchesse *de Beaufort* altiere,
violente & emportée ; telle, en un mot, que
l'Histoire nous la peint. *Sully* toujours de sang-
froid, toujours inflexible, au risque même de
déplaire à son Maître.

Acte IV. Le Théâtre change & représente l'appartement du Duc de Sully à l'Arsenal. Le Roi
y vient souper sans être attendu, voici comme
il s'exprime : «Monsieur le Grand-Maître, je suis
» venu au festin sans être prié. Serai-je mal
» reçu ?... Je vous assure bien que non : car
» j'ai visité vos cuisines en vous attendant, où
» j'ai vu les plus beaux poissons qu'il est possi-
» ble, & ragoûts à ma mode ; & même, pour
» ce que vous tardiez trop à mon gré, j'ai mangé
» de vos petites huîtres de chasse les plus fraî-
» ches que l'on saurait manger, & bu de votre
» vin d'Arbois, le meilleur que j'aye jamais
» bu ». Il est à remarquer, Madame, que ce sont
les propres paroles de Henri IV, rapportées
dans *Péréfixe*, dans les Mémoires de *Sully* &
de *Villeroi*. L'Auteur a le plus grand soin de le
marquer par des *guillemets*. Vient la Scene du
souper : on apporte une table élégamment ser-
vie, des cristaux, des girandoles garnies de
bougies, & des surtouts ou plateaux superbes.
Les convives sont le Roi *au milieu* ; la Duchesse
de Sully *à droite*, la Duchesse de Beaufort *à gau-*
che ; le Connétable, le Comte de Soissons,

I

M. d'Epernon , M. Sully *des deux côtés*. On parle
d'abord de guerre , des batailles de *Jarnac*, d'*I-
vry* & d'*Issoire* : enfin , de la réduction de Paris.
On fait l'éloge des grands Généraux de ce siecle,
comme des Ducs de *Parme* & de *Mayenne* ; on
cite des anecdotes à l'honneur & gloire de Sa
Majesté. Les femmes s'en mêlent , & rapportent
des bons mots , des traits de bravoure & de gé-
nérosité de Henri IV. Le Roi lui - même débite
des maximes que l'on trouve rapportées dans
Péréfixe, entr'autres celles-ci : « Les grands man-
» geurs & les grands dormeurs ne sont capables
» de rien de grand. . . . Une ame que le sommeil
» & la bonne chere enseveliffent dans la masse
» de la chair, ne peut avoir de mouvemens no-
» bles, ni généreux ». Puis il ajoute : « Si j'aime
» la table & la bonne chere, c'est pour m'égayer
» l'esprit ». Les Officiers sortent par ordre du
Roi qui , après un moment de silence , dit ces
paroles remarquables qui peignent la bonté de
son ame : « Tenons joyeux propos,& chantons. Je
» vais commencer le premier, Ventre-saint-gris »!
En effet il chante cette fameuse Romance qu'il
avoit toujours à la bouche , & qu'on lui attribue
même : *Charmante Gabrielle , &c.* Quelques Cen-
seurs austeres pourront reprocher à l'Auteur de
ce Drame sa hardiesse à faire chanter un Roi sur
le Théâtre : M. le Chevalier du Coudray a prévu
ce reproche, & s'en justifie dans une note où il
cite le passage de *Péréfixe*, pag. 460. « J'ajoute-
» rai seulement, *dit cet Auteur*, que dans les
» *festins* & dans les *Carrousels*, le Roi vouloit
» paroître aussi bon compagnon & aussi adroit
» que pas un autre ; qu'il étoit de belle humeur
» *le verre à la main*, quoiqu'il fût assez sobre ;

» que fa *gaieté* & fes *bons mots* faifoient la plus
» douce partie de la bonne chere » Ce troifieme
Acte eft charmant : le dialogue en eft vif, le ftyle
bien foutenu ; chacun parle dans fon caractere,
tout eft à fa place, il n'y a rien de trop ; & la
Scene Françaife auroit dû faire l'acquifition de
cette Piece, qui auroit été certainement accueillie des Loges & fort applaudie du Parterre. Votre furprife ceffera comme la mienne fi vous dai-
gnéz lire, Madame, ce prononcé de l'Auteur,
tiré de fa Préface : « Un Public bien intentionné,
» qui aime à encourager les talens, regrettera
» peut-être de ne point voir repréfenter cette
» Piece, d'autant plus que c'eft l'Hiftoire du
» jour ; je lui réponds qu'il ignore, ou qu'il veut
» bien ignorer que les avenues du Théâtre,
» bien loin d'être bordées d'orangers, citron-
» niers, & d'arbres odoriférans, ne font gar-
» nies que de ronces, épines, & feuilles de
» houx. L'Homme de Lettres effuie mille défa-
» grémens, dont le refus de fon Ouvrage eft le
» moindre ; ce qui décourage un galant homme
» fur le chemin du Temple de Thalie », *p.* 3 & 5.
  Si je vous rapportois, Madame, tous les traits
de faillies, les maximes brillantes dont cet Ouvrage eft femé, je pafferois les bornes ordinaires
de l'Epître ; ainfi je finirai par ce Quatrain de
l'Auteur :

Que ton bonheur eft grand, ô France ! ô ma Patrie !
Dans notre jeune Roi tu retrouves HENRI ;
Le fage *Maurepas*, dans fon économie ;
Et, dans fes bons confeils, fais revivre *Sully*.

  Allufion heureufe au titre de ce Drame : Le
Roi & le Miniftre, *ou*, Henri IV & Sully. C'eft

comme s'il y avoit Louis XVI & Maurepas. Aussi l'Epilogue est-il intitulé : Parallele de Louis XVI & de Henri IV. Je vous l'envoie avec la Musique gravée ; j'y joins-des Vers à la louange de M. le Chevalier du Coudray, faits par une personne de votre sexe, Madame, connue avantageusement dans la République des Lettres. Je veux dire, Madame *Guibert*.

> Si-du Coudray, ce jeune Sage,
> Nous retrace avec avantage
> La candeur de nos bons Ayeux,
> C'est qu'il a le cœur fait comme eux.

> S'il nous peint, dans un Drame heureux,
> De la Cour les portraits fideles,
> C'est qu'il a pris là ses modeles :
> Henri-Quatre & Sully respirent sous nos yeux.

Je finirai ma Lettre bien tristement, Madame la Comtesse, c'est en vous annonçant la mort de M. *de Saint-Foix*, votre ancien ami : c'est une perte réelle que la République des Lettres vient de faire. Cet estimable Auteur est décédé en notre Capitale le 25 Août dernier, âgé de 79 ans. Ses Essais historiques sur *Paris*, & ses Pieces de Théâtre, particuliérement celles de l'ORACLE & des GRACES, lui assurent une place distinguée parmi les meilleurs Ecrivains de ce siecle. Il n'a manqué à la gloire de M. *de Saint-Foix*, que de se voir assis parmi nos *Quarante Illustres*, où ses talens & ses mœurs l'appelloient à si bon droit. Dans mes prochaines Lettres je vous parlerai de ses aventures secrettes : car vous n'ignorez pas celle de *la tasse de caffé*, ni de *l'homme aux coutumes*.

J'ai l'honneur d'être, &c.

Paris, le 15 Octobre 1776.

L E T T R E V.

LA Reine fortant de la Comédie Françaife, le
14 Août dernier, de voir la premiere Repréfentation de CORIOLAN, Tragédie en cinq Actes en
Vers, par M. *Gudin*, vint au Colifée, accompagnée de MONSIEUR, de Monfeigneur le
Comte D'ARTOIS, & de Madame Élifabeth
DE FRANCE. Sa Majefté, après avoir fait le
tour de la Rotonde, fût fe placer dans une Loge
conftruite dans le veftibule, qui a vue fur la piece
d'eau. On avoit fait des additions au Feu d'Artifice, mais l'humidité des communications nuifit,
dans le principe, à la parfaite & entiere exécution : néanmoins les effets d'une cafcade de Feu
Chinois, & d'une Décoration en feu, repréfen-
tant le *Temple de Mars*, furent fi exactement &
fi pleinement remplis, que Sa Majefté & les
Princes en marquerent leur fatisfaction.

Le Feu tiré, la Reine, Madame Elifabeth &
les Princes, firent un fecond tour dans la galerie
de la Rotonde, d'où voyant une Troupe d'Enfans
qui témoignaient le plus vif empreffement de l'a-
mufer par leurs danfes, Sa Majefté eut la bonté
de prendre place dans l'une des travées, &,
pendant qu'elle fe plaçoit, ces enfans fe group-
perent en attitudes galantes : s'avançant enfuite
avec des guirlandes de fleurs, qu'ils poferent à
fes pieds, une jeune fille lui préfenta une Couronne de myrthe & de rofes que Sa Majefté voulut
bien accepter, & lui chanta le couplet fuivant :

> D'un peu d'encens que l'Amour donne,
> Quelquefois les Dieux font flattés ;

Ofons offrir cette Couronne,
Tribut de nos cœurs enchantés :
Qu'avec plaifir on rend hommage
A la beauté,
Qui joint à ce doux avantage
La bonté.

Ce couplet fut précédé & fuivi de Danfes d'enfans qui parurent faire plaifir à Sa Majefté & aux Princes.

Je dois vous prévenir, Madame la Comteffe, que les Régiffeurs du Colifée, empreffés de fatisfaire le Public, comme ils le doivent, outre les Joûtes, Danfes, Pantomimes, ont imaginé un nouvel établiffement qui femble réunir l'utile à l'agréable. C'eft d'avoir difpofé au deffus du veftibule de l'entrée principale de ce lieu, un fallon où l'on expofera les ouvrages nouveaux de Peinture, Sculpture, Architecture, Gravûres & Deffins de tout genre, ouvrages de Méchanique, &c. Je ne ferai aucune réflexion là deffus. Je vais vous parler tout de fuite des Comédiens Italiens qui ont repréfenté, le 7 Juillet dernier, *la Bonne Femme*, ou *le Phœnix*, Parodie d'*Alcefte*, Opéra. Elle eft en deux Actes en Vers, mêlée de Chants & Danfes, fur des airs connus, & de plufieurs Vaudevilles, en un mot, dans le goût de nos anciens Opéra-Comiques que vous aimez tant, chere Comteffe, & que vous regrettez encore tous les jours. Ce font trois jeunes gens qui l'ont compofée, ils n'ont point profité de leur fujet autant qu'ils l'auroient pu, il n'y a aucun intérêt. Néanmoins cette Parodie eft beaucoup courue, ce qui prouve combien le Public aime les Pieces dans le goût de nos anciens Opéra-Comiques. Pour vous donner une idée du talent des trois jeunes Auteurs, je vais vous tranfcrire plufieurs couplets qui font épigrammes, & que ma mémoire me fournit. C'eft un nommé *René* qui parle.

Air : *Des Billets doux.*

Chers amis, calmez mon effroi,
Je fuis en tranfe, apprenez-moi,
 Pour raffurer mon ame,
Ce que doit demander toujours
Un homme abfent depuis trois jours :
 « Meffieurs, Que fait ma femme » ?

Barbarico apprenant que *Mathurine* s'eft engagée pour fon mari, dit :

Air : *M. le Prévôt des Marchands.*

Les femmes de nos bons Ayeux
S'expofaient au trépas pour eux :
N'attendons point cela des nôtres ;
Elles ont raifon, fur ma foi :
On ne doit pas mourir pour d'autres,
Dans un fiecle où l'on vit pour foi.

René arrive, une lanterne à la main, & chante:

Air : *Jardinier, ne vois-tu pas ?*

Je vais cherchant à grands pas,
 Voyez ma bonté d'ame !
Ce qu'un autre, en pareil cas,
 Ne chercherait, certes, pas :
Ma femme, ma femme, ma femme.

PROLOGUE

Récité devant MONSIEUR & MADAME, *le Mercredi 4 de Juillet, pour l'ouverture de leur Théâtre, à Brunoi.*

PERSONNAGES ET ACTEURS.

Le Sieur MOLÉ.
La Dame MOLÉ.
La Demoiselle DOLIGNY.
La Demoiselle FANIER.

SCENE PREMIERE.

La Scène repréfente un Bofquet des Jardins de MONSIEUR.

La Demoifelle DOLIGNY, la Demoifelle FANIER.

La Demoifelle FANIER.

HÉ bien, dis-moi donc, mon amie,
Eft-il fi mal, tout bien compté,
D'avoir ainfi follicité,
Par régime, ou par fantaifie,
Quatre ou cinq jours de liberté,
Et, fauf les difcours de l'envie,
D'échapper pour quelques inftans
Aux chefs d'emploi, aux débutans,

Aux

Aux tracas , à la jaloufie ,
Aux comités perfécutans ,
Aux Héros de la Tragédie ,
Qui me font peur de tems en tems ;
Enfin , à tous les agrémens
De notre chere Comédie ? . . .

La Demoifelle DOLIGNI.

Tiens , vois , je bâille , moi , feulement d'en parler.
Refpirons en repos fous cet épais ombrage ,
Où l'éclat des beaux jours ne femblent fe voiler
    Que pour y plaire davantage.
Des Roffignols entends-tu le ramage ?
    Ils ont l'air de s'égofiller.
GLUCK me féduit moins qu'eux avec tout fon tapage.

La Demoifelle FANIER.

Oh ! je fais bien ce qui les fait jafer.
Les Naturels du lieu , las de s'y repofer ,
Ont cherché ce matin tous ceux du voifinage ;
    Grands fymphoniftes , je le gage ;
    Et tous en chœur femblent fe cottifer
      Pour diftraire , pour amufer
      La Nymphe & le Dieu du boccage.
C'eft à qui fur leurs pas volera fe pofer.
    A leur plaire ici tout s'applique :
Voici leur Temple , & voilà leur Mufique.

K

La Demoiselle DOLIGNI.

La simple nature en ces lieux .
Loin de la froide convenance ,
Enchante leur retraite & préside à leurs jeux.
Sous ce dais de feuillage , où l'amour les devance ,
Ils semblent fuir l'appareil fastueux
D'une triste magnificence.
Sans étiquette , ils sont heureux.
On les bénit plus qu'on ne les encense.
Paroissent-ils ? la joie anime tous les yeux :
Le cœur jouit de leur présence.
Ils n'ont point, à coup sûr, le travers odieux
De s'ennuyer par bienséance.
On est tenté d'oublier leur naissance,
Afin de les en aimer mieux.
Ils inspirent la confiance ,
Et le plaisir se répand autour d'eux ,
Comme le doux rayon d'un beau jour qui commence.

La Demoiselle FANIER.

Tu m'attendris, & peins comme je sens.
Jusques ici je redoutois les Grands ,
Leur cortége , leur train , leur superbe silence ,
Qui vous déconcerte les gens.
Mais (je t'en fais la confidence)
Avec les Maîtres de céans
Je voudrois faire connoissance ;
Et pour y parvenir , tiens , (ceci vaut , je pense ,
Que tes efforts aux miens veuillent s'associer.)

En faveur de leur bienveillance
Jouons leur un tour du métier.
On chante en ces Bofquets, dans le Village on danfe.
Ici, tous les talens femblent fe marier.
Reſterions-nous dans l'indolence ?
Non, non, le cœur ne fe fait point prier
Pour célébrer la bienfaifance
Préparons un fpectacle.

La Demoiſelle DOLIGNI.

Et comment, à nous deux,
En former un qui réponde à ton zèle ?

La Demoiſelle FANIER.

Le tribut le plus fimple eſt le plus cher aux Dieux.
Crois-moi, la moindre bagatelle,
Quand l'ame en eſt, fouvent réuſſit mieux,
Que d'un fpectacle en pied la pompe folemnelle;
Et tout cet appareil qui ne parle qu'aux yeux.
Je fais ce que je dis: l'idée eſt très-heureufe,
Conviens-en. Nous tenons déja
Une Soubrette, une Amoureufe.

La Demoiſelle DOLIGNI.

La belle avance que cela !
Une Amoureufe, une Soubrette...
Et, nous ne tenons rien: contentons-nous des vœux
Pour que la fête foit complette,
Il faut au moins un Amoureux.

K

La Demoiſelle FANIER.

Quel bruit entens-je à travers ce feuillage ?...
Dieu me pardonne ! c'eſt MOLÉ ;
Sa femme eſt avec lui ; le Ciel nous ſert: courage.
Voilà, ma bonne amie, un Amoureux trouvé.

La Demoiſelle DOLIGNI.

Bon : c'eſt toujours d'un très-heureux préſage.

SCENE II.

La Demoiſelle FANIER, la Demoiſelle DOLIGNI, le Sieur MOLÉ, la Dame MOLÉ.

La Demoiſelle FANIER, *à Molé & à ſa femme.*

PAR quel hazard ici?

Le Sieur MOLÉ, *riant.*

Vous, par quel accident?

La Demoiſelle FANIER, *à la Demoiſelle Doligni.*

Je ne me ſens pas d'aiſe.... Hem, vois s'il faut m'en croire?

Le Sieur MOLÉ.

Moi, je viens à MONSIEUR porter le Répertoire.

La Dame MOLÉ.

Moi, je viens prendre l'air.

La Demoiselle FANIER.

Oui, l'air eſt excellent,
Sur-tout dans ce ſéjour; un couple heureux l'habite,
On y reſpire librement :
Et c'eſt d'honneur un très-bon gîte.

Le Sieur MOLÉ, *voulant s'aſſeoir ſur un banc de gazon.*

Repoſons-nous.

La Demoiſelle DOLIGNI.

Non pas, vraiment,
Il faut étudier & répéter bien vite.

La Dame MOLÉ.

Répéter ! quoi?

La Demoiſelle FANIER.

Le ſpectacle *in-promptu*
Que nous donnons ce ſoir.

La Dame MOLÉ.

A qui donc en as-tu

Le Sieur MOLÉ, *ſe levant.*

J'y ſuis, j'y ſuis, je les devine,
(Leur projet eſt charmant : l'aventure eſt divine.)

De rôles je suis excédé ;
Soit anciens, soit nouveaux, moi, j'en ai tant à faire,
Que d'autant de démons je me crois possédé.

  N'importe, je suis votre affaire ;
Et c'est pour aujourd'hui que mon cœur s'est gardé
Aux Hôtes de ces lieux puisqu'il s'agit de plaire.

 Faites de moi tout ce qu'il vous plaira ;
Héros, Berger, Valet, Amant & *cætera*,
Je ne recule à rien ; parlez, je suis bon frere ;
La voix pourra manquer, mais l'ame y suppléera.
Les Augustes Époux qu'ici l'on idolâtre,
Arbitres éclairés, indulgens Spectateurs,

  Ne manqueront jamais d'Acteurs
  Fiers de monter sur leur Théâtre.
Lire, apprendre, savoir, c'est l'œuvre d'un moment ;
Nous n'avons pas besoin d'une nouvelle emplette :
Le grand nombre embarrasse, & nuit le plus souvent.

 Nous sommes quatre .... Ah ! la troupe est complette.
  Eh ! pourrait-elle être imparfaite ;
  Sa loi, c'est son empressement,
  Un plaisir pur est sa recette ;
  De l'art elle n'est point sujette,
  Et n'obeit qu'au sentiment.

   La Dame MOLÉ.

Ce sont les miens que ta voix interprete.
  Mon rôle ! .... allons, me voila prête.
Oui, d'un Prince adoré, déja sage à vingt ans,
  Egayons la convalescence.

Il fait la moiſſon au Printems.
D'autres ſement encor quand leur Été commence.
Pour en venir à notre honneur
Fêtons en même tems la charmante Princeſſe
Qui partage ſes vœux, qui veille à ſon bonheur,
Qui pare la raiſon des fleurs de la jeuneſſe :
Révélons ſes vertus, ſa bonté, ſa douceur,
Son eſprit délicat, ſon goût plein de fineſſe,
Cent autres qualités qu'on lui ſurprend ſans ceſſe,
Et que la modeſtie enferme dans ſon cœur.

La Demoiſelle FANIER.

Oh ! ça, ne tardons point : déja le jour s'avance.
Le Théâtre eſt par-là : courons en diligence.
Le cœur me bat....

La Demoiſelle DOLIGNI.

Mets ta main ſur le mien.

Le ſieur MOLÉ.

Chacun ici peut répondre du ſien
Pour le zèle & l'impatience.

La Demoiſelle FANIER.

Quel plaiſir !

La Demoiſelle MOLÉ.

Quel beau jour !

La Demoiſelle DOLIGNI.

Ma foi, rive un congé.

La Demoiselle FANIER.

Hé bien ! . . . voilà pourtant mon spectacle arrangé ! . . .
Reste à savoir la réussite.
Si vous dépêchiez aussi vîte
Les ouvrages que l'on vous lit ,
Les Auteurs crieroient moins , vous auriez plus d'esprit:
De petites Feuilles cuisantes
Ne viendroient pas pleuvoir sur vos lauriers ;
Et nous verrions , les cueillant plus entiers ,
Moins de Pièces agonisantes
Sur le lit de douleur dressé dans nos foyers.

Les Comédiens Italiens donnèrent le 12 Juin la première représentation des *Mariages Samnites* , Drame lyrique en trois actes & en vers , paroles de M. *du Rozoi* , musique du sieur *Grétri.* Cette Pièce bâtarde n'a eû aucun succès ; & sous le prétexte rebattu de l'indisposition d'un Acteur , on a différé la seconde représentation. Si vous êtes curieuse , Madame, de savoir le sujet , lisez l'extrait qui se trouve dans le Mercure de Juillet.

On représente sur le Théâtre des *Grands Danseurs de cordes du Roi* le Ravissement d'Europe, Pantomime à machines & à changemens. La composition en est ingénieuse & l'effet merveilleux.

J'ai l'honneur d'être , &c.

Paris le premier Novembre 1776.

LETTRE

LETTRE VI.

Annonces & Extraits des Ouvrages Dramatiques, ou relatifs à cet Art.

DICTIONNAIRE des Origines, ou époques des inventions utiles, des découvertes importantes, & de l'établissement des Peuples, des Religions, des Sectes, des Hérésies, des Loix, des Coutumes, des Modes, des Dignités, des Monnoies, &c. 2 *vol. in-8°.* A Paris, chez *Bastien*, Libraire, rue du petit-Lion Saint-Germain, 1776, avec *Approbation & Privilège du Roi.*

Cet Ouvrage utile manquoit aux Lettres, & même il est dit dans la Préface: *rien n'est plus nécessaire que la connoissance des Origines:* mais on ne peut se procurer ces *connoissances* que par la lecture de plusieurs volumes, difficiles à rassembler, & fort coûteux d'ailleurs : « c'est ce qui a fait naître » l'idée de les réunir dans un Ouvrage peu volumi- » neux, & d'un format commode » ; l'*Auteur* ajoûte, » ce travail exigeoit des recherches pénibles: on » s'y est soumis sans effort. Les articles demandoient » de la précision, on a tâché de la joindre à l'e- » xactitude ». En effet, il tient parole, & tous les Amateurs ou Curieux doivent ranger au plutôt, dans leur Bibliotheque, cet Ouvrage, un peu trop concis peut-être; mais bien vu, & bien écrit.

L

Il paroît d'abord que je n'aurois pas dû vous rendre compte de ce *Dictionnaire*, qui n'entre point dans vos vues du Théâtre; mais votre étonnement cessera, Madame, lorsque vous lirez les articles suivans: *Acte, Acteur, Ballet*, (L'Auteur distingue deux sortes de *Ballet*, presqu'inconnus maintenant; le premier, *Ballet de chevaux*, l'autre, *Ballet aux chansons*.) *Comédie Profane, Comédie Sainte, Comédie Ballet, Comédien de Ville, Comédien de Campagne, Danse*, (Je vous parlerai quelque jour des *Danses*, tant sacrées, que profanes.) *Danseurs de cordes*, &c. Tous ces Articles, je pense, sont du ressort de ces Lettres; aussi j'en ferai usage en tems & lieu; je vais transcrire seulement aujourd'hui l'article de la *Danse Théâtrale*. Vous pourrez juger en même tems, ma chère Comtesse, du style de l'Auteur. « La *Danse* avoit subi le sort des autres

» Arts; elle étoit tombée, comme, eux dans la

» barbarie: mais au quinziéme siécle, elle en sortit

» avec l'aide de Batyle & de Pylade, & parut

» avec éclat en Italie, dans la superbe fête que

» Bergonce de Botta, Gentilhomme de Lombardie,

» donna à Tortone, pour le Mariage de Galéas,

» Duc de Milan, avec Isabelle d'Arragon ».

La description qui en parut, *ajoûte notre Auteur*, éveilla l'imagination, fournit des idées, développa des talens, facilita les succès; on vit peu de tems après de grands Ballets en France.

Jezennemours, Roman Dramatique, 2 vol. *in-12.* A Paris, chez *le Jai & Ruault*, Libraires; au Quai de Gèvres & au Palais Royal.

Cet Ouvrage est rempli de saine morale, quoique l'Auteur y fasse parler un *voluptueux*, une

Courtifanne, une *Proteftante*, & un *Jéfuite*. On y trouve des chofes neuves, & des fituations intéreffantes. Le ftyle eft mâle & nerveux; auffi l'attribue-t-on à M. *Mercier*.

Dictionnaire Dramatique, contenant l'Hiftoire des Théâtres, les règles du genre Dramatique, les obfervations des Maîtres les plus célèbres, & des réflexions nouvelles fur les Spectacles, fur le génie & la conduite de tous les genres, avec les notices des meilleures Pièces, le catalogue de tous les Drames, & celui des Auteurs Dramatiques, 3 vol. grand *in*-8°. prix rel. 15 liv. A Paris, chez *Lacombe*, Libraire, rue Chriftine.

« Ce nouvel Ouvrage préfente, dans l'ordre » alphabétique, tout ce qui a été dit de plus ef- » fentiel & de plus intéreffant fur le génie & le » goût Dramatique. 1°. Avec des notices fuffifantes » pour la connoiffance de toutes les Pièces de » Théâtre. 2°. Un Catalogue des Auteurs qui ont » écrit pour la Scène. 3°. Ce Recueil doit être d'au- » tant mieux accueilli, qu'il manquoit dans le nom- » bre des livres utiles; qu'il n'y en a point eu fous » le double afpect de la théorie, unie à la pratique » du Théâtre, qu'il eft exécuté avec foin, & qu'il » étoit defiré ».

Tel eft le prononcé du Mercure de France, du mois de Juillet 1776, premier volume. Raifonnons un peu enfemble, Madame; fi cela eft vrai. D'abord on dit que cet Ouvrage, &c. *Cela eft faux.* Avec des notices, &c. *Cela eft encore faux.* Un catalogue des Auteurs qui ont écrit pour la Scène. *Cela eft de la plus grande fauffeté.* Il y a nombre de noms d'Auteurs Dramatiques qui y manquent =

tels font les Chevaliers *Cubieres* & *du Coudray*, *la Saile*, *Chimene*, & vingt autres ; néanmoins ces Meffieurs méritent bien une place dans ce Catalogue ; le Chev. *de Cubieres*, par fa Comédie, en un acte & en vers, intitulée : *les Bracelets*, & *le Dramomane* ; & le Chev. *du Coudray*, pour fes deux Pièces de Théâtre, la premiere intitulée : *la Cinquantaine Dramatique de Voltaire*, ornée de chants & de danfes, & la feconde, l'*Egoïfte*, Comédie-Ballet, jouée en Province avec fuccès. Quelle ignorance de la part des Editeurs de cette Compilation ! Je ne fuis pas le premier, Madame, qui réclame contre leur mauvaife-foi ; M. *Mercier* fe plaint de cette fupercherie, & a dit hautement dans le Journal des Dames, (Septembre 1776) que les Rédacteurs de ce Dictionnaire Dramatique, n'ont point parlé, dans leur longue nomenclature, d'une feule Pièce de fon Théâtre, qui renferme onze *Drames*. Or donc, qui voudra poffeder un Ouvrage imparfait, mal vu, mal dirigé, mal écrit, une Compilation groffiere & informe ; & pour me fervir de l'expreffion d'*Ovide* : *rudis indigefta que moles* ; peut acheter ces trois volumes *in-8°*. remplis d'ailleurs de fautes Typographiques, &c. &c. &c.

J'oubliois de vous dire qu'à l'article du fieur *Grétry*, après l'énumération de fes Pièces, on trouve cette Note : « Tous *chefs-d'œuvres* dont *les Fran-* » *çais* & *les Etrangers*, font leurs *délices* au Théâ- » tre & dans les Concerts ».

On ne dit rien aux articles de *Phllidor*, *Floquet* & *Monfigny*, favez-vous pourquoi, ma chère Comteffe ? c'eft que le fieur *Grétry*, Muficien, eft le beau-frere du fieur *Lacombe*, Avocat, Libraire,

Fermier du Mercure de France, & un des Collaborateurs de ce Dictionnaire Dramatique.

Examen des Causes destructives du Théâtre de l'Opéra, & des moyens qu'on pourroit employer pour les rétablir. *Ouvrage spéculatif,* par un Amateur de l'Harmonie. A Paris, chez la Veuve *Duchesne* & *Cailleau.*

L'Ami du siécle, Drame en 3 actes, en prose. A Paris, chez la Veuve *Duchesne* & *Cailleau.*

Le Mariage à la mode, Pièce nouvelle, par M. *Fardeau.* A Paris, chez la Veuve *Duchesne* & *Cailleau.*

Je ne vous rendrai aucun compte, Madame, de ces deux Ouvrages, qui ne méritent presque pas la peine d'être cités. Il n'en est pas de même de la Comédie suivante, dont les Journalistes ont fait, avec raison, les plus grands éloges ; je veux parler de *la Fille de trente ans,* Comédie en 5 actes & en prose, par M. *Fontaine-Malherbe.* A Paris, chez *Cloufier,* Imprimeur-Libraire, rue Saint-Jacques. J'ajouterai, Madame, que cette excellente Comédie a été refusée par ces *Messieurs* & ces *Dames* : non, je ne crains point de le dire hautement, si un Poète *Dramatique* se présentoit devant *la Troupe,* avec une Comédie, telle que le *Tartuffe,* la moitié des voix du *Comité* seroit contre lui ; tant que l'ignorance est portée dans ce Tribunal. *Jusques à quand!* ... Arrêtons-nous.

Lettre d'un Amateur de l'Opéra à M. de***, par M. *la Planche.* Cette *Lettre* est peut-être ce que l'on a écrit & dit de mieux sur tous les projets de Spectacles, & principalement de l'*Opéra.* Je pourrai en transcrire quelques idées dans ces Lettres : en attendant j'invite les *Amateurs* & fur-tout les *Directeurs* de Spectacles, à la lire profondément. Elle fe vend à Paris, au Palais Royal & Quai de Gêvres, & chez *Couturier*, fils, Libraire, Quai des Auguftins, ainfi que le *Malheureux Imaginaire*, Proverbe Dramatique.

Clorinde, Tragédie nouvelle, en cinq actes & en vers, fujet tiré du Taffe, par l'Auteur d'Armide.

Brutus, Tragédie nouvelle, en trois actes & en vers, par le même.

Zarine, Reine des Scythes, Tragédie nouvelle en cinq actes & en vers, par le même.

Darius, Tragédie nouvelle, en cinq actes & en vers, par le même. Je ne ferai aucun extrait de ces quatre nouveaux nés & morts au berceau ; qui d'ailleurs, prouvent plus la fécondité, que la capacité de l'Auteur.

Guillaume Tell, Tragédie de M. *le Mierre*, nouvelle édition. A Paris, chez la Veuve *Duchefne*. Cette Pièce a eu plufieurs Repréfentations, & fut interrompue au milieu de fon fuccès par l'indifpofition ordinaire du fieur *le Kain*, qui a une très-foible poitrine.

Œuvres de M. *Rochon de Chabannes*, nouvelle édition, revue & corrigée. A Paris, chez la Veuve *Duchefne*. Les Comédies contenues dans ce volume in-8°. font : *Heureufement*, *la Manie des Arts*, *les Valets Maîtres*, *Hylas & Sylvie*. La plupart de ces Comédies ont réuffi, & fe jouent tous les jours. Je vous en rendrai compte, lorfque j'aurai reçu mon Exemplaire, comme il eft d'ufage.

LETTRE circulaire des COMEDIENS
FRANÇAIS *ordinaires du* ROI *&* de
MONSIEUR *à quelques* AUTEURS.

MONSIEUR,

LA Comédie Françaife, dans tous les tems
beaucoup plus occupée qu'on ne l'a publié des
intérêts de Meffieurs les Auteurs, vient enfin,
graces aux bontés de Sa Majefté, de remplir le double vœu qu'elle formoit depuis long-tems, de
rendre, d'une part, fon fervice à la Cour & à
la Ville meilleur & plus varié; & de l'autre, de
fatisfaire à l'impatience légitime de Meffieurs les
Auteurs, en accélérant la repréfentation des Pièces
reçues & infcrites fur fon Tableau. Après avoir
long-tems fenti les caufes de fes lenteurs, fans
avoir ôfé prendre la liberté d'en folliciter le remède,
raffurée, encouragée par l'indulgente bonté de Sa
Majefté, la Comédie Françaife s'eft enfin enhardie
à préfenter à fes Supérieurs un Mémoire, dont
l'objet étoit de fupplier la Reine d'obferver que de
tous tems les Pièces à apprendre pour le voyage de
Fontainebleau ayant été choifies parmi d'anciens
Ouvrages, ou prifes au hafard & fans ordre de
réception fur le Tableau, ce choix avoit mis la
Comédie Françaife dans l'impoffibilité de faire

l'hiver, à la Cour & à la Ville, un service aussi
varié qu'elle l'auroit desiré; que n'ayant ni tour
ni place à donner à Paris aux Pièces apprises à
Fontainebleau, c'étoit un travail totalement perdu
pour Paris; que le devoir d'apprendre, au retour
de Fontainebleau, la Pièce qui avoit droit d'être
jouée à Paris s'exécutoit lentement, à cause du
service de Versailles, & que, d'autre part, le service de Versailles souffroit de cette préoccupa-
tion des mémoires appliquées au soin d'apprêter une
Pièce nouvelle pour Paris; que si Sa Majesté dai-
gnoit accepter pour Fontainebleau les neuf premieres Pièces inscrites sur le Tableau des récep-
tions: savoir, les trois premieres de chaque co-
lonne, selon leur rang; à leur retour du voyage,
les Comédiens Français ordinaires du Roi, pourvus
de Pièces sues pour le service de Paris, seroient
plus en état de servir l'hiver à Versailles, & de
varier les plaisir du Public. La Comédie Française,
dans un Mémoire destiné à être soumis à l'examen
de Sa Majesté, n'a point gardé le silence sur tout
le bien qui en résulteroit pour Messieurs les Auteurs; elle y a présenté, comme un encouragement
légitime & utile au progrès de leur art, la certi-
tude d'être joués à la Cour, chacun selon son ordre de réception; celle de n'en être jamais exclus,
& enfin l'avantage d'être joués plus promptement
à Paris, en faisant que le travail des Comédiens ne
fût pas perdu pour la Capitale. Sa Majesté, sensible à tant de motifs & au zèle aussi ardent que
profondément respectueux de ses Comédiens Français, a bien voulu donner son aveu à ce choix des
neuf premières Pièces inscrites sur le Tableau des
Pièces

Pièces reçues, pour compofer fon Spectacle du voyage de Fontainebleau prochain.

En conféquence, Monfieur, j'ai l'honneur de vous en donner avis, afin que fur le champ & avec la plus grande célérité, vous ayez la complaifance de faire copier vos rôles, & de vouloir bien en faire la diftribution à une affemblée qui fe tiendra à cet effet le Mercredi 6 Août prochain. Vous fentez, Monfieur, de quelle importance il eft de tenir cet engagement offert, & adopté avec bonté par Sa Majefté pour le bien général.

Et comme il eft utile d'établir de l'ordre dans les études de chaque Acteur employé dans ces nouveautés, il eft important, Monfieur, que tout le monde ait fes rôles très-précifément au jour nommé, fans quoi, malgré le plaifir fincère que reffent la Comédie à vous faire paffer, elle feroit forcée de s'occuper de la nouveauté fuivante, pour completter le nombre promis à Sa Majefté.

Je me tiens heureux de cette occafion de vous affurer de la parfaite confidération avec laquelle j'ai l'honneur d'être,

MONSIEUR,

Votre très-humble & très-obéiffant ferviteur,

MOLÉ.

En conféquence, ma chere Comteffe, ces *Meffieurs* & ces *Dames* ont fait le *Répertoire* fuivant :

Zuma, Tragédie en cinq actes & en vers, par M. *le Febvre*; *l'Avare faflueux*, Comédie en cinq actes en profe, par M. *Goldoni*; *le Dramomane*, Comédie en un acte & en vers, par M. le Chev.

M

de Cubieres; *le Malheureux Imaginaire*, Comédie en cinq actes & en vers, par M. *Dorat*; *Muf-tapha & Zéangir*, Tragédie en cinq actes & en vers, par M. *Champfort*; *le Veuvage trompeur*, Comédie en trois actes & en vers, par M. *de la Place*; *l'Egoïfme*, Comédie en cinq actes & en vers, par M. *Cailhava*; *la Rupture* ou *le Mal-entendu*, Comédie en trois actes & en profe, par Mme. *de Lorme*, *Gabrielle de Vergy*, Tragédie en cinq actes & en profe, de feu M. *de Belloy*.

Ce dernier article vous furprendra peut-être, que l'on joue une Pièce deux ans après la mort de fon Auteur; votre étonnement ceffera fi vous daignez lire l'Avertiffement qui fe trouve à la tête d'*Abimelech*, Tragédie, reçue à la Comédie Fran-çaife, depuis le 17 Février 1775, pour y être jouée quand fon tour viendra. « Comme cette Pièce ne » paroîtra vraifemblablement fur la Scène que dans » une *quinzaine d'années*; je la mets, en atten-» dant, fous les yeux des Connoiffeurs. Les per-» fonnes qui ne font pas au fait du Théâtre, *dit* » l'*Auteur*, croiront que j'exagere, quand je dis qu'il » faut *quinze années* avant que cette Tragédie puiffe » prétendre à la Réprésentation, un fimple calcul » fuffira pour le démontrer.

» Il y a quarante-fept Pièces à la Comédie » Françaife; (*le Tableau expofé au Foyer en fait* » *foi.*) on en joue commuuément *trois* par an; *Abi-* » *melech* eft des dernieres, il eft aifé de voir fi » je me trompe ».

Je vous apprends avec douleur que ces différentes pièces n'ont point réuffi à Fontainebleau, entre autres *le Malheureux Imaginaire* & *le Dramomane*.

Cette derniere a été huée, *dit-on*, à caufe des perfonnalités odieufes contre deux perfonnes de Lettres, d'un mérite reconnu. A l'égard de *Muftapha & Zéangir*, Tragédie de M. *Champfort*, elle a eu le plus grand fuccès ; & le Roi a honoré l'Auteur d'une penfion de 1200 liv. fur fa caffette.

Vous voyez, Madame, que dans le fiècle de LOUIS XVI, les Gens de Lettres font dans la plus haute confidération ; & que fi Piron revenoit au monde il ne diroit plus :

Un Poète à la Cour eft de bien mince aloi :
Des fuperfluités il eft la plus futile. . . .

Relation du Parterre.

Hier 7 Décembre, les Comédiens Français donnerent la premiere repréfentation du *Malheureux Imaginaire*, Comédie en cinq actes & en vers, par M. *Dorat*. Le Public ingrat & prévenu contre cette pièce, qui n'avoit eu aucun fuccès à Fontainebleau, ne s'empreffa point à venir prendre des billets ; à trois heures il n'y avoit perfonne, à quatre heures très-peu de monde, tandis qu'aux pièces chéries, (foit anciennes, foit nouvelles) il y a une foule prodigieufe d'afpirants aux billets du Parterre, Loges & autres : revenons à la nouvelle Comédie prétendue.

Le premier *acte* fut écouté avec la plus grande attention, quoiqu'il parût trop long ; au fecond *acte*, il n'en fut pas de même, le Parterre commença à murmurer ; au troifiéme *acte*, on fit des éclats de rire indécens, & même des huées ; j'ai cru que la pièce alloit tomber ; le quatriéme *acte*, déplut entiérement, fur-tout à caufe d'une fituation inconcevable : c'étoit un jeune futur Colonel, qui, aux genoux de la future Epouse du Maître de la maison, lui baisoit la main : celui-ci entre, ne dit mot ; & le *baiseur* & la *baisée*, (si je puis me servir de ces termes) s'en alloient aussi sans rien dire, chacun de leur côté : les Spectateurs ont beaucoup rit, & les Acteurs ont tremblés ; néanmoins le cinquieme *acte* est arrivé, & a été joué non sans peine, à cause des *brouhaha*, des *toux*, des *nez*, des *paix là*, *paix*, &c. &c. Nombre de personnes ne vouloient pas croire que cette Comédie fut de M. *Dorat*, vu les contre-sens, les manques d'usage du monde, que M. *Dorat* connoît si bien, vu...., &c. &c. &c.

Malgré que le Comité ait annoncé que le *Malheureux Imaginaire* pourroit égaler le *Misantrope* ; le Parterre a prononcé que cette pièce n'avoit ni plan, ni conduite, ni nœud, ni intérêt ; ce sont des Scènes décousues, entrelacées de bavardage de femmes, de colloques d'hommes ; des entrées & des sorties de personnages mal-à propos, & comme à l'impromptu ; en un mot, ce n'est point une Comédie, ce sont plusieurs dialogues différens, cousus l'un au bout de l'autre, formant cinq actes, & cinq actes très-longs. D'ailleurs, le vrai titre n'est point le *Malheureux Imaginaire* : ce seroit le *Maniaque*, *l'Homme à vapeurs*, *l'Ennuyé* ou *l'Homme blasé*, & mille autres encore.

Les bons mots de mon habitation furent que le *Malheureux Imaginaire*, étoit réellement *malheureux* ; qu'on ne devoit plus l'appeller le *Malheureux Imaginaire* ; mais bien le *Malheureux tombé*, &c. En effet on baissa la toile & on n'ósa point l'annoncer.

ANECDOTES DRAMATIQUES.

CES Anecdotes doivent être des Mémoires pour servir à l'Histoire générale de nos Théâtres: aussi mon dessein est de vous parler, Madame, autant qu'il me sera possible de ce qui regarde toutes les différentes sortes de Spectacles qui ont été en usage dans le monde : comme de la Comédie, de la Tragédie, de l'Opéra, des Jeux Publics, des Fêtes du Paganisme, des Pompes Funèbres, des Triomphes, des Tournois, des Carrousels, des Ballets, des Fêtes extraordinaires, & des Inaugurations de Statues, &c. Non-seulement sur ces matieres diverses le Lecteur sera satisfait; mais encore sur ce qu'il y a de plus singulier touchant les Poëtes, les Musiciens, les Acteurs, les Actrices, les Danseurs, les Danseuses, les Décorateurs, les Décorations, les Machinistes, les Machines, les Souffleurs, les Gagistes, jusqu'aux Portiers de la Comédie ; c'est-à-dire, touchant le Théâtre en général & en particulier. Je vous parlerai encore des personnes de l'un & de l'autre sexe, qui ont fait ou qui font actuellement profession de la Musique, de la danse & de jouer des instrumens, ou qui, sans en faire profession, ont excellé, ou excellent à présent dans ces Arts.

On lit dans les *Diversités curieuses* du sieur *Bor-*

delon, édit. d'Holl. l'Anècdote fuivante, tom. I.
pag. 130 : « Notre curieux voyageur, M. N. C.
» m'a dit avoir vu dans un Opéra de Venife une
» machine très-extraordinaire, qui furprit extrême-
» ment les Spectateurs. Lorfqu'on fut prêt de com-
» mencer on leva la toile à demi, qui ne laiffant
» voir que les murailles de la Salle, fans aucun
» Théâtre, un Acteur vint faire un compliment à
» l'Affemblée, difant qu'on ne pouvoit repréfenter
» ce jour-là par la faute du Machinifte, qui, *di-*
» *foit-il*, à l'heure qu'il étoit, n'avoit pas eu foin
» de faire dreffer un Théâtre. En même tems il
» ajouta que l'on rendroit l'argent. Ce compliment
» auquel on ne s'attendoit pas, excita un grand
» murmure ; mais il ceffa bientôt, car on vit def-
» cendre un Théâtre magnifique qui fervit à la
» Repréfentation de l'Opéra qu'on attendoit ».

Mademoifelle *Clairon*, Actrice de mérite, étoit
fort bien chez Madame la Princeffe *d'Anhall*, qui
l'honoroit de fa protection : elle auffi, de fon côté,
accordoit fa protection ; elle s'étoit érigée en pro-
tectrice, & avoit des protégés. Un jour on pria M.
l'Ambaffadeur de Ruffie de vouloir bien parler à
Mademoifelle *Clairon*, chez la Princeffe *d'Anhall*,
afin qu'elle protégeât l'Auteur d'une certaine Tragédie qui attendoit fon rang, pour être jouée, environ depuis fept ans. Ce Seigneur Ruffe s'écria
avec autant d'indignation que de furprife : « Les Gens
» de Lettres ne font-ils pas affez recommandables
» par leurs talens ? Ne font-ils pas les Protecteurs
» des Comédiens ? N'eft-ce pas trop les ravaler que

» de mandier pour eux la bienveillance de leurs
» finges » ?

✿

Dans le *Paris ancien & nouveau*, de M. *le Maire*,
tom. II, on lit ce qui fuit : « Les dévots Comé-
» diens vinrent à Paris du commencement du qua-
» triéme fiécle : ce fut le Cardinal le Moine, Fon-
» dateur du Collége qui porte fon nom, qui achetta
» l'Hôtel de Bourgogne, & le leur donna à con-
» dition qu'ils ne repréfenteroient jamais que des
» Pièces précieufes ». J'ai vu à la Bibliotheque de
M. le Duc de la Valliere quelques-unes de ces
Pièces précieufes ; il y en a de fi impertinentes
& de fi ridicules, qu'elles approchent de l'impiété :
nos Ayeux les applaudiffoient : *Aut tempora, aut
mores !*

✿

Cicéron parlant du fameux Comédien *Rofcius*,
dit qu'il étoit fi habile dans fon art, qu'il n'y avoit
que lui qui fut digne de monter fur le Théâtre ;
& qu'il étoit en même tems fi homme de bien,
qu'il n'y avoit que lui feul qui n'y dût point monter. *Rofcius cum artifex ejus modi fit, ut folus dignus videatur effe, qui in Scenâ Spectatur ; cum
vir ejus modi ut, ut folus videatur dignus qui eo non
accedat.* Orat. pro. quinto.

✿

Le Poète *Charemon*, Difciple de Socrate, ayant
fait une Tragédie fur le Centaure Neffus, y avoit
mêlé plufieurs fortes de vers, comme s'il eut voulu
par cette diverfité poëtique, imiter la double nature
de ce Centaure, qui étoit homme & cheval. Que

de Tragédies pareilles ! Que de *Charemons* de nos jours !

✺

Ceux qui ne veulent pas qu'on faſſe des Tragédies pieuſes, diſent pour raiſon qu'il ne convient point à des perſonnes qui paſſent pour infâmes & excommuniées, de repréſenter les actions, & de faire les perſonnages des Saints. *Non ſunt miſcenda ſacra profanis.* On attribue ce bon mot au célèbre Duc de *Montauſier* : « Comme le but de la Comédie » eſt de plaire aux gens du monde, *diſoit-il*, il faut » que la dévotion de ces Saints de Théâtre ſoit tou- » jours un peu galante ». Le premier Concile de Milan défend de repréſenter ſur le Théâtre, ou en quelqu'autre lieu, le martyre & la vie des Saints. On lit dans les antiquités Judaïques par Joſeph, liv. 12, ch. 2, que le Poète *Theodecte*, ayant voulu mêler quelque choſe des Livres ſacrés dans une de ſes Tragédies, devint aveugle par une fluxion qui tomba ſur ſes yeux ; & après avoir reconnu ſa faute & en avoir demandé pardon à Dieu, il recouvra la vue.

✺

On a vu un homme à qui le chant des Roſſignols étoit ſi inſuportable, qu'il ſe levoit la nuit pour les chaſſer à coups de gaules & de pierres, & faiſoit arracher les arbres ſur leſquels ſe repoſoient ces aimables oiſeaux ; il trouvoit au contraire le chant des Grenouilles la plus agréable muſique du monde. Voyez *Pétrarque*, liv. 2, ch. 90. *De rat. fort. utr.*

J'ai l'honneur d'être, &c.

Paris, *le* 15 *Novembre* 1776.

CORRESPONDANCE
DRAMATIQUE.

LETTRE VII.

JE vous ai promis, Madame, de vous parler
des nouveaux Reglements de la Comédie Française, & je vous tiens parole. C'est-à-dire, je vais
d'abord vous rapporter ou plutôt vous transcrire
l'Extrait des Regiſtres du Conſeil d'Etat du Roi,
en date du 18 Juin 1757 ; en voici le préambule :

« Le Roi s'étant fait rendre compte de l'état
» des affaires de la *Troupe* de ſes Comédiens
» Français ordinaires, & voulant donner des mar-
» ques de ſa protection pour le Spectacle formé
» en France par les talens des plus grands Auteurs
» qu'elle ait produit, à l'exemple duquel il en a
» été établi de ſemblables dans les principales
» Cours de l'Europe, & qui, à juſte titre, a été
» honoré de la protection particuliere du feu Roi.
» *Sa Majeſté* ſe ſeroit fait repréſenter les Régle-
» mens & Arrêts rendus au ſujet, tant de l'é-
» tabliſſement de ladite *Troupe*, que de ſon ad-
» miniſtration, police & diſcipline depuis l'année

Premiere Partie.   N

» 1680, qu'il plut au feu Roi de réunir les deux
» Troupes de ses Comédiens Français ; ensemble
» les traités successivement passés entr'eux, &
» particuliérement ceux du 5 Janvier 1681, 29
» Octobre 1685, 22 Septembre 1687, 23 Juin
» 1692, 23 Mars 1705 & 5 Septembre 1735,
» & lesdits Arrêts, Réglemens & Actes de Société
» ne pouvant avoir leur entiere exécution, ouï le
» Rapport, le Roi étant en son Conseil, déro-
» geant autant que de besoin & révoquant & an-
» nullant les susdits Traités, Arrêts & Réglemens,
» à ordonné & ordonne ce qui suit.

ARTICLE PREMIER. Le fonds de l'établissement de l'Hôtel sera & demeurera fixé à
la somme de deux cens mille huit cens sept liv.
seize sols six deniers seulement ; savoir, cent
quatre-vingt dix-huit mille deux cens trente deux
liv. seize sols six deniers, à quoi ont été fixées
par le traité de 1692, les dépenses faites tant
pour l'acquisition des fonds sur lesquels les Comédiens prédécesseurs, ont fait bâtir ledit Hôtel,
la construction du Théâtre ; que pour l'achat des
décorations & autres objets dudit établissement,
&c. &c. &c.

ART. II. Le fonds ci-dessus sera, comme ci-
devant, divisé en 23 parts égales, dont chacune sera de 8730 liv. 15 sols 9 den. au lieu de
13130 liv. 15 sols, à quoi avoit été fixé le fonds
de chaque part, par le traité de 1705, &c.

ART. III. Et voulant Sa Majesté procurer à
ladite Troupe le moyen de se soutenir, ordonne
que pour rembourser les Acteurs ou Actrices qui
ont fait ledit fonds ou portion d'icelui à fur &

mesure de la retraite, ou décès desdits Acteurs ou Actrices, il sera fait fonds dans les états de dépenses exrraordinaires des Menus, des sommes qu'ils se trouveront avoir payées au jour de la clôture du Théâtre de l'année, &c.

Art. IV. Chaque part sera susceptible de division en demi-part, ou autre portion de part comme ci-devant.

Art. V. Le fond dudit établissement ne pourra être aliéné ni engagé sous quelque prétexte que ce puisse être, pour les besoins d'un ou de plusieurs particuliers; mais seulement pour l'utilité & le besoin commun de la Troupe, &c.

Art. VI. Aucun des Acteurs & Actrices ne pourra prétendre le remboursement du fonds de sa part, si ce n'est en cas de retraite.

Art. VII. Aucun desdits Acteurs ou Actrices ne pourra pareillement ni engager, ni aliéner le fonds de sa part, ou autre portion de part dans ledit établissement, ni aucuns de leurs Créanciers particuliers, poursuivre le paiement de leurs créances, par saisie réelle, mais seulement par saisie mobiliaire desdites parts ou portions de parts, &c.

Art. VIII. Les Acteurs ou Actrices qui seront à l'avenir admis dans la Troupe, seront tenus de payer, sans intérêt néanmoins, la somme ci-dessus de 8730 liv. 15 sols, pour une part, & ainsi à proportion pour une demi-part, &c.

Art. IX. Pour faciliter auxdits nouveaux Acteurs ou Actrices le paiement desdites 8730 liv. 15 sols, il leur sera retenu par chaque année & jusqu'à concurrence, la somme de 1000 liv. par part, & ainsi à proportion ; & ce, par privilége & préférence à tous leurs Créanciers.

ART. X. Tous les Acteurs ou Actrices qui seront renvoyés après 15 années accomplies de service, jouiront de 1000 liv. de pension viagere, laquelle leur sera payée annuellement par la Troupe, &c.

ART. XI. Il sera libre auxdits Acteurs ou Actrices de se retirer après 20 années de service, auquel cas ils jouiront de la pension de 1000 liv. néanmoins ceux ou celles qui seront jugés nécessaires encore, ne pourront se retirer, mais auront 1500 liv. de pension ; en continuant leur service dans la Troupe pendant dix autres années.

ART. XII. S'il survenoit à quelques Acteurs ou Actrices, avant ledit terme de 15 années, des accidens ou infirmités habituelles qui les missent hors d'état de continuer leur service, lesdites pensions de 1000 liv. seront constituées à leur profit, en conséquence d'une délibération, signée de tous ceux qui composeront alors ladite Troupe, & sur les ordres du premier Gentilhomme de la Chambre en exercice.

Les Art. XIII, XIV & XV, regardent & fixent les pensions des Acteurs & des Actrices qui ne pourront être saisis par leurs Créanciers.

L'Art. XVI, nomme trois Semainiers, dont les fonctions consistent dans l'administration, police intérieure, & discipline de la Troupe.

Les 7 Art. suivans vous ennuieroient, Madame, par leurs détails ; il suffira de dire qu'ils prescrivent la forme de la recette générale, par un seul Caissier, auquel les Receveurs particuliers des différents Bureaux, seront tenus de compter tous les jours après le Spectacle ; qu'il y aura un double Régiftre, ligné en premiere & derniere feuille, & toutes les pages paraphées, par un des Intendans des Menus ; & que ce Régiftre, ainfi que les deniers de la recette effective, feront renfermés dans le coffre fort de la Comédie, lequel fermera à deux clefs ; que le Caiffier fera feul chargé de la dépenfe, & ne pourra rien payer que fur des mandats, fignés par les trois Semainiers ; qu'à l'égard des Régiftres de contrôle, de recette & dépenfe, le plus ancien des Semainiers les renfermera dans une armoire à clef ; que pour éviter la multiplicité des quittances, le Caiffier dreffera des états des gages & appointemens des Employés de la Troupe ; fi les mémoires des ouvriers & fourniffeurs ne pouvoient être acquittés fur le produit de la recette du mois, le reftant fera payé fur celle du mois fuivant.

L'Art. XXIV porte, qu'à la fin de chaque mois les Régiftres de recette & dépenfe, ainfi que ceux de contrôle, feront repréfentés à l'Intendant des Menus, pour par lui les vifiter & arrêter.

Il eft dit par les Art. XXV & XXVI, que tous les frais ordinaires & extraordinaires feront payés à la charge commune de la Troupe, & qu'au furplus du produit des Repréfentations, il fera divifé en 23 portions égales & partagé aux Acteurs & Actrices, à proportion de leurs parts, ainfi que la penfion de 12000 liv. accordée à la Troupe par l'Arrêt du 24 Août.

Les Art. XXVII, XXVIII, XXIX & XXX, fixent la part des Acteurs & Actrices, en trois portions égales ; favoir, deux tiers libres, & l'autre tiers à leurs Créanciers, qui fera retenu par le Caiffier, & à la clôture du Théâtre, remis entre les mains du Notaire de la Troupe ; que les exploits des faifies, ainfi que les mains-levées, feront infcrites fur deux Régiftres, dont un entre les mains du Caiffier, & l'autre dans celles du Notaire de la Troupe, pour être remife, s'il y échet, au Procureur au Châtelet de ladite Troupe, ou à fon Procureur au Parlement ; l'un fe nomme *Formey*, l'autre *Yvon*.

ART. XXXI. Chaque annnée à la clôture du Théâtre, il fera dreffé par le Caiffier, trois états ; le premier coutiendra les parts ou portions de parts de chaque Acteur ou Actrice, dans le fonds de l'établiffement, & ce qui en aura été acquitté, ou reftera à acquitter ; le fecond contiendra les dettes paffives de la Troupe, & le troifiéme les penfions viageres dont elle fe trouvera lors chargée, &c.

ART. XXXII. Il ne pourra dorénavant être fait aucun emprunt que pour dépenfes forcées, non par billets, mais par contrats de conftitutions ou obligations, lefquels actes ne pourront être paffés que pardevant le Notaire de la Troupe, &c.

Les Art. XXXIII, XXXIV & XXXV, prefcrivent que les Billets des fommes dues actuellement feront convertis en contrats, que le Notaire de la Troupe fera un inventaire double par bref état des titres & papiers des archives ; lefquels feront remis dans des boîtes étiquetées, puis renfermées dans une armoire à double clef ; qu'on ne pourra retirer aucuns titres ni papiers de ladite armoire qu'en vertu de délibérations fignées des trois Semainiers, & fur les récépiffés de ceux qui en auront befoin", &c.

Par les Art. XXXVI & XXXVII, S. M. ordonne que fefdits Comédiens jouent tous les jours, fans que fous aucun prétexte ils puiffent s'en difpenfer, que le Confeil de la Troupe foit compofé de trois Avocats en Parlement : ce font MM. *Gerbier*, *Jabineau* & *Coqueley*, & d'un Avocat aux Confeils M. *Brunet*.

Le dernier Article porte qu'il fera inceffamment pourvu au furplus de l'adminiftration, police & difcipline intérieure de la Troupe par un Réglement qui fera dreffé par MM. les Gentilshommes de la Chambre, & dont je vais vous rendre compte. Pardonnez, Madame, fi je me fuis trop appéfanti fur ces détails ; ils étoient néceffaires, d'autant plus que cet Arrêt du Confeil n'eft point répandu.

REGLEMENT pour les *Comédiens Français ordinaires du Roi*. Tel eft l'intitulé ; à la tête fe trouvent les noms des quatre premiers Gentilhommes de la Chambre, qui font MM. les Ducs d'*Aumont* & de *Fleury*, avec les Maréchaux de *Richelieu* & de *Duras*, ils s'expriment ainfi :
« En conféquence des ordres du Roi, à Nous
» adreffés, & portés par l'Arrêt du Confeil du
» 18 Juin 1751. Après nous être fait rendre
» compte de divers abus qui fe font intro-
» duits à la Comédie Françaife, tant par rapport
» à la police intérieure, que par rapport à la re-
» préfentation des Pièces, & nous ayant paru
» indifpenfable d'établir un ordre qui remédie à

» ces abus fi contraires à la fatisfaction du Public
» & à l'*intérêt des Comédiens* ; avons réglé &
» ftatué ce qui fuit :

Semainiers. Les Articles II & III prefcrivent le
devoir des Semainiers. Il y en a de très-peu importans pour le Public : comme de veiller à l'impreffion des Billets, Contremarques & Affiches ;
d'annoncer ou de faire annoncer les Pièces, de
faire commencer aux heures ordinaires ; de conf-
tater l'état des Acteurs & Actrices à chaque affemblée, pour leurs Jettons ; de préfenter à la
Troupe les mémoires de dépenfe ; d'y rapporter
les affaires des Comédiens de Province ; de convo-
quer les affemblées ordinaires & extraordinaires ;
d'avoir en garde les Régiftres de contrôle pour
la recette & la dépenfe, la double clef du coffre
fort & celle de l'armoire aux Archives ; de com-
mander aux Décorateurs, Maîtres de Ballets,
Orcheftre & Magafiniers ; de former les états
& mémoires des Décorations, Machines & Habits ; de prendre les ordres de la Cour ; de tenir
le livres des voyages à la Cour, & le Régiftre des
feuilles de femaine ; de faire les provifions de
bois, charbon & uftenfiles à l'ufage de la Troupe ;
enfin d'avoir l'infpection fur les feux, poèles &
lumières de l'intérieur du Spectacle. J'en conviens
avec vous, Madame, ces différeus objets ne font
d'aucune importance pour le Public ; mais ils
prouvent le zèle & l'attention de MM. les Gentilshommes de la Chambre pour le bon ordre & la
difcipline des Spectacles de notre Capitale.

Voici les faits intéreffans pour les Auteurs
Dramatiques ;

Dramatiques ; ſavoir , les *Semainiers* auront attention d'inſcrire les Auteurs , pour faire jouer leurs
Pièces à leur tour , & éviter des ſujets de plaintes ; de prendre connoiſſance des Pièces qui ſeront
à l'étude , afin d'en accélérer la repréſentation ;
de convenir avec les Auteurs des jours auxquels
ils feront la lecture de leurs Pièces ; de propoſer
les Pièces qui doivent former le Répertoire , &
celles qu'il convient de remettre au Théâtre ; s'il
eſt queſtion d'examiner les Pièces propoſées , de
choiſir les Examinateurs ; de veiller à l'exécution
des Articles qui compoſent ce Réglement ; d'informer l'Intendant des Menus des contraventions
qui pourroient avoir lieu , faute de quoi , d'en devenir reſponſables en leur propre & privé nom.

Aſſemblées. Cela forme pluſieurs Articles. Il y
eſt dit en général que tous les Lundis on tiendra
une *Aſſemblée* , dans une Salle de l'Hôtel , où
tous les Comédiens & Comédiennes s'y trouve-
veront , ſous peine de perdre leur droit de préſence , qui préſentement eſt de *ſix livres* ; aucune
perſonne étrangere à la *Troupe* ne pourra , ſous
aucun prétexte , être admiſe dans l'Aſſemblée , ni
aſſiſter aux délibérations. Art. 6.

Délibérations. Tous les Articles ſont fort ſages ;
on preſcrit à la Troupe l'ordre de leurs délibérations , qui doivent ſe faire ſans tumulte & ſans
bruit , ſoit à la pluralité des voix , ſoit par le ſcrutin ; les Semainiers doivent fournir aux Acteurs &
Actrices des fèves *blanches* & *noires* ; toutes les
déciſions , ſoit verbales , ſoit au ſcrutin , ſeront
inſcrites ſur le Régiſtre , & ſignées de ces *Meſſieurs* & de ces *Dames.* L'Article 20 porte que ,

Premiere Partie.   O

» ceux ou *celles* qui interrompront le cours d'une
» affaire, pour en propofer une autre; *ceux* ou
» *celles* qui fe ferviront de paroles piquantes ou
» peu mefurées, feront privés de leur droit de pré-
» fence, & payeront en outre une amende de *fix*
» *livres*, au profit des pauvres de la Paroiffe ».

Répertoire. Nous voici arrivés à l'objet le plus
intéreffant pour les Auteurs Dramatiques, auffi
je vais vous en parler plus au long, & entrer dans
certains détails : je vais d'abord tranfcrire le prononcé de MM. les Gentilhommes de la Chambre.

« L'objet le plus important de l'Affemblée,
» étant le choix des Pièces pour lefquelles les
» Comédiens doivent fe tenir prêts, Nous or-
» donnons qu'il fera dreffé un état général de
» toutes les Pièces qui compofent le Répertoire,
» avec les noms des Acteurs & Actrices qui doi-
» vent jouer en premier & en double, les rôles
» de chacune de ces Pièces ; s'il furvenoit des con-
» teftations à cet égard, elles feront portées par
» les Semainiers aux fieurs Intendants des Menus,
» qui nous en informeront & donneront après
» les ordres néceffaires ».

Enfuite il eft dit, qu'après le décès ou la retraite
d'un Acteur ou d'une Actrice, on donnera fes rôles
à ceux ou celles à qui ils pourront convenir. Il
ne fera queftion d'aucune affaire à l'Affemblée
des Lundis, qu'après le Répertoire fait ; alors
chacun fera tenu de jouer le rôle pour lequel il aura
été nommé, fous peine de *cent livres* d'amende :
leurs *Doubles* feront de la peine. L'ordre & la
marche des débuts n'étant point néceffaires à mon
objet, je la pafferai fous filence, aux rifques de

vous en parler une autre fois, Madame ; il est question encore que les Semainiers doivent proposer ,, en faisant le Répertoire, les Pièces qui peuvent être jouées les jours que ces *Messieurs* & ces *Dames* se transportent à la Cour ; afin que les *Doubles* trouvent par-là le moyen de s'exercer & de se perfectionner ; & il est prononcé par l'Art. 30, en cas de l'inexécution, que la Troupe payera une somme de 300 liv. applicable aux pauvres de la Paroisse. Je dois transcrire les bonnes intentions de MM. les Gentilhommes de la Chambre. Voici comme ils s'expliquent : « Persuadés que la satis- » faction & l'amusement du Public ont été un des » principaux motifs des graces accordées par le » feu Roi, (*Louis XIV*) aux Comédiens, en les » attachant à son service, & étant informés que » sous le prétexte d'aller représenter à la Cour, » les Comédiens se dispensent souvent de jouer à » Paris ; contre la condition expresse qui leur a été » imposée par le feu Roi, lors de la réunion des » Troupes de l'Hôtel de Bourgogne & de Gué- » négaud ; Nous voulons, &c.....»

Pièces Nouvelles. « Etant informés que les an- » ciens Réglemens pour les Pièces nouvelles ne » sont plus exécutés, & ayant reconnu par l'exa- » men que nous en avons fait, qu'il étoit indis- » pensable d'y faire des changemens, Nous avons « ordonnés ce qui suit »

1º. Toute pièce nouvelle sera adressée au Semainier, qui conviendra d'un jour pour en entendre la lecture, l'Auteur sera prévenu du jour arrêté, & lui seul aura le droit de venir à cette

Aſſemblée ; il eſt défendu aux Comédiens de laiſſer entrer qui que ce ſoit, ſous peine de 300 liv.
d'amende, payable par la Troupe en général.
2°. La Pièce lue ſera diſcutée, s'il y a lieu, entre
l'Auteur & les Comédiens, enſuite l'Auteur ſera
prié de ſe retirer, ne devant point être préſent à la
délibération ; chaque Acteur & Actrice aura trois
fèves, l'une *blanche*, pour l'acceptation ſimple ;
une *marbrée*, pour l'acceptation avec des changemens, & une *noire*, pour le refus abſolu ; &
le Semainier eſt chargé de mander à l'Auteur le
vœu de l'Aſſemblée. 3°. S'il faut faire des changemens, & que l'Auteur s'y ſoumette, il pourra
demander une ſeconde lecture, d'après laquelle
on décidera le ſort de la Pièce. Il eſt ordonné à
ces *Meſſieurs* & à ces *Dames* de garder un ſecret
inviolable ſur tout ce qui aura été dit ou fait dans
les Aſſemblées, & en cas de contravention prou-
vée, punition.

Je donnerai dans l'Ordinaire prochain le commentaire ſur ces différens Articles, par M. *le Fran-*
çois de Neufchâteau, Avocat : & preuve que je
ne ſuis point l'ennemi des Comédiens, (des bons
s'entend) & que j'eſtime les talens, c'eſt que je
me plais beaucoup à parler des perſonnes de l'un
& de l'autre ſexe qui paroiſſent avec éclat ſur la
Scène Dramatique. En conſéquence, je vous dirai,
Madame, que la Demoiſelle *Sainval* cadette, a
reparu le 6 Juillet dernier ſur le Théâtre des
Français, où elle a joué avec applaudiſſement les
rôles de *Zaïre*, d'*Inès de Caſtro*, d'*Amenaïde*, &
pluſieurs autres non moins difficiles à bien rendre.
De l'ame, de l'intelligence, une grande ſenſibilité,

l'expreſſion, quoiqu'un peu exagérée, de la nature, donnent à ſon jeu beaucoup de pathétique,
d'intérêt & de vérité.

Le 18 du même mois, le ſieur *Verteuil* a débuté
par le rôle de l'*Avare*, & celui de *Lucas*, dans
l'*Eſprit de Contradiction* ; le 19, *Orgon*, dans le
Conſentement forcé ; le 20, le *Baron*, dans le *Som-
nanbule*. Cet Acteur a montré quelques diſpoſi-
tions, & même du talent.

A la Comédie Italienne, une Actrice nouvelle,
qui n'avoit encore jamais paru ſur aucun Théâtre,
dit-on, y a débuté le 11 du même mois, par le
rôle de *Laurette*, du *Peintre amoureux de ſon modele* ; elle a joué les jours ſuivans les rôles d'A-
moureuſes dans le *Déſerteur* & *Iſabelle* & *Ger-
trude*. Cette Actrice, qui ſe nomme *de Monville*,
réunit aux agrémens de la jeuneſſe, de la figure
& de la taille, un organe flatteur, net & ſenſible,
il lui manque de l'aſſurance dans ſon jeu, & plus
de ſûreté dans ſes intonnations, & un organe plus
étendu, ce que l'exercice & une étude ſuivie peuvent lui donner.

Le 29 Juillet, le ſieur N.... a débuté par le rôle
de *Sylvain* : il n'avoit encore paru ſur aucun Théâtre. Cet Acteur met de l'intelligence dans ſon jeu,
a une voix ſonore ; mais il doit ſonger à former
ſon talent par l'exercice & l'étude.

Pardonnez, belle Comteſſe, ſi je vous parle
de la *Bonne Femme*, Parodie de l'Opéra d'*Alceſte*,
c'eſt qu'elle eſt remplie de traits ſaillants & ingénieux : c'eſt qu'il y a beaucoup de gaîté ; les couplets ſont rimés avec une facilité ſinguliere, & les
airs ſont bien choiſis & aſſez analogues aux pa-

roles. La Dame *Trial* eft très-applaudie dans le double rôle de Mathurine, en femme & en guerrier; la Demoifelle *Beaupré* y paroît une nièce fort aimable; les fieurs *Trial*, *Nainville*, *Thomaffin* & autres, font valoir tous, par leur gaîté & par leurs talens, les plus petits rôles de cette Pièce. Ce qui a paru faire plaifir à tout le monde, & qui m'amufe infiniment, c'eft lorfqu'Arlequin paroît, à l'imitation de l'Opéra, & chante du haut d'une tour à René & à fa femme, qu'il les prend fous fa protection, & qu'il fera leur fortune; il crie enfuite: *Defcendez-moi, je ne fuis là que pour faire un dénouement, & mon rôle eft fini.*

Je conviens qu'il faut avoir vu l'Opéra d'*Alcefte*, pour bien juger du mérite de fa Parodie, & c'eft pourquoi ces fortes de Pièces font beaucoup fêtées dans le commencement, & prefque oubliées après; néanmoins nous en avons plufieurs qui font reftées au Théâtre; entr'autres, s'il m'en fouvient bien, *la Fille mal gardée*, parodie de la *Provençale*, Acte détaché d'un Opéra, que M. *Favart*, cet ingénieux Vaudevilifte, a donné dans fon Théâtre fous le nom du *Pédant Amoureux*. Il y en a encore une, je penfe, c'eft la *Sybille*, Parodie de la *Sybille*, acte d'Opéra.

J'ajouterai que dans la mauvaife & informe compilation, donnée au Public, fous le nom de *Dictionnaire Dramatique*, on ne trouve point une Parodie d'*Alcefte*, Opéra de *Quinault*, intitulée: *la Noce interrompue*. Cette Pièce a eu le plus grand fuccès en 1757, qu'elle fut jouée, & elle fe trouve imprimée dans les Œuvres de M. *Favart*, qui en eft l'Auteur. Elle exifte cependant, & dans le Tome II, à la lettre N, on ne la trouve point rapportée ; vous ne lirez à la page 297 que *la Noce interrompue*, Comédie en un acte & en profe, par *Dufresny*.

Je ne fais pourquoi, ma chere Comtesse, de certaines gens me nomment *l'Anti-Comédien* ; il est vrai que je ne fuis point l'ami de ces *Messieurs* ni de ces *Dames* ; (comme ils fe qualifient en-tr'eux.) mais je n'en fuis point l'ennemi ; au con-traire, étant Moufquetaire je courtifois les Actrices, quand elles étoient jeunes & jolies ; mais ne foyons point indifcret, & tranfcrivons quelques vers à leur louange, que j'ai lu derniérement.

A Mlle. DOLIGNI, au bas de fon Portrait.

Les graces, les talens, la décence, les mœurs,
Ceignent ce front charmant de palmes immortelles ;
   Et pour le tourment de nos cœurs,
   Cette interprete des neuf Sœurs ;
Aux piéges de l'amour fait échapper comme elles.

A la même: In-promptu fait au Foyer.

Naïve Doligni, d'où vient fuivre mes traces ?
D'où vient me demander où demeure Saint-Foix ?
   Puifqu'il eft l'Auteur des Graces,
   Il doit demeurer chez toi.

J'ai l'honneur d'être, &c.

Paris le premier Décembre 1776.

LETTRE VIII.

SCENE détachée.

Un GASCON, un VIEILLARD.

LE GASCON.

JÉ férai tout cé qué vous jugérez à propos pour épouſer la pétite Liſe.

LE VIEILLARD.

Il faut que vous deveniez Médecin de la Faculté de Paris.

LE GASCON.

Médécin dé la Faculté dé Paris, volontiers.

LE VIEILLARD.

Me tiendrez-vous parole ?

LE GASCON.

Si jé vous tiendrez parole ? cap dé bious !

LE VIEILLARD.

De Gaſcon, n'allez pas devenir Normand, au moins.

LE GASCON.

Diou mé damne, ſi jé commets cette ſottiſe, cette baſſeſſe.

LE VIEILLARD.

LE VIEILLARD.

Ma fille n'est point jolie, je vous en préviens.

LE GASCON.

Une femme est toujours belle, quand elle est bonne.

LE VIEILLARD.

Mais elle n'est pas trop bonne non plus, elle a quelquefois certaines vivacités.

LE GASCON.

D'accord; mais comme votre serviteur est né fort patient......

LE VIEILLARD.

Oui; mais des paroles, elle passe souvent aux menaces.

LE GASCON.

Les menaces né font point dé mal.

LE VIEILLARD.

A la bonne heure; ma fille ne s'en tient pas toujours là: elle bâtonne!

LE GASCON.

Cadédis! bâtonne, dites-vous?

LE VIEILLARD, *l'imitant.*

Oui, ellé bâtonne.

LE GASCON.

Après tout, ce font des vivacités qui né doivent point effaroucher un Officier commé moi.

LE VIEILLARD.

Il est vrai qu'un Officier Gascon....

LE GASCON.

Nous en avons bien vu d'autres, beau-pere.

LE VIEILLARD, *bas.*

Rien ne peut le dégoûter, je suis pris pour dupe.

LE GASCON.

Voici le prémier jour dé l'an, ainsi qué vous mé l'avez promis. Concluons.

LE VIEILLARD.

Un moment; vous savez que ma fille est laide & noire de peau.

LE GASCON.

Point du tout: la pétite Lise est jolie & blanche comme un satin.

LE VIEILLARD.

Mais vous ne savez pas que depuis peu elle est déferrée d'un œil.

LE GASCON.

C'est ce qu'on appelle borgnesse, n'est-ce pas?... N'importe.

LE VIEILLARD.

Diable! Vous savez qu'elle est vive, pétulente & colere; mais vous ne savez pas qu'elle jure, & qu'elle est fort libre en paroles.

LE GASCON.

C'est-à-dire jureuse, & dévergondée, n'est-ce pas?.... N'importe.

LE VIEILLARD, *bas.*

Ouf! rien ne lui fait; tous les défauts coulent sur

lui comme fur de la toile cirée. (*Haut.*) Voyons,
vous me paroiffez un honnête homme ; & je ferois
au défefpoir de vous attraper.

LE GASCON.

Bien fin, Monfieur, qui pourroit m'attraper ;
car je fuis un fin connoiffeur.

LE VIEILLARD.

N'importe ; il y a des cas où les plus fins font
pris ; par exemple, quand une fille a manqué à elle-
même, a fait un faux-bond à fon honneur.

LE GASCON.

Lé cas eft-il arrivé ?

LE VIEILLARD.

Hélas ! oui, Monfieur, malheureufement pour
nous ; mais qu'une fois.

LE GASCON.

Ahi, ahi, ahi ! c'eft-à-dire qu'elle a eu une in-
clination un peu forte.

LE VIEILLARD.

Un peu ! non, très-forte ; car.... (Voyons fi
perfonne ne nous écoute. Non.) Je vous dirai, Monfieur, tout bas à l'oreille, que ma fille a fait....
a fait.... a fait un enfant.

LE GASCON.

Un enfant ! ouf ! un enfant ! Quoi ! la petite
Life a fait un enfant ; céci changé la thèfe.

LE VIEILLARD.

Vous avez raifon, Monfieur ; comme j'aime
tendrement ma fille, je ne voudrois point qu'elle
fut malheureufe avec fon mari.

LE GASCON.

Il n'en faudroit pas davantage, cadédis !

LE VIEILLARD.

Aussi vous l'ai-je avoué tout naturellement ; car l'ayant appris, vous lui auriez reproché cette faute, quoiqu'involontaire.

LE GASCON.

Comment ! qué dites-vous là ? c'est malgré elle qué la pétite Lise a fait un enfant ?

LE VIEILLARD.

Air : *Qui veut savoir l'histoire entiere.*

Oui, tout-à-fait ne vous déplaise.

LE GASCON.

Oh ! céci change bien la thèse :
Vous connoissez mon sentiment,
Préférez-moi donc seulement.

Uné chosé, son amant est-il mort ?

LE VIEILLARD.

Oui, Monsieur, mort & enterré il y a six mois.

LE GASCON.

Air : *Quand le péril est agréable.*

Sandis ! la fauté seroit neuve ;
J'aurois en cé cas tout lé tort ;
Puisqué son cher amant est mort,
Jé la prends commé veuve.

LE VIEILLARD.

(*Bas.*) Oh! le chien de Gascon; je ne m'attendois pas à ce détour; il est neuf. Tâchons de détourner le coup. (*Haut.*) Soit, mais je veux vous dire tout. J'ai essuyé deux banqueroutes.

LE GASCON.

Deux banqueroutes; fort bien.

LE VIEILLARD.

De plus, mes Fermiers me doivent beaucoup & ne me payent pas.

LE GASCON.

C'est comme moi; vous êtes dans le cas de mille Gentilshommes.

LE VIEILLARD.

Un Vaisseau sur lequel j'avois de grosses marchandises; ô douleur!... il a fait naufrage dans le port; c'étoit ma seule espérance! ainsi, Monsieur, je ne puis rien donner en mariage à ma fille.

LE GASCON.

Vous voulez la marier sans dot? Sans dot! cadédis!.... Adoucias, l'ami.

(*Il sort.*)

LE VIEILLARD, *seul.*

Je savois bien que le manque d'argent lui feroit plus que tout le reste. Nous en voici débarrassé, dieu merci! Orgon le fils la recherche en mariage; je dois tenir ma parole.

DIALOGUE EN VERS.
ENTRE DEUX PERROQUETS.

Le premier PERROQUET.

TOT, tôt, tôt, tôt, tôt, tôt,
Du Rôt, du rôt, du rôt,
Hola, hola, Laquais,
Du vin aux Perroquets.
Le vin qui monte à la tête
Fait causer le Perroquet;
Ce n'est pas la seule Bête,
Dont le vin fait le caquet.

Le second PERROQUET.

Paix, crois-moi, ne parles guères;
J'en sais-qui, sans dire mot,
N'ont pas mal fait leurs affaires;
Et ce n'est pas le plus sot,
Que celui qui sait se taire.
A force de jaser, les muets d'aujourd'hui
Pourroient bien t'envoyer jaser dans la Rivière.

Le premier PERROQUET

Fi, fi, fi, fi, fi, fi, fi
Mignon, ne songeons qu'à rire;
Parlons tout le long du jour,

Sans rien penser, sans rien dire,
C'est comme on parle à la Cour.

Le second PERROQUET.

De ceux que notre fête attire,
Nous ne sommes pas les plus foux ;
De cent parleurs qu'on admire ,
Trente parlent comme nous.

Le premier PERROQUET.

Tais-toi, le Sultan s'apprête
A voir faire quelques tours ;
Ça , pour honorer la fête,
Gambadez , Messieurs les Ours.
Perroquet de bonne mine ,
Qui fait & rire & chanter ;
Quand il est d'humeur badine,
Est en droit de plaisanter.

Pour l'intelligence de ce dialogue, je vous dirai,
Madame, que *Monseigneur* fit à Marly, dans le
Carnaval de 1701 , une Mascarade, dont étoient
M. le Duc d'Orléans, & M. le Grand Prieur ;
elle représentoit le Sultan dans sa Cour , allant
voir sa Ménagerie; ce qui donna occasion d'y ame-
ner toutes sortes de bêtes, représentées par des
Musiciens. Le Marquis *de la Farre* fut chargé de
faire ce dialogue, que *Mouret* mit en Musique, &
qui fut regardé comme une satyre, dans laquelle
l'Auteur avoit voulu tourner la Cour en ridicule.
Pour toute réponse, le Marquis *de la Farre* donna
les vers suivans.

Autrefois la raillerie,
Étoit permife à la Cour ;
On en bannit en ce jour
Même la plaifanterie.
Ah ! fi ce Peuple important,
Qui femble avoir peur de rire,
Méritoit moins la fatyre,
Il ne la craindroit pas tant.

PROLOGUE,

Recité fur un Théâtre de fociété.

AVANT que la Pièce commence,
Il eft dit, Meffieurs, qu'un Acteur,
Doit, d'une triple révérence,
Faire l'hommage au Spectateur ;
Puis d'une voix humble & timide,
Prier, par un beau compliment,
Tout connoiffeur un peu rigide
De vouloir bien être indulgent.
La modeftie eft chofe rare,
Dit-on, chez un Comédien ;
Cette vertu, je la déclare,
Eft la nôtre & nous fied très-bien.
Notre entreprife eft téméraire,
Et rien ne pourroit l'excufer,

Que

Que notre defir de vous plaire
Ou celui de vous amufer.

Vous ne verrez pas fur la Scène
Ni des Clairons, ni des le Kains :
Oui, le poignard de Melpomene
Eft ridicule dans nos mains.
Sur un Théâtre de ménage,
Sur deux treteaux mal appuyés,
Mahomet, au troifiéme étage,
Va paroître en déshabillé.
(Cette pièce doit plaire aux Femmes !)
S'il revenoit dans ce logis,
Mahomet, pour le coup, Mefdames,
Croiroit trouver fon Paradis.

CONTE DRAMATIQUE.

AVANT la fin du jour, je veux être à Paris ;
Difoit un jeune fat. Ses chevaux hors d'haleine,
Étoient tout en fueur ; car ils ont grande peine,
    Quand de la forte ils font conduits.
    Paffe un manant. — « Bon-homme, écoute,
» Arriverai-je avant la nuit ? — Sans doute ;
» Si vous faites aller lentement votre char ;
    Sinon, vous coucherez en route. —
    » Ah ! tu fais donc le gognenard !

Q

>> Cela te convient bien >>. — (Notre fier perfonnage
Lui donne de fon fouet à travers le vifage.)
« Apprends à vivre, impertinent «. — Il part.

Mais tandis que le jeune guide
Va comme un trait, l'effieu perfide
Crie & fe rompt ; Monfieur tombe dans un foffé ;
Monfieur n'arrive pas, pour s'être trop preffé.

SPECTACLES DRAMATIQUES.

LA Troupe des Comédiens Français devoit
jouer *Zuma*, lorfqu'une de ces *Dames* ; (*La Demoifelle Raucourt*, chargée du principal rôle de
cette Tragédie, a, *dit on*, parti en pofte, fur-
tivement, la nuit, pour éviter la pourfuite de
fes créanciers. On a été d'autant plus furpris de
cette évafion, qu'on n'imaginoit pas qu'une Actrice, jeune, jolie, grande, bien faite, fît banque-
route de 300000 liv. à fon début. Le Public l'a-
voit trop flatté ; Mademoifelle *Clairon* lui avoit
même tenu ce difcours : « Mademoifelle, vous
>> avez commencé comme j'aurois voulu finir >>.
Revenons à *Zuma*. Cette Pièce, dit fon Auteur,
eft reçue par la Troupe des Comédiens depuis huit
ans paffés.

En conféquence *Coriolan*, Tragédie en quatre
actes & en vers, de M. *Gudin*, a été repréfentée
à fa place. Le fujet en eft fimple : *Coriolan* maltraité par le Sénat & les Tribuns Romains, châffé

de sa Patrie injustement, se retire chez les Volsques, les soulève contre Rome, & leur fait remporter, plusieurs victoires; il éprouve bientôt de la part des Chefs des Volsques, l'ingratitude & la jalousie; les Romains profitent de ces dispositions de l'ennemi pour faire conspirer contre *Coriolan*; ils envoyent des Ambassadeurs aux Volsques; *Coriolan* reçoit ces Députés avec la fierté ordinaire d'un vainqueur, rejette leurs soumissions & leurs propositions. Après avoir ainsi parlé en maître, il retient un des Sénateurs Romains, son ami, il épanche dans son cœur tous les sentimens qui agitent le sien; cet ami veut en vain lui persuader de rendre un héros à sa Patrie, il persiste dans son ressentiment. Certaines personnes ont fait un crime à M. *Gudin* d'avoir négligé deux moyens qui ne pouvoient qu'étayer fortement sa Tragédie, *ajoutent-ils*; la députation des Ministres des Dieux, & celle des Dames Romaines, à la tête desquelles étoient *Volumnie* sa femme, & ses enfans, ainsi que *Véturie*, sa mere, pour laquelle on connoît son respect profond & sa tendresse extrême. Il est vrai que cette derniére vient livrer à la tendresse de *son fils* l'assaut le plus terrible; qu'elle le conjure par tout ce qui peut l'émouvoir d'oublier son ressentiment. Sa haine contre les Romains l'emporte sur la piété filiale; mais lorsque transportée par l'amour & l'intérêt de la Patrie, cette mere lui donne sa malédiction, *Coriolan* ne peut résister à cette imprécation foudroyante, il s'abandonne à tout ce qu'une mere qu'il aime exige de lui. Les Chefs des Volsques également furieux de sa gloire &

de ſa déſertion, conſpirent contre ce Général, &
le percent de leurs Javelots. Les Romains ſont
vainqueurs, & *Coriolan* vengé des traîtres qu'il
a ſervis, & témoins de la gloire de ſon pays, lorſqu'il a ceſſé de l'attaquer, expire entre les bras de
ſa mere & de ſon ami. Les mêmes critiques n'ap-
prouvent point que M. *Gudin* ait fait triompher
les Romains de leurs ennemis, & ait fait périr
Coriolan, dans un combat ſingulier, avec *Tullus*,
qui n'étoit point à ſon Armée, « tandis que l'hiſ-
» toire, *diſent-ils*, nous apprend que cette guerre
» ſe termina par un traité entre les deux Nations,
» après que ce Général, déſarmé par les larmes de
» ſa mere, de ſa famille & des Dames Romaines,
» eut conſenti à lever le ſiége ». En effet, on lit
dans *Tite-Live* que Coriolan mourut fort âgé
dans un exil volontaire. En général M. *Gudin*,
(que je ne connois point,) a ſaiſi les beautés de
ſon ſujet ; il a traité ſupérieurement l'entrevue
de Coriolan avec ſa mere ; il regne dans cette
Scène le plus grand pathétique ; mais il faut convenir que trop reſſerré par ſon plan, l'Auteur
n'a pu développer un grand intérêt, ni ſoutenir
quatre actes, ſans ſe répéter. Tel fut à peu-près
le ſentiment des connoiſſeurs, & des perſonnnes
impartiales.

. Cela va m'engager à vous parler des différentes
Tragédies de *Coriolan*, qui toutes, par une fatalité
inconcevable, n'ont eu aucuns ſuccès ; en voici le
tableau effrayant mais vrai : *Hardi* compoſa un
Coriolan, Tragédie avec des Chœurs, qu'il fit repréſenter en 1601. Cette Pièce contient l'hiſtoire
de ce Romain, devenu ſi célebre, depuis ſon exil

de Rome jufqu'à fa mort. On trouve une Tragédie de *Coriolan*, en 1638, imprimée à Paris chez
Auguſtin Courbe; elle eſt d'*Urbain Chevreau*, qui
la dédia à M. *de Bautru*. Voici quelques vers de
cette Tragédie que j'ai extraits, Madame, afin de
vous donner une idée du goût des compoſitions
Dramatiques de ce tems. C'eſt l'épouſe de ce Général, qui eſt fenſée lui parler au moment que les
Volſques viennent de le percer de coups.

Mon cher Coriolan, ſi tu n'as rendu l'ame,
Pouſſe au moins pour me plaire un *petit trait* de flame,
Reprends un peu tes fens. Ah | diſcours ſuperflus !
(« La vie eſt une *mer* qui n'a point de reflux !)
» Nos jours ſont des *ruiſſeaux* que les Parques retiennent,
» Qui s'écoulent toujours & jamais ne reviennent,
» Et depuis que la mort en arrête le cours,
» Tous les Dieux n'y ſauroient apporter du ſecours ».

La même année *Chapotou* fit repréſenter par
la Troupe Royale un Tragédie de *Coriolan*, qu'il
dédia au Cardinal de *Richelieu*, elle fut imprimée
chez *Touſſaint Quinet*, *in*-4°. d'abord, enſuite
in-12. L'Abbé *Abeille*, de l'Académie Françaiſe,
fit repréſenter ſon *Coriolan* en 1676, il le dédia
au Chevalier de *Vendôme*, il ſe trouve imprimé
chez *Claude Barbin*. En 1688, un Anonyme fit
repréſenter une Tragédie de *Coriolan*; le peu de
ſuccès qu'elle eut fut cauſe, ſans doute, que ſon
Auteur ne la fit point imprimer. Maintenant il
faut quitter l'autre ſiécle & entrer dans le nôtre ;
car en 1722, *Chaligny, ſieur des Plaines*, fit

repréfenter une Tragédie de *Coriolan*, qui n'eut pas plus de fuccès que la précédente, & qui, comme elle, ne fut point imprimée. Il faut encore paffer un long intervalle de tems, puifque ce ne fut qu'en 1748, que M. *Mauger*, Garde du Corps du Roi, fit repréfenter une Tragédie de *Coriolan*, qui n'eut pas un grand fuccès; cette Pièce ne fut imprimée qu'en 1751. Cette même année il parut un autre *Coriolan*, ouvrage pofthume de M. *Richer*, Auteur des fables; cette Tragédie ne réuffit pas mieux que les précédentes. Enfin, Monfieur *Balze* vient de faire imprimer, en cette prefente année 1776, une Tragédie de *Coriolan*, que ces *Meffieurs* & ces *Dames* ont refufée. On m'a dit qu'un jeune Auteur Dramatique fe difpofoit à mettre fur la Scène une nouvelle Tragédie de *Coriolan*.

Le fieur *Clavareau*, fils d'un Comédien de Province, & qui néanmoins n'avoit jamais paru fur aucun Théâtre, a débuté le mois dernier par le rôle de *Darviane* dans *Mélanide*, & par celui de *Lindor* dans *Heureufement*. Cet Acteur joue avec feu, mais fans intelligence. Pour paroître fur la Scène, il faut étudier; n'y brille pas qui veut; mais on ne regarde point l'Art; fans talents on fe fait Comédien, c'eft feulement pour avoir *quinze* à *feize* mille livres de rente, que l'on embraffe cet état, à la honte du fiécle.

Les fieurs d'*Auberval* & *Monvel*, Membres de cette *Troupe*, ont été conduits en prifon, pour avoir manqué & à leur devoir & au Public. On efpere que leurs Supérieurs les obligeront, lorfqu'ils remontront fur le Théâtre, de faire excufe au Parterre , ainfi qu'il eft d'ufage toutes les fois que le Comédien oublie fon état.

Les Comédiens Italiens ont donné le 16 Septembre dernier , la premiere répréfentation du *Duel Comique* , Opéra-Bouffon en deux Actes , imité de l'Italien , & mêlé d'Ariettes , parodiées fur la Mufique du fieur *Paëfiello*. Cette Pièce n'a eu aucun fuccès , elle eft froide & languiffante , & l'Auteur a laiffé voir , dans toute l'étendue , la gêne , & néceffairement la parodie de l'Italien. Au refte les rôles de cet Opéra-Comique, (qui n'eft nullement Comique) ont été affez bien rendus par la Demoifelle *Colombe* , par les Dames *Billioni* & *Moulinghen* , & par les fieurs *la Ruette*, *Trial* & *Julien*.

La Demoifelle *Dumefnil* a débuté fur ce Théâtre par les rôles de Duegne , qu'elle a rendus avec intelligence ; cette Actrice a joué dans Tom-Jones , dans le Magnifique , dans le Maître en Droit , &c.

La Dame Epoufe du fieur *Thomaffin* a débuté le 20 Octobre dernier , par le rôle d'*Annette* , & par celui de *Jeannette* , dans le Déferteur ; elle a continué fon début par le rôle de la *Laitiere* & de la *charmante Life*.

L'Académie Royale de Mufique a fait répréfenter dans le courant de ce mois un Ballet pantomime de la compofition de M. *Noverre*, qui a pour titre *Apelle* & *Campafpe* ou la *générofité d'Alexandre*.

L'Anecdote eft vraie , & l'Hiftoire nous la conferve dans fes faftes. Voici le trait : *Alexandre* ayant ordonné à *Apelle* de faire le portrait d'une de fes favorites nommée *Campafpe* ; ce Peintre

frappé de beauté de fon modele, en devint amoureux; cette femme partage fon amour; Alexandre
s'en apperçoit, fait un facrifice de fa paffion & unit
les deux Amans. Si vous êtes curieufe, Madame
la Comteffe, de voir le développement que M.
Noverre a donné à ce trait hiftorique, ôfez lire le
Mercure de France de ce mois; l'analyfe de ce
Ballet ingénieux s'y trouve. Comme l'extrait que
je pourrois en faire ne ferviroit point aux progrès
de l'Art Dramatique, il feroit donc inutile; par
conféquent je me contente de rapporter les vers
adreffés à Mademoifelle *Guimard*, danfant le
rôle de *Campafpe*.

> Dans ce Ballet, nouvelle Terpficore,
> Vous préfentez à nos regards furpris,
> La fuperbe Pallas, la fenfible Cypris,
> La légere Diane, & la charmante Flore.
>   Sous leurs différens attributs,
> Tous les cœurs font forcés de vous rendre les armes.
> Eh! le moyen de braver tant de charmes!
> Si l'on réfifte à Flore, on eft pris par Vénus.

L'Ambigu-Comique a donné une Pantomime
de *la Belle au bois dormant*, qui attire une foule
prodigieufe de Spectateurs: la compofition en eft
ingénieufe, & l'effet merveilleux. Il eft dommage
que le génie foit arrêté; qu'une Compagnie, qui
a le privilége exclufif d'ennuyer le monde, mette
des entraves aux talens, & prive le Public de nouveaux plaifirs. Sans doute qu'un jour le Gouvernement ouvrira les yeux fur ces droits ridicules
qu'exerce la tyrannie Théâtrale.

Bulletin

Bulletin du Parterre.

« On avoit cru mort le *Malheureux Imaginaire*, point du tout, il n'étoit tombé que dans une léthargie qui dura deux jours, pendant lesquels son père lui mit les vessicatoires ; il parut sur la Scène bien foiblement, à la vérité, le *troisième jour* ; le *quatrième* il fut assez fort pour se tenir sur ses *cinq* pieds ; le *cinquième* son pere lui mit des étaies aux jambes, parce qu'il parut vouloir tomber à terre ; le *sixième* il eut deux soutiens sous les bras, vu que son corps parut se courber ; le *septième*, il éprouva un mal de cœur horrible ; le *huitième*, il perdit connoissance longtems malgré tous les secours ; le *neuvième*, il pencha la tête & fut abandonné de tous ses amis ; le *dixième* il sommeilla doucement ; mais un coup de sifflet, ou quelque chose qui ressembloit à cela, parut le réveiller tout-à-coup ; mais il s'assoupit de nouveau, pour s'endormir tout-à-fait, le *onzième* jour de sa maladie ; & le *douzième* il décéda. Les uns disent que ce fut de sa belle mort ; d'autres prétendent que ce fut d'une mort forcée.

On le disséqua, & les Maîtres de l'Art trouverent que le *pauvre Malheureux* étoit bien maigre & décharné, aucune bonne substance, suivant un régime contraire à son tempéramment, d'ailleurs constitué à la moderne, nullement robuste, malgré toutes les ressources, foible & que l'ellébore seul auroit pu le guérir, ou le faire subsister quelques jours de plus ».

R

Quelques Connoisseurs ont nommé cette Pièce la Comédie aux *trois Mariages* : en effet, il y en a ce nombre : le *premier* est celui du Duc & de Madame de Thémine ; le *second*, d'Emilie & de Florville ; le *troisième*, d'Epermont & de Madame de Folange. J'ajouterai qu'après le mariage du Duc, d'Epermont dit à Madame Folange : « Et » nous » ? *Celle-ci répond* : « Vous épouser ; la » démarche est hardie ! . . . mais nous ne nous ma- » rierons qu'après la Comédie ». Cela fait naître, si je ne me trompe, dans l'idée du Spectateur le moins susceptible, une idée singuliere, c'est faire dire à une femme, en termes honnêtes il est vrai : *vous coucherez avec moi ce soir*. Cela ne se dit point en public, encore moins sur le Théâtre. M. *Dorat*, sans doute, corrigera cette expression équivoque, pour ne pas dire indécente. Lors-que le *Malheureux Imaginaire* sera imprimé, je vous en parlerai plus au long.

Il y a dans cette Ville plusieurs Théâtres de so-ciétés ; trois sont connus & presque publics ; le *pre-mier* est au bas de la rue Popincourt ; le *second*, grande rue du Fauxbourg Saint-Laurent, chez le sieur *Romagnesi*, Peintre ; le *troisième*, rue & porte Montmartre, chez le sieur Doyen, Peintre. Des Sociétés y représentent, pour leur plaisir, des Pièces refusées par ces *Messieurs* & ces *Dames*.

On prie les Chefs de ces Sociétés de vouloir bien envoyer, chez *Couturier* fils, les noms des Pièces, & en donner quelque détail.

J'ai l'honneur d'être, &c.

Paris, le 15 *Décembre* 1776.

LETTRE IX.

Annonces & Extraits des Ouvrages Dramatiques, ou relatifs à cet Art.

L<small>E</small> s. *Spectacles* des *Foires* & des *Boulevards*  de Paris, ou Calendrier hiftorique & chronologique des Théâtres forains, avec le Catalogue général des Pièces, Farces, Parades & Pantomimes, tant anciennes que nouvelles, qu'on y a jouées, l'extrait de quelques-unes d'entr'elles, des anecdotes plaifantes, & des recherches fur les Marionnettes, les Mimes, Farceurs, Baladins, Sauteurs & Danfeurs de corde, anciens & modernes, *cinquiéme Partie,* 1777, prix 24 fols, chez *Baftien,* Libraire, rue du petit Lyon Saint-Germain.

On ne doit pas confondre cet *Almanach* avec celui des trois Spectacles, qui contient prefque toujours la même chofe; on parcourt ici un champ bien plus vafte, & on y trouve plufieurs détails piquants & variés; les Auteurs mêmes feroient fâchés fi le Public les rangeoit dans la claffe des *Plagiaires,* ou des *Faifeurs d'Almanachs*; (ils auroient pu ajouter & des *Faifeurs de Dictionnaires Dramatiques.*) enfin, ce qu'on aura peine à croire, c'eft que des *Journaliftes* ont dédaigné de faire mention de ce petit Ouvrage, que je regarde moi comme des matériaux pour fervir à l'hiftoire des *Spectacles forains* ; il joint l'agréable à l'utile, & tout Amateur doit fe le procurer ; d'ailleurs, il fait fuite à l'Almanach fuivant des Spectacles.

Les *Spectacles* de *Paris*, ou *Calendrier* des *Théâtres*, vingt-fixiéme Partie, 1777, chez la Veuve *Duchefne*, Libraire, rue Saint-Jacques. Cet Almanach renferme tous les faits hiftoriques de chaque Spectacle, pendant le cours de l'année, & les noms de tous les Acteurs, Actrices, Danfeurs, Danfeufes, Chanteurs, Chanteufes de nos trois Théâtres, & les titres de toutes les Pièces mifes fur leur Répertoire, avec le nom des Auteurs vivans qui ont travaillé dans le genre Dramatique, & la lifte de leurs Ouvrages ; on y trouve des Anecdotes bien communes.

Etat actuel de la *Mufique* du Roi, & des *trois Spectacles*, 1777, à Paris, chez *Vente*, Libraire, rue & montagne Sainte Géneviève. Il a été préfenté au Roi cette année.

Le *Malheureux Imaginaire*, Proverbe Dramatique en un acte & en vers libres, orné de chants & de danfes, à Paris, de l'Imprimerie de *Cailleau*, & fe trouve chez *Couturier* fils ; au Palais Royal & au Quai de Gêvres, La Scène eft à.... L'unité de lieu n'eft point obfervée dans cette Pièce ; le *Comte* y dit à plufieurs fois, *que je fuis malheureux !* Son Valet fe moque de lui, ripofte que c'eft fa faute, ajoutant cette excellente morale :

Oui, des Mortels c'eft la commune erreur.

D'où vient aller chercher au plus loin le bonheur ?

Hélas ! tandis qu'il eft en nous-même !

Agissez comme moi, tout comblera vos vœux;
Buvez, chantez, dansez, & vous serez heureux,
Ecoutez ce concert. Les sons de l'harmonie
    Sont d'excellens médecins
    Contre la sombre manie.

Des Musiciens jouent un concerto; notre Malheureux Imaginaire s'ennuie, bâille & dit: *le chagrin, le malheur n'aiment point la Musique*: son Valet répond:

Quel chagrin, quel malheur, dont votre ame se pique?
    Vous qui comptez vos jours par vos plaisirs.....
        Vous ne voulez absolument
        Profiter de l'heureux moment,
        Ni votre bonheur connoître;
Car en quoi, répondez, êtes-vous malheureux?

LE COMTE.

En tout.

LE VALET.

    En rien. Le Ciel comble vos vœux,
    Par les honneurs, le sçavoir, les richesses;
    Et vous avez, ce qui semble rare à présent,
De sincères amis, de fidelles maitresses.
Que voulez-vous de plus?

LE COMTE.

      Non, je suis malheureux.

LE VALET.

Dites-le donc tout seul. Sans être téméraire,
    Vous paroissez à tous les yeux
    Le Malheureux Imaginaire.

Le Comte se fâche & prétend qu'il n'est point malheureux d'imagination , donne pour preuve qu'il n'a point une Compagnie de Cavalerie , tandis qu'il devroit avoir un Régiment. Belle conséquence , *reprend le Valet* ; pour cela vous restez *un Citoyen oisif* , & vous vous chagrinez de tout. Le Comte , dont les malheurs , les chagrins font imaginaires , quitte la ville & part en campagne ; il fait rencontre d'un Officier réformé , qui , ayant essuyé plusieurs infortunes , n'en étoit pas moins gai ; fils d'un homme riche , il est pauvre , mais content. Cet exemple le frappe , & il dit :

Le malheur désormais aura beau me poursuivre ,

Il ne pourra subjuguer mon esprit.

Ensuite trouvant des Bucherons qui chantent & dansent au sein de leur misere , & qui lui disent qu'il *faut être content de son état , & ne point murmurer contre la Providence.* « Oui , mes amis , *répart le* » *Comte* ; je dois me corriger par votre expérience ». Il y a une moralité à la fin de la Pièce : *Pour être heureux il faut regarder au-dessous de nous.*

Je vous préviens , Madame , que ce n'est ni une parodie , ni une critique de la Pièce de M. *Dorat.* On trouve , il est vrai , cette note : « Si » cette Pièce n'a point eu les honneurs de la re- » présentation , du moins elle n'a point eu l'affront » de se voir tomber à la Cour ni à la Ville.

Le Vuidangeur sensible , Drame en trois actes en prose , chez *Bastien* , Libraire , rue du petit Lyon-Saint-Germain. L'Editeur de l'Almanach des Mufes a ofé dire que c'étoit une *plaifanterie dégoûtante*, & que les perfonnages étoient de la la *vile canaille* ; nous répondons à ce dire *indécent*, & point du tout *plaifant*, que l'Auteur de cette bagatelle eft une perfonne recommandable par fon efprit, fon mérite & fes talens ; nous ajouterons que cet ouvrage eft digne d'être lu par les honnêtes gens ; à la vérité c'eft une plaifanterie contre les *Drames nouveaux* ; mais une plaifanterie ingénieufe, & que la *gaîté* a produit, & la *gaîté* eft rare à préfent.

I. K. L. *Effai Dramatique*, ouvrage pofthume de Léonard Gobe-mouches, publié par Marc-Roch Luc Pic-Loup, citoyen de Nanterre, des Académies de Chaillot, Paffy, Vanvres, Surêne, &c. *Derniere édition*, à Mont-martre.

Cet *Effai Dramatique* (pour me fervir des termes de l'Auteur) n'eft autre chofe qu'une efpece de calembour fur les vingt-quatre Lettres de l'Alphabet ; ce qu'il y a de plaifant, c'eft une fortie contre les Comédiens, je la cite malgré moi. « On me demandera pourquoi je n'ai point » préfenté ce Drame à l'Affemblée des Comé- » diens ; je répondrai tout bonnement que je n'ai » point de tems à perdre dans les anti-cham- » bres de *Lifette* ou de *Crifpin*, & que je ne crois » pas qu'un ouvrage Dramatique, fut-il auffi bon » que *Mérope* ou *la Métromanie*, vaille, tout » confidéré, la moitié des facrifices qu'il feroit » indifpenfable de faire pour le voir jouir, après » dix années d'attente, des honneurs dangereux » de la Scène. Les Comédiens peuvent avoir tort, » les Auteurs qui s'en plaignent peuvent n'avoir

» pas raison, je n'en sais rien; mais ce que je
» sais, c'est qu'il est bien humiliant pour les gens
» de Lettres d'avoir affaire à de pareils Juges ».
J'ajouterai que cela avoit été dit, & plus légerement
dans vingt brochures, entre autres, dans une Lettre
adressée à M. *Palissot*, sur le refus de ses *Courtisannes*, par l'Auteur de l'*Egoïste*, Comédie
jouée avec succès en Province. Il s'en trouve
encore quelques exemplaires chez *Couturier* fils,
Quai des Augustins.

Louez mon intention, Madame, à vous dé-
terrer des matériaux Dramatiques. Je trouve dans
une broch. en 2 Parties *in-12*, qui se vend chez
Bastien, Libraire, rue du petit Lion Saint-Germain, (Son titre est: *Contes des Fées, Nouvelles*,
&c.) Je trouve, dis-je, une Comédie, intitulée
Mélindor, dont voici le sujet: *Sophie* aime *Mélindor*; mais sa mere la destine à un M. *Wan-
derberg*, Négociant, homme avare & grossier,
à qui sa fortune fait donner la préférence. Le
jour où ce mariage doit se terminer, *Wander-
berg* apprend, par une Lettre, qu'un vaisseau
qui contenoit toute sa fortune vient d'être sub-
mergé; il veut cacher cette nouvelle, afin de
trouver une ressource dans son mariage; tout se
découvre au moment où il va épouser *Sophie*;
il est éconduit honteusement, & *Mélindor* obtient
la main de sa maitresse. Le nœud n'est pas grand
chose, l'intrigue est assez foible, néanmoins cette
petite Comédie pourroit être représentée sur le
Théâtre de l'*Ambigu-Comique*.

Théâtre de Campagne, par l'Auteur des Proverbes Dramatiques, 4 volumes *in-8º.*, à Paris,
chez

chez *Ruault*, Libraire, rue de la Harpe, avec Approbation & Privilège du Roi. La plupart des petites Comédies qui composent ce recueil, auroient pu être représentées sur le Théâtre Français ; & il y en a plusieurs qui sont sur le Répertoire qui n'approchent point ni de la finesse ni de la bonté de celles-ci. Le premier volume renferme *le petit Dom Quichotte*, Comédie en un acte & en prose, terminée par un Vaudeville ; *les Amans indiscrets*, Comédie en un acte & en prose ; *le Chat perdu*, Comédie en un acte & en prose ; *le Prisonnier*, Comédie en deux actes & en prose, terminée par un vaudeville ; *le Pantagon*, Comédie en un acte & en prose ; *l'Amante de son Mari*, Comédie en deux actes & en prose.

Le second volume contient le pièces suivantes ; sçavoir, *le Testament singulier*, Comédie en un acte & en prose ; *les Contretems*, Comédie en un acte & en prose ; *la Dévote*, Comédie en un acte & en prose ; *les Bonnes-Gens*, Comédie en un acte & en prose ; *la Chanson*, Comédie en un acte & en prose, *l'Entêté*, Comédie en deux actes & en prose ; *les Comperes*, Comédie en un acte en prose. Dans ces différentes petites pièces il y regne un bon comique, & sur tout de la gaîté, de la gaîté. Je vous rendrai compte incessamment des deux autres volumes.

Le Souper des Enthousiastes, broc. *in* 8°. de 41 pages, à Paris, chez *Cellot*, Imprimeur-Libraire, rue Dauphine, 1776. *Les Enthousiastes* de ce souper font une apologie très-exacte de la musique du bel Opéra d'*Alceste* ; « Rien, suivant eux, » n'est comparable à la musique de M. le Chev.

Premiere Partie. S

» *Gluck* ». Ce compositeur est sans doute un grand
Maître ; il sait exprimer sur-tout la douleur &
les sentimens pathétiques ; « néanmoins, les Con-
» noisseurs lui reprochent de tirer presque tous ses
» effets de l'harmonie, que son coloris en géné-
» ral, est sombre ; qu'il a une maniere un peu
» monotone, que ses Opéra se ressemblent beau-
» coup ; & qu'enfin il néglige trop le chant ».
En effet, le Chevalier *Gluck* oblige ses Acteurs
d'abandonner le chant, & de se livrer aux cris
de la passion, témoin ce morceau : *J'ai perdu
mon Euridice*, &c. Les Connoisseurs soutiennent
que la musique perd son principal caractere, dès
qu'on lui ôte le *chant* pour y substituer des
cris ou des expressions forcées. Je reviens à la
broch. L'analyse que les *Enthousiastes* du souper
nous font de la musique, de l'Opéra d'*Alceste*,
est toute dans le ton admiratif. Un Abbé s'écrie,
au milieu de ceux dont il a allumé l'imagination : *Mes amis, me voici comme le grand Prêtre
au moment de l'inspiration ; vous êtes de véritables
admirateurs ; votre esprit n'a point jugé, mais
votre ame a senti !* & M. l'Abbé n'oublie point
alors la plus petite ritournelle, sans en relever
l'extrême beauté. Il est étonnant de voir comme
il trouve des prodiges de génie, jusques dans
les morceaux les plus simples : *Auroit-on pu croire*,
dit-il, *avant cet Opéra, qu'un même chant put
exprimer à la fois deux sentimens, & sur-tout
deux sentimens opposés.* Cet enthousiasme sou-
tenu a plus l'air d'un persifflage que de tout
autre chose. Je vous laisse à décider.

Almanach littéraire ou *Etrennes d'Apollon* ;

à Paris, chez la veuve *Duchefne*, *Prault*, fils, *Merlin*, *Ruault* & *Efprit*, Libraires; il renferme l'Eloge hiftorique du *Grand Corneille*, par M. *de Voltaire*; le *Fontenelliana*; plufieurs bons mots de MM. *Crébillon*, *Piron*, l'Abbé de *Vaifenon* & *de Voltaire*; des Anecdotes intéreffantes fur le Théâtre & fur quelques Auteurs Dramatiques. (C'eft pour cela que je vous en rends compte.) A la fin on trouve une notice fort bien faite des principaux ouvrages mis au jour en 1776. L'Auteur y eft exercé dans ce genre, ayant travaillé autrefois *à la Semaine Littéraire* & au *Cenfeur Hebdomadaire*, Journaux qui ont été la bafe & le principe de l'*Avant-coureur*, autre Journal qui a fourni l'idée au fieur *Panckoucke* du Journal de Politique & de Littérature, fait d'abord par M. *Linguet*, homme de Lettres & Avocat de la plus grande efpérance, & qui faifoit honneur au Barreau; & auquel travaille maintenant Monf..... je n'ôfe le nommer, & je reviens à l'*Almanach Littéraire*, qui pourra fort bien avec le tems faire oublier l'Almanach des *Mufes*, qui commence furieufement à dégénérer, & dont le Public fe laffe du ton tranchant & décifif du Rédacteur, nommé *Frere Quêteur*. (Tout cela foit dit par parenthefe.) A la tête de cet Almanach eft une belle eftampe, gravée d'après le deffin de *Charles Eifen*; c'eft l'Apothéofe du *Grand Corneille*, avec ce vers au bas: *Je ne dois qu'à moi feul toute ma renommée.*

Le *Premier jour de l'An*, Amphygouri Dramatique, mêlé de chants & de danfes, en un acte & en profe, à Paris, chez *Couturier* fils,

Libraire, Quai des Auguſtins ; au Palais Royal & au Quai de Gêvres. Je vous en rendrai compte, en attendant, je vous tranſcris l'Avertiſſement: « Cette Pièce a été refuſé par les Comédiens Ita- » liens, l'Auteur l'a voulu faire repréſenter ſur le » Théâtre des Grands Danſeurs du Roi ; ces » *Meſſieurs* ni ces *Dames* ne l'ont point voulu ; » que le Public juge de leur crédit ».

ANECDOTES DRAMATIQUES.

JE vais riſquer cette Anecdote uſée : *Dan-court* étoit l'Orateur des Comédiens Français ; un jour ils furent en corps demander une grace au Parlement, & faire offre de leurs ſervices ; dans ſon diſcours le ſieur *Dancourt* ſe ſervit plu-ſieurs fois du mot de *Compagnie* : la *Compagnie*, &c. M. le Premier Préſident ne diſoit rien & ſe contentoit de rire ; à la fin il répondit par cette bernerie : *la Troupe du Parlement remercie la Compagnie des Comédiens.*

On lit dans *Pauſanias* qu'un nommé *Phidolas* de Corinthe, étant tombé de cheval aux Jeux Olympiques, ſon cheval ne laiſſa pas de pour-ſuivre ſa courſe, tourna autour de la borne, & comme s'il eut connu qu'il avoit remporté la

victoire, il s'arrêta devant les Maîtres de ces
Jeux, pour demander le prix. Les Eléens l'ac-
corderent à *Phidolas*, malgré fon malheur, &
lui permirent de faire élever une ftatue à fon
cheval.

Ce récit me fait fouvenir du bon mot d'un
Ancien, qui prétendoit qu'on devoit accorder
le prix de la courfe aux chevaux & non aux
hommes, puifque c'étoit la force & l'agilité de
ces animaux qui leur faifoient gagner le prix.

Puifque mon deffein eft de parler dans cet
Ouvrage de toutes les fortes de Jeux qui font
fpectacle & qui ont été en ufage dans le monde ;
en voici une forte que je ne dois pas oublier, c'eft-à-dire les *Jeux Funèbres* ; voici ce que
nous en favons de plus fingulier, tiré de l'hiftoire
générale de tous les Peuples du monde. « Les *Jeux*
» *Funèbres* que les Romains faifoient en l'honneur
» des Défunts, & pour appaifer leurs mânes,
» étoient dès combats de plufieurs Gladiateurs,
» qui fe battoient auprès du bûcher pendant la
» cérémonie des Funérailles : ce que l'on avoit
» introduit au lieu des Sacrifices qu'on faifoit
» autrefois des captifs qu'on immoloit aux mâ-
» nes. La République jugea plus à propos de
» les condamner à ces combats, les uns contre les

» autres , que de les égorger : adouciffant la
» cruauté de ce *fpectacle* par la liberté qu'on leur
» donnoit de fe défendre , & par l'efpérance
» de la vie qu'on leur accordoit , s'ils étoient
» vainqueurs ».

POST-SCRIPTUM.

JE ne fuis point furpris, Madame la Comteffe ,
que vous ignoriez l'exiftence d'une efpece de
Journal intitulé , *Nouveau Spectateur* : Hélas ! le
pauvre malheureux il eft mort en naiffant , comment auroit-il pu pénétrer dans la Province ? à
peine étoit-il connu à Paris ; mais puifque vous
exigez de moi que je parle de feu cet ouvrage
périodique, j'obéis *.

Autant qu'il m'en fouvient il devoit être compofé de 24 cahiers par an , & il n'en a paru que
11 à 13 ; auffi les Soufcripteurs (le peu qu'il y en
a) font-ils très-mécontens du manque de parole
de l'Editeur.

---

* *Couturier* fils , Libraire , prévient les Perfonnes qui
ont foufçrit au *Nouveau Spectateur* , (fauffement dit *Jour-*
nal des Théâtres) qu'il recevra leurs foufcriptions à la
Correfpondance Dramatique , moyennant un tiers de
moins ; c'eft-à-dire 9 liv. au lieu de 12 liv.

Le premier Propriétaire du *Nouveau Specta-*
teur, (& non Journal des Théâtres) est M. le
Prévost d'Eximes, Ecuyer, ancien Garde du
corps du feu Roi de Pologne, homme de Lettres,
peu connu à la vérité, mais rempli d'honnêteté
& de douceur, qui auroit été incapable de remplir son ouvrage d'invectives grossieres, d'injures
atroces & de plates ironies contre les Auteurs &
Acteurs *. M. *le Fuel* lui acheta son Privilège
600 liv. m'a-t-on dit; il est à remaquer, Madame, que ce dernier a publié quatre cahiers
de cette espece de Journal sous ce titre : *Le*
nouveau Spectateur, ou *Examen des nouvelles*
Pièces de Théâtre; mais M. *le Fuel* a imaginé
un autre titre, qui est, *Journal des Théâtres*,
servant de Répertoire universel des Spectacles,
dont il est le Rédacteur. D'abord ce titre de
Rédacteur qu'il s'est donné par modestie, dit-il,
lui-même, dans son N.o VII; voici ses propres
paroles : « Et voilà pourquoi nous n'avons ôsé
» être que le Rédacteur de ce Journal »; pag. 513,
n'est nullement modeste, ou je me trompe, car
il faut avoir un grand mérite, un mérite reconnu,
pour vouloir rédiger les pensées des autres, &
des gens souvent qui ont plus de savoir que nous,
ainsi cette plaisante qualification tombe à faux.

---

* En voici des exemples : l'Ombre de Colardeau aux
Champs Elysées, &c. « Cette inconcevable production
» mérite d'être achettée, vue, ensuite... *Vox faussibus*
hæsit. N.° V.

Même N°. on lit : « Quand j'entendois dire que trois ou
» quatre *perronnelles* & quatre ou cinq *faquins* jugeoient
» les vers, le tissu & le fonds d'un ouvrage d'esprit, &c.
» pag. 268 ».

Examinons le second titre: *Répertoire universel des Spectacles* ; bien loin que l'ouvrage réponde à cette annonce fastueuse, c'est que M. le *Fuel* ne faisoit aucune mention des Spectacles forains, il parloit des Théâtres de Londres à l'aide du Journal Anglais qu'il copioit; il n'a jamais rien dit de tous ces Théâtres établis sur les anciens & nouveaux Boulevards de notre Capitale; c'est donc moi, Madame la Comtesse, qui a eu le bonheur de penser à ce moyen, un heureux hasard m'ayant fourni cette idée-là. Je proposai à M. *le Fuel* de joindre son travail au mien, si non que j'allois demander un Privilège; il n'a point voulu accepter mes offres à de certaines conditions; j'ai été sur le point de lui achetter ce Journal, plusieurs difficultés m'en ont empêché, même insurmontables.

Voilà ce qui a donné lieu à la *Correspondance Dramatique*, que je serois très-fâché que le Public confondît avec le *Nouveau Spectateur*, prétendu & nommé faussement *Journal des Théâtres*; car j'ai autant de droit que lui de prendre ce titre. Mon ouvrage, nullement périodique, est fait pour les intérêts & les progrès de l'Art des *Moliere* & des *Corneille*; pour faire connoître les talens & les fautes des Auteurs & des Acteurs; & pour tracer une espece de poétique aux uns & aux autres ; ainsi qu'il y ait *cent* Souscripteurs ou *trente*, il sera toujours continué.

J'ai l'honneur d'être , &c.

Paris le premier Janvier 1776.

Fin de la premiere Partie.

CORRESPONDANCE
DRAMATIQUE.

SECONDE PARTIE.

LETTRE X.

JE ne me ferois jamais imaginé que mes *Lettres Hiſtoriques & Critiques ſur les Spectacles* de Paris euſſent été annoncées avec autant d'éclat par nos Journaliſtes. La plupart ſont convenus que l'*idée étoit neuve*, le *champ vaſte & le but utile*; & tous ſont demeurés d'accord que cet ouvrage étoit néceſſaire dans les circonſtances préſentes où l'Art Dramatique dégénéroit. M. *Paliſſot* s'exprime ainſi: « *C'eſt la matiere d'un ou-* » *vrage piquant* ». M. *Mercier* en parle de la ſorte: « Il eſt à deſirer qu'un pareil ouvrage ſe » continue, pour l'avantage de l'Art, trop aban- » donné à la pareſſe & à la négligence des Co-

Seconde Partie.   T

»médiens». Que diront donc ces *Messieurs*, quand les Auteurs couronnés sur le Théâtre y donneront des morceaux ; quand j'ornerai ces Lettres de Dissertations sur les *Masques* des anciens, sur nos premiers *Ballets*, sur les *Mimes* & *Pantomimes* des Romains, sans oublier néanmoins mon principal objet, qui est de réveiller la paresse de ces *Messieurs* & de ces *Dames*, pour l'émulation des Poëtes Dramatiques & la perfection de l'Art ; car je vous préviens, ma chere Comtesse, que notre *Correspondance* sera l'ouvrage de plusieurs * ; elle renfermera des morceaux curieux, & qui ne se trouveront imprimés nulle part, à l'instar des Mémoires de l'Académie des Sciences. On m'a promis une dissertation savante & curieuse sur les *Masques des Anciens*, par feu *Boindin* ; elle n'est point imprimée dans ses Œuvres, c'est un Amateur de l'Art qui l'a manuscrite. Je vous envoie des réflexions sur la Comédie, par un Amateur, de la *Société Dramatique* nouvellement établie dans notre Capitale. Lisez avant le Commentaire de M. *François de Neufchâteau*, Avocat, sur l'Arrêt du Conseil qualifié de Réglement, pour l'administration, police & discipline de la *Troupe* des Comédiens Français ordinaires du Roi, que j'ai inféré tout au long dans ma Lettre IV ; ayez la bonté de l'avoir sous les yeux en lisant ces remarques utiles aux pro-

---

* M. d'*Aquin* a eu raison d'annoncer qu'il n'y travaille point ; mais plusieurs personnes distinguées dans les Lettres y coopérent, & nombre d'Amateurs envoient à notre Libraire des morceaux curieux relatifs à notre objet.

grès de l'Art Dramatique & à l'intérêt des Auteurs qui y consacrent leurs veilles.

REMARQUE *sur l'Article* 38.

On pourroit remarquer, ce semble, avec quelque fondement, que le Réglement dont MM. les premiers Gentilshommes de la Chambre du Roi étoient chargés, par cet Article, ne devoit concerner que *l'administration, la police, la discipline intérieure* de la Troupe. Les Auteurs ont été compris dans cette *discipline intérieure.* Cependant, la discipline d'un Corps quelconque ne peut pas s'exercer, ni s'étendre sur des Etrangers. Il seroit absurde d'assujettir des Architectes, par exemple, aux Statuts des Maîtres Maçons.

Mais par malheur pour eux, les Gens de Lettres ne font point Corps. Cet ordre libre, composé d'individus isolés, cette République sans Chefs, ou, si l'on veut, cette Communauté sans Jurande, ne préposant jamais personne pour stipuler ses intérêts, les voit souvent immoler à de petits intérêts particuliers.

La Troupe des Comédiens, au contraire, est une ligue toujours subsistante, qui s'est formée aux dépens des Gens de Lettres, qui profite de leurs divisions & qui tient régistre de tous leurs sacrifices, pour s'en faire à la longue des titres & des droits.

REMARQUES *sur l'Art. premier du Réglement.*

Cet Article est très-juste. Une loi n'oblige que

ceux qui la connoiffent. Mais par la même raifon, ce Réglement peut-il être regardé la loi des Gens de Lettres auxquels on ne l'a point communiqué, pour lefquels on n'en a point fait faire *de copies*, & qui, d'après cet Article même, font bien fondés *à en prétendre caufe d'ignorance ?*

La notoriété légale qui réfulte de l'enrégiftrement au Parlement, ne peut pas être oppofée aux Auteurs Dramatiques, puifque cet enrégiftrement n'a pas été contradictoire avec eux, ni avec aucun Procureur appellé pour eux. On ne fe fait pas ainfi des titres contre des tiers & contre des abfens.

On ne peut pas dire non plus que tout Auteur eft cenfé fe foummettre aux Réglemens & aux ufages de la Comédie, du moment où il vient lire une Pièce aux Comédiens. Cet acquiefcement aveugle à des Réglemens cachés, à des ufages myftérieux, qui peuvent être contraires aux droits de l'Auteur, feroit lui-même trop contraire au droit naturel. Les Loix font un lien Public, & non pas un piége fecret. La maxime contraire feroit affreufe : elle ne pourroit avoir lieu que dans le Code de ces Nations barbares, accoutumées à dépouiller ou à maffacrer les Etrangers, qui débarquent fur leurs côtes. Ces Nations juftifieroient auffi leurs brigandages, en foutenant que les malheureux Etrangers font cenfés fe foumettre à leurs ufages, du moment où ils mettent un pied imprudent fur leurs terres. On ne peut pas croire que les Comédiens adoptent cette Jurifprudence.

Je paffe aux Pièces nouvelles.

ARTICLE XLI.

« La propofition de toute Pièce nouvelle fera
» adreffée au fecond Semainier, lequel en fera
» part le Lundi fuivant à l'Affemblée, après
» que le Répertoire aura été réglé ».

REMARQUES.

On voit qu'il ne s'agit dans cet Article que
de la propofition d'une Pièce nouvelle. Les Comédiens ont donné à ces mots fi fimples une
interprétation fingulière. C'eft la Pièce même,
c'eft le manufcrit de l'Auteur qu'il faut communiquer à l'un d'entr'eux, & fur lequel il faut
fubir fon jugement préparatoire. De cet affujet-
tiffement ridicule naiffent une foule d'inconvéniens.

Si l'Acteur qui prononce ainfi fur le fort de
la Pièce, en premiere inftance, eft mal difpofé,
l'Auteur perd fon procès, & le perd fans appel.
La Troupe affemblée ne veut pas entendre un
ouvrage, dont un de fes Membres eft mécontent.
Ainfi donc, une feule voix, ignorante ou pré-
venue, fuffit pour écarter de la Scène la meilleure
Pièce du monde.

C'eft aller trop loin, dira-t-on, de fuppofer
que la meilleure Pièce du monde puiffe déplaire
à quelque Comédien que ce foit. Ceux qui font
ce raifonnement, ignorent qu'un Comédien ne
juge prefque jamais du mérite d'un Ouvrage Dramatique, fur les principes du goût ou du fenti-

ment, mais fur des confidérations frivoles. Si
c'est un Acteur qui doit jouer dans la Pièce
qu'il examine, il ne voit que fon rôle, & l'enfemble lui échappe. Toute Pièce où il ne doit
pas jouer, lui devient indifférente. L'efprit de
parti s'en mêle encore. Il peut ne pas aimer le
genre dans lequel l'Auteur a travaillé : il peut s'ê-
tre entêté d'opinions abfurdes, & faire à l'Auteur
des difficultés fi puériles, que celui-ci foit dans
le cas de lui dire ce que le célèbre Defpréaux
dit à un prétendu Connoiffeur : *Monfieur , fi vous*
voulez que je vous réponde , il faut que vous
confentiez que je vous inftruife au moins trois
jours de fuite.

Mais ce n'est pas là le feul danger de cette
communication préliminaire des Pièces nouvelles
à un Comédien. On ne prétend pas fufpecter
la délicateffe des Membres de la Troupe ; mais
foit par complaifance, foit par d'autres motifs,
ils ont laiffé violer quelquefois le dépôt qui leur
étoit confié. L'Auteur de la Tragédie d'*Hirza*
ou des *Illinois*, a eu, dit-on, à fe plaindre d'une
infidélité criante en ce genre. Nous n'adopterons
pas cette anecdote, qui peut n'être qu'une erreur,
quoiqu'elle fe trouve confignée dans un livre
imprimé récemment. Mais tout le monde fait
comment le Comédien Dancourt eft parvenu
à compofer, fans rien imaginer, les dix volumes
de fon Théatre, ou comme on l'a beaucoup mieux
dit, de fon échaffaud. Tout le monde fait que
les talens d'Acteur & la réputation d'Auteur ayant
mis Dancourt à la tête de la Comédie Françaife,
les jeunes gens qui s'effayoient dans le genre Dra-

matique , s'adreſſoient à lui pour être joués.
On lui laiſſoit les manuſcrits ; il les copioit, &
huit jours après, il les rendoit, en diſant toujours que la Pièce n'étoit pas jouable. L'année
d'enſuite , il faiſoit paroître ſous ſon nom cette
même Pièce , dont il avoit tâché de déguiſer les
fonds & de récrépir les détails. Voyez les Anecdotes Dramatiques , tom. III , pag. 137.

ARTICLE XLII.

« On conviendra , à la pluralité des voix ,
» d'un jour autre qu'un Lundi , pour en entendre
» la lecture ; le ſecond Semainier aura ſoin de
» prévenir l'Auteur ou celui qui aura préſenté
» la Pièce , du jour choiſi par l'Aſſemblée ».

REMARQUES.

Il eſt clair que l'intention de MM. les premiers
Gentilshommes de la Chambre a été d'accélérer,
autant qu'il ſeroit poſſible, la lecture des Pièces
nouvelles aux Comédiens, puiſqu'enfin l'uſage a
prévalu de ne conſulter qu'eux ſur cet objet eſ-
ſentiel. Cet uſage, ſans doute, ne nous frappe
point aſſez ; nous y ſommes trop accoutumés.
Nous oublions trop qu'aux beaux jours d'Athenes,
dix Magiſtrats étoient prépoſés par la République
à cette adminiſtration ſi délicate. Nous ne voulons
pas nous ſouvenir qu'à Rome, elle étoit confiée aux Ediles. Nous ne nous rappellons pas
que lorſque Térence alla préſenter ſon Andrienne à l'Edile de ce tems-là , ce Magiſtrat

qui étoit à table, lui fit d'abord figne de la lire. A peine en eut-il entendu quelque vers qu'il fit placer l'Affranchi fur fon lit, l'accabla de politeffes, & ne voulut achever d'écouter fa lecture, qu'après le repas. Le cérémonial étoit, comme on le voit, auffi court qu'honnête. De nos jours, l'ami de Lélie feroit obligé d'attendre long-tems dans les Anti-Chambres de *Bathile* ou de *Flora*, de caref-fer baffement, ou de fubjuguer impérieufement le Comédien Rapporteur & les Comédiens Juges de fa Piece ; enfin, de fubir toutes leurs hauteurs, de fe prêter à tous leurs délais, d'épier leurs momens, d'effuyer leurs refus fans aucun murmure.

Ce tableau n'eft point chargé. Des Ecrivains du premier mérite n'en ont que trop connu la vérité. Qui eft-ce qui ignore le deftin de cette Tragédie de *Gafton & Bayard*, imprimée en 1769 ; jouée en 1770, dans une Cour éclairée, par l'Héritier d'une Monarchie ; connue, admi-rée, redemandée fur tous les Théâtres de l'Eu-rope, avant de pouvoir paroître fur celui de la Nation, dont cette Pièce confacroit l'héroïfme ? Qui eft-ce qui ignore ce que l'Auteur de ce Drame patriotique a dit plufieurs fois, *qu'il avoit eu plus de peine à faire accepter fa Pièce des Co-médiens, qu'à la compofer ?*

Ce récit révolte, fans doute ; mais il produi-roit une impreffion encore plus forte, fi l'on favoit à quelles conditions le Confiftoire comique ôfa mettre la grace qu'il crut faire au Citoyen de Calais, en acceptant *Gafton & Bayard.*

L'Auteur n'étoit pourtant pas du nombre de ceux dont l'obfcurité ou la médiocrité pourroient
excufer,

excuſer, aux yeux de certaines gens, l'inſolence
de ces prétendus Juges. Nul Ecrivain Dramatique
n'avoit plus de célébrité, n'étoit plus cher à la
Nation, & n'avoit plus honoré la Scène. Certes, les Comédiens auroient un funeſte privilège,
s'il leur étoit permis d'outrager impunément un
tel homme, dont, après tout, un de leurs Supérieurs, un de MM. les Premiers Gentilshommes de la Chambre s'eſt fait gloire de prendre la
place à l'Académie Françaiſe.

ARTICLE XLIV.

« L'Auteur ſeul, ou celui qui préſentera la
» Pièce, aura le droit de venir à cette Aſſem-
» blée. Défendons aux Comédiens de laiſſer entrer
» qui que ce ſoit, ſous peine de trois cens liv.
» d'amende, payable par la Troupe en général,
» dont nous nous réſervons la deſtination, à
» moins d'une permiſſion expreſſe & par écrit,
» donnée par nous, ou par un des ſieurs Inten-
» dans des Menus ».

REMARQUES.

Juſqu'à préſent, on n'a fait des remarques
ſur les Articles de ce Réglement, que pour en
annoncer l'inobſervation. On n'en peut pas
dire autant de celui-ci; mais il doit être permis
d'aſſurer que ſon exécution rigoureuſe entraîne
beaucoup d'inconvéniens. Une légere diſcuſſion
va le démontrer. On veut que l'Auteur compa-
roiſſe ſeul devant la Troupe. Mais cette ſoli-

V

tude n'eſt-elle pas propre à favoriſer toutes les
injuſtices, à conſacrer toutes les ignorances de
la Troupe ? On conſomme ſans ſcrupule une ini-
quité ſans témoins. On croit n'être obligé de
rougir qu'en public. D'ailleurs, l'Auteur ne peut
défendre ſon Ouvrage ; ou il a cette modeſtie
qui accompagne le vrai talent, & alors il étouffe
par timidité, par défiance de lui-même, les repréſentations qui préviendroient les bévues de
ſes Juges ; ou il a le courage de ſentir ce qu'il
vaut, & de développer aux yeux des Comédiens
ce ſentiment, que le grand Corneille a ſi bien
défini par ces vers :

> Le légitime ennui qu'au fonds de l'ame excite
> L'excuſable fierté d'un peu de vrai mérite.

Alors c'eſt bien pis. On n'impute qu'à ſon
orgueil les révoltes de ſon goût, & les Comédiens ſavourent avec humilité, le plaiſir de
mortifier ſon amour propre. Dans tous les cas,
la préſence de quelques Gens de Lettres éclairés,
honnêtes, déſintéreſſés, ſeroit indiſpenſable, pour
éclairer l'Auteur, & pour contenir les Comédiens.

Mais, objectera-t-on, les Gens de Lettres ſe
trompent auſſi ſur les Ouvrages d'eſprit ; cela
eſt très-vrai, & cela prouve encore mieux l'ab-
ſurdité de leur donner pour Juge uniquement
des Comédiens. Car ſi les Gens de Lettres,
qui ont paſſé toute leur vie à lire, à méditer,
à s'inſtruire, ſont pourtant ſujets à s'égarer ; à
combien plus forte raiſon doit-on ſe défier des

Arrêts de tant d'Acteurs & d'Actrices, qui ont passé leur vie à toute autre chose?

Il seroit superflu d'insister sur l'incapacité absolue des Membres de la Troupe; non-seulement elle est notoire, mais il y en a des traits célèbres, même de la part des personnages de la Troupe qui ont annoncé les plus augustes prétentions.

On lit dans un ouvrage connu, qu'en 1764, on avoit affiché la Piéce d'Idomenée par un Y grec. Une Actrice se plaignit, de la part de l'Auteur, de cette infraction des loix de l'orthographe. Elle mande l'Imprimeur, & le fait comparoître à la barre de son Tribunal, à *l'Assemblée.* L'Imprimeur s'excuse; il cite le Comédien qui est coupable de l'Y grec. Cela est impossible, reprend avec dignité la Puriste majestueuse, il n'y a point de Comédien dans notre Société, qui ne sache *orthographer.* Pardonnez-moi, Mademoiselle, replique naïvement l'Imprimeur, il faut dire *orthographier.*

Si ce trait ne suffisoit pas, on pourroit citer une autorité que les Comédiens ne récuseroient point. Ce seroit celle de Molière même. Ce grand homme étoit à la tête d'une Troupe. S'en rapportoit-il sur ses ouvrages aux sentimens de la Troupe? Non. Il préféroit de consulter sa Servante.

ARTICLE XLV.

« La Piéce lue sera discutée, s'il y a lieu, entre l'Auteur & les Comédiens, après quoi

» l'Auteur fera prié de fe retirer , ne devant point
» être préfent à la Délibération ».

REMARQUES.

*La Pièce lue fera difcutée entre l'Auteur &
les Comédiens.* Oh ! dira-t-on , rien n'eft plus
jufte. L'habitude du Théâtre donne aux Comédiens une finefle de tact , une efpece de jugement pratique & routinier , qui fupplée chez eux
à l'étude & au talent néceffaires pour bien appré-
cier les fruits du talent.

Il n'eft pas vrai que les Comédiens ayent cette
Poëtique de l'expérience , ni que cette Poëtique foit infaillible. Elle doit , au contraire ,
rétrécir leurs idées & rappetifer leur goût. La
fureur de tout juger par comparaifon & de tout
ramener , à de certains modèles les rehd incapa-
bles d'ouvrir les yeux aux beautés neuves & har-
dies. Une Pièce qui ne fera pas jetté dans le moule
commun , déroutera toutes les têtes comiques. Les
faits font d'accord fur ce point avec le raifonnement.

On voit , dans l'Hiftoire du Théâtre , combien
les Comédiens eurent de peine à fe prêter à la
régle des vingt quatre heures. Accoutumés à la licence extravagante des Drames de Hardy , ils re-
gardoient comme une héréfie le feul deffein de
fubftituer à cette fougue intempérante & irrégu-
liere une marche plus fage. Il fallut négocier avec
eux , comme s'il eut été queftion de changer leur
culte. Chapelain , le premier , avoit eu le bon efprit de fentir l'importance de cette régle. Sachant

que le Comte de Fiesque qui avoit infiniment d'esprit, pouvoit beaucoup sur celui des Comédiens,
& par le crédit de son nom, & par l'influence de
ses idées; Chapelain pria ce Seigneur de vouloir
bien en parler aux Comédiens. Ces derniers eurent
de la déférence, non pour la raison, mais pour
celui qui la leur présentoit, & Mairet obtint enfin
leur agrément pour faire sa *Sophonisbe*; la premiere de nos Pièces où la régle des vingt-quatre
heures ait été suivie.

On sait qu'ils rejetterent depuis la Tragédie de
Polieucte.

Dira-t-on, pour excufer les Comédiens,
qu'ils n'étoient pas obligés d'en savoir davantage
pour ce tems-là; que la France étoit barbare
comme eux; mais qu'ils se sont polis dans le
beau siecle de Louis XIV? Cela seroit encore
contraire à des faits bien connus. On sait qu'au
commencement de notre siecle, ils ont refusé la
Tragédie d'Œdipe, parce qu'il n'y avoit point
d'amour, & qu'ils ont forcé l'Auteur de gâter son
ouvrage.

D'ailleurs, on l'a déja observé, & l'on ne
sauroit trop le redire, une Pièce de Théâtre est
un grand Edifice. L'Acteur le plus expéri-
menté le juge toujours mal, parce qu'il ne voit
que le coin de cet édifice où il peut espérer de
paroître. La masse est perdue pour lui. Il rap-
porte tout à lui. Ses conseils n'ont pour objet
que l'envie de faire ou aggrandir, ou raccourcir
ou brillanter sa niche, aux dépens des autres
personnages & en dépit de la raison. Quel Architecte pourroit élever un bâtiment convenable,

s'il étoit obligé de s'en rapporter à la décision du Cuisinier de la maison pour construire les écuries, ou au goût du Cocher pour tracer le plan des cuisines ? Voilà cependant l'idée de la maniere dont un Auteur est apprécié par les Comédiens. *A quels Maîtres, grands Dieux ! livrez-vous le Théâtre ?*

Si toutes ces considérations avoient été présentées à Messieurs les premiers Gentilshommes de la Chambre, il n'est pas douteux qu'en s'occupant *de l'intérêt des Comédiens*, il se seroient occupés aussi de l'intérêt des Gens de Lettres :

Car, après tout, leur talent vaut son prix.

Trouvez bon, chere Comtesse, que je réserve la suite pour une autre Lettre.

FRAGMENT D'UNE ÉPITRE

sur les épines du Théâtre.

. . . .

Mais quoi ? chacun risque à sa guise ;

On trouve des dangers par-tout.

Ce Public qui juge debout ;

Peut-on s'y livrer sans bravoure ?

Qui ne frémit de ses arrêts !

Qui, quand on s'expose aux sifflets,

On eſt plus hardi qu'un Pandoure.
Encore n'eſt pas ſifflé qui veut ;
Le croirois-tu ? La Pièce faite,
Rien n'eſt fait ; rien , c'eſt l'étiquette :
Des difficultés il en pleut.

. . . .

. . . .

Oui , j'ai vu la tracaſſerie ,
Fémelle à la face amaigrie ,
A force de ſe démener ;
D'une démarche grave & vaine ,
Dans les foyers ſe pavaner ,
Sous un habit à la Romaine :
Là , pour de petites grandeurs ,
Pour des prééminences folles ;
Et ſur-tout pour le choix des rôles ,
Elle diviſe les Acteurs.
Sont-ils las de tant de clameurs ?
Sais-tu comme on ſe déſennuie ?
En rabattant ſur les Auteurs ,
Qu'à chicaner on s'étudie.

. . . .

Il fait beau voir l'air important ,
La dignité froide & comique ,

De ces fiers excommuniés,
Au moment qu'un bon Catholique
Vient, pour ses vers humiliés,
Implorer la superbe clique ;
Les lenteurs de ces Fabius,
A mettre sur pied notre gloire,
Et leur prétexte rebattus,
Dont ils ont fait un répertoire.
A solliciter assidus,
Pour les plus minces Actrices,
Se prêter à tous leurs caprices ;
Battre des mains quand on est vu ;
Souvent auprès de ces traîtresses,
Perdre encor jusqu'à ses bassesses ;
Voilà le fort du fou fieffé,
Qui, d'une chimere coëffé,
Une fois au moins à ses Pièces
Veut voir le Parterre étouffé.

J'ai l'honneur d'être, &c.

Paris le premier Mars 1777.

LETTRE

LETTRE XI.

SCENE détachée en Vers.

Une MARQUISE, un CHEVALIER.

LA MARQUISE, *gaiement.*

DE quel œil voyez-vous l'hymen & son lien ?
Répondez, Chevalier, comme un mal, comme un bien ?

LE CHEVALIER.

Puisque vous m'ordonnez, jenne & belle Marquise,
Que naturellement & sans fard je vous dise
Ma façon de penser & mon intention
Sur ces nœuds éternels qu'on nomme mariage.

LA MARQUISE.

Faites voir à l'instant votre érudition ;
Ainsi, beau Chevalier, ne tardez davantage.

LE CHEVALIER, *lui baise la main.*

Je vais vous obéir. L'hymen est à mes yeux,
Un lien peu gênant, même délicieux,
Qui soumet deux esprits, rassemble deux fortunes ;
Sans exiger, au moins, ces flammes peu communes,

X

Ni le parfait amour des Héros de Romans.
Pour devenir époux , on cesse d'être amans ;
La chaîne de l'hymen semble alors moins pesante.

LA MARQUISE.

Ce que vous dites-là mé ravit & m'enchante ;
Vous vivrez avec moi tout comme il vous plaira ,
Vous irez au Waux-Hall , au Bal , à l'Opéra.

LE CHEVALIER.

Un homme marié ne doit avoir dans l'ame
Que de l'estime , égards & respect pour sa femme ;
Ne la jamais gêner sur aucun rendez-vous.

LA MARQUISE.

Ah ! divin Chevalier , je pense comme vous ;
Je me suis dès long-tems formé la même image.
De ce nœud éternel qu'on nomme mariage.
Quoique se marier passe pour un défaut ,
Je ne crains point le blâme.

LE CHEVALIER.

Annoncez-le tout haut.

LA MARQUISE.

C'est un moyen honnête , inventé par les hommes ,
Approuvé , confirmé dans le siécle où nous sommes ,
Pour vivre avec un être en tout bien , tout honneur.

LE CHEVALIER.

Voilà mon sentiment , il fera mon bonheur ,
Et puisque vous pensez de la même maniere ,

Marions-nous ce foir : l'idée eſt finguliere !

LA MARQUISE.

Extravagante ; mais plus folle elle fera,
Et plus, foyez en fûr, elle me féduira.
Je ne veux me mêler de rien en cette affaire :
Laiſſez, ainfi que moi, s'arranger le Notaire.

LICIDAS & CLORIS,

Idylle, imitée d'un Roman de ce nom.

LICIDAS.

LE Seigneur du canton vous offre fon hommage ;
Je n'ai pas, comme lui, l'art de féduire un cœur ;
Mon amour eſt timide, ainfi que mon langage.
Ah ! Cloris, un mot feul acheve mon bonheur.

CLORIS.

Il eſt vrai que Montdor auprès de moi s'empreſſe,
J'ai cru, dans fes difcours, entrevoir de l'amour ;
Penfes-tu, Licidas, que fon fort m'intéreſſe,
Que fes foupirs foient payés de retour ?

LICIDAS.

Montdor eſt riche, infinuant, affable ;
C'eſt un Seigneur, enfin ; je ne fuis qu'un Berger.
Montdor n'eſt-il point préférable ?

L'innocence ne peut lui parler sans danger.
Je suis sûr de ton cœur ; mais.....

CLORIS.

Crains de l'outrager.

L'heureuse paix , la parfaite tendresse ;
Des vertus , de la candeur ,
Bien mieux que l'or & la grandeur
Feroient ma gloire & ma richesse ;
Mon cœur ne se vend point.... Quoi ? le tien , Licidas ?
Entre l'amour & l'or seroit dans l'embarras ?

LICIDAS.

Pardonne , je me suis défié de moi-même :
Sans doute j'ai dû m'allarmer,
Belle Cloris , tu sais combien je t'aime ?
Que ne puis-je aussi te charmer !
Le vain éclat de l'or ne sauroit me séduire :
Ton cœur est tout mon bien ; c'est le seul où j'aspire.
Sous ces feuillages radieux ,
Du fond de cette grotte , où l'amour nous amene ;
Que j'aime à contempler , dans une tendre peine
L'immensité des airs & l'éclat de tes yeux.

CLORIS.

Ne m'offenses donc plus par tes injustes plaintes ;
Et bannis , à jamais les soupçons & les craintes ;
Près de toi , qu'il m'est doux , de voir dans ce lointain ,
Sur le bord des rochers , nos chevres suspendues ;

Regardes nos brebis ensemble confondues,
Erres parmi les bois, les gazons & le thym.

LICIDAS.

Ces objets sont charmans ; que la Nature est belle !
Mais ma Cloris encor lui prête mille attraits.
Tes graces, tes vertus... ton cœur tendre & fidele,
De ces riants tableaux animent tous les traits.

CLORIS.

Quand je vois Licidas près de son digne pere ;
Lui prodiguer ses soins, consoler ses vieux ans :
« Heureuse, *dis-je alors*, heureuse la Bergere,
» Qui sera son épouse au retour du Printems ».

LICIDAS.

Une riche moisson flatte bien moins mes sens,
Que mon cœur n'est charmé de cet aveu sincère.

FABLE DIALOGUÉE.

« F A I s-moi donc aujourd'hui raisonner sensément »,
Disoit un jour à Phèdre, un Ane moraliste.
» Si je t'obéissois, lui dit-il sagement,
» Je serois l'Ane, & toi le Fabuliste ».

DIALOGUE,

Le MAITRE & le VALET.

LE MAITRE.

OUF!... Je viens donc de perdre mon Procès ;
Bien loin de me porter aux violens accès
    D'une trop jufte colere ,
Je me retire en mon appartement.
(Il s'affied.) (Il fe lève.)   (Il appelle.)
Lifons. . . . . Je ne puis. . . . . Saint-Clément.

LE VALET.

Monfieur !

LE MAITRE.

    Apportez mon grand verre ,
Avec fix bouteilles de vin.

LE VALET.

A l'inftant.

LE MAITRE.

    Mon chicaneur, enfin,
Sur moi n'aura point la victoire.

(Le Valet apporte les bouteilles de vin , & verfe.)
Savourons à longs traits de ce nectar divin.
    (Il boit plufieurs coups ; fon valet l'imite.)

(*Il s'assied.*)

C'en est fait, je veux mourir à force de boire.

LE VALET, *d'un ton piteux.*

Mon cher Maître, tout seul, vous ne mourrez ainsi;
Accordez-moi la grace, & laissez-moi la gloire
De mourir avec vous aussi.

CHANSON DIALOGUÉE.
ENTRE DEUX SUISSES.

Le premier SUISSE.

CAMARADE, en cet heureux jour,
Au Prince faisons notre cour;
Témoignons lui bien notre amour;
   Que tout la Village,
   Sans aucun partage,
Chante & répéte mille fois,
   Vive la Comte d'Artois.

Le second SUISSE.

Tous nos Suisses de Saint-Denis,
Avont très Joyeux leurs esprits,
D'entendre chanter à Paris :
   Oh! l'heureuse chance!
   Que cette naissance *.
Ils vont répétant mille fois, &c.

---

* Monseigneur le Duc d'Angoulême, né le 6 Août 1775.

Le premier SUISSE.

Les Officiers certainement,
Avont bien du contentement,
Ceux-là fur-tout du Régiment;
Car à toute outrance,
L'on chante, l'on danfe;
Et l'on répéte mille fois, &c.

Le fecond SUISSE.

Ah! Monfeigneur, ah! Monfeigneur!
Tout eft par vous en belle himeur,
Les Abbés n'avont plus de vapeur;
Les filles, les femmes,
De toutes leurs ames,
Chantent, répétent mille fois, &c.

Le premier SUISSE.

Camarade, il faut ce matin,
Nous enivrer du meilleur vin,
Y noyer tout notre chagrin;
Auprès de la treille,
De couleur vermeille.
Chantons tous les deux mille fois, &c.

Le fecond SUISSE.

Ce foir auffi nous trinquerons,
A la lueur de nos lamprons;
En grand chorus nous chanterons:
Eh! vive la panfe,
La tonne, la danfe,

Et

Et par deſſus tout mille fois ,
Vive la Comte d'Artois.

Je vous enverrai le Divertiſſement qui a été fait à l'occaſion de la naiſſance de Monſeigneur le Duc d'Angoulême , & qui n'eſt point imprimé.

MONOLOGUE.

Sous les doigts d'*Aglaé* , pleins de froides vertus,
J'ai langui quelque tems : utile je parus
Dans la main de *Cléante* , épouvantail des *ânes*;
Dans celles de *Lindor* , Chevalier de Vénus ,
Et favori de nos Nymphes profanes ,
Je deviendrai Journal des *Courtiſannes*.

DISSERTATION

Sur nos anciens Ballets.

LE Ballet des *Horaces* , de la compoſition de M. *Noverre* , que l'Académie Royale de Muſi-que fait repréſenter ſur ſon Théâtre , m'engage à vous parler , Madame la Comteſſe , des *anciens Ballets*.

Seconde Partie. Y

Tout le monde fait que les *Ballets* font des danfes figurées, exécutées par plufieurs perfonnes qui repréfentent, par leurs pas & par leurs geftes, une action *naturelle*, ou *merveilleufe* au fon des inftrumens ; je ne les confidere ici que relativement à la partie Dramatique ; ce fut vers le quatorziéme fiécle qu'ils devinrent en France une compofition Théâtrale, & fervirent à célébrer les Mariages de nos Rois, les Naiffances de nos Princes & Princeffes, & les évènemens heureux ; ces *Ballets* donc fe divifer ent en plufieurs efpeces.

Les *Ballets hifioriques* étoient les actions connues dans l'Hiftoire : comme le Siége de Troyes, les Batailles d'Alexandre ou d'Annibal, les Conquêtes des Romains, &c. &c. &c.

Les *Ballets fabuleux* étoient pris de la Fable : comme le Jugement de Paris, la Naiffance de Vénus, l'Enlévement d'Europe, &c. &c. &c. Les *Poëtiques* & les *Allégoriques*, qui font les plus ingénieux, étoient de plufieurs efpeces, & tenoient, pour la plupart, de l'Hiftoire & de la Fable. On nous a confervé l'idée de quelquesuns de ces *Ballets*. Je vais vous donner le détail de celui qui fut donné au mariage d'une Princeffe de France & du Duc de Savoye ; j'ajouterai que le *gris-de-lin* en fut le fujet, parce qu'il étoit la couleur favorite de la Princeffe.

« Au lever de la toile, l'Amour paroît & dé» chire fon bandeau, il appelle la Lumiere, &
» l'engage à fe répandre fur l'Univers, afin que
» dans la variété des couleurs il puiffe choifir la
» plus agréable ; Iris étale dans les airs les cou-

» leurs les plus vives ; l'Amour fe décide pour
» le *gris de-lin*, & ordonne qu'à l'avenir, il foit
» le fymbole d'un amour fans fin ».

Lors de l'établiffement de l'Opéra, le fonds
des *anciens Ballets* fervit, mais la forme fut
changée. *Quinault* imagina un genre où les récits
firent la plus grande partie de l'action, & où
la danfe ne fut plus qu'un acceffoire; fes fucceffeurs l'imiterent. La *Motte*, en 1697, créa
un genre nouveau, qui fut adopté. l'*Europe galante* a fervi de modele à tous les *Ballets* qu'on
a donnés depuis, entr'autres, le *Ballet* des
Ages, le *Ballet* des Sens, des *Elémens*, les
Voyages de l'Amour. Il eft à remarquer que
les Ballets de cette nouvelle forme confiftent en
trois ou quatre Entrées, & chacune de ces Entrées forme autant de fujets différens, mêlés de
chants & de danfes, ce qui produit une grande
variété, fans exiger du Poëte une grande ima-
ginative; à cela on vit fuccéder les *Fragmens*.
Je vous en parlerai une autre fois, & je reviens
au Ballet des *Horaces*, qui forme cinq parties,
dont chacune eft divifée en plufieurs Scènes;
d'abord M. *Noverre* a compté fur la mémoire
de fes Spectateurs, qui font fenfés connoître
tous la Tragédie de ce nom, par *Corneille*, autrement ce Ballet feroit une véritable énigme.
Je ne vous en tracerai point le plan, lifez le
Mercure de Février, je dirai feulement que ce
n'eft point un *Ballet*; c'eft une vraie *Pantomime*; une *Pantomime* dans toute l'étendue du
terme, & dans la plus exacte définition. Une
preuve de ce que j'avance, c'eft que le Ballet

des Horaces pourroit fort bien s'exécuter fans
danfer, & peut-être n'en feroit-il que mieux &
plus conforme à la raifon ; il n'eft point nécef-
faire que des Troupes fe battent en cadence :
aux fureurs de Camille, que Mademoiselle *Heinel*
rend fi bien, il fuffit aux Spectateurs de voir des
geftes & des *mouvemens*, & ce font les *geftes* &
les *mouvemens* qui caractérifent la *Pantomime*,
fi je ne me trompe ; il fuffifoit feulement de
voir des danfes au mariage d'*Horace*, encore
eft-il indécent & contre toute vraifemblance qu'un
homme bleffé & qui a tué fa Sœur, fe marie &
danfe à fa noce. Je fuis fort éloigné de vouloir
déprécier le talent de M. *Noverre* ; mais il y a
dans cette Pantomime, ou comme il l'intitule
lui-même, dans ce *Ballet* en *action*, plufieurs
défauts de *vraifemblance*, de *coftume*, fur-tout
de *bienféance* Théâtrale. Les Connoiffeurs ont
relevé ces fautes : « 1°. L'or qui couvre les ha-
» bits des Romains & des Albains, dans un tems
» où ils arboroient du foin pour étendard. 2°. L'é-
» charpe que Camille donne à fon Amant Cu-
» riace, & qu'Horace a la cruauté de lui montrer
» fanglante; *atrocité gratuite, qui n'eft point dans*
» *l'Hiftoire.* 3°. La vifite du Roi de Rome, rendue
» à Horace, dans la prifon, quoique Horace n'y
» ait jamais été envoyé. 4°. Les Soldats Romains
» & Albains ôtant leurs cafques, dans le ferment
» ou la priere qu'ils font à genoux, vu que ja-
» mais les Anciens ne fe découvroient ».

En effet, cette marque de refpect eft abfolument particuliere aux Nations modernes, & M.
Noverre, qui s'annonce pour étudier l'antiquité,

ne devoit pas tomber dans ces fortes de fautes. Quoique ce Ballet n'ait pas eu toute la réuſſite qu'on avoit annoncé ; néanmoins, en général, tout le monde y a remarqué un caractère de grandeur & un appareil impoſant, ſur-tout dans le Combat des Horaces & des Curiaces.

Je vous rendrai compte tout de ſuite du *Ra-viſſement d'Europe*, qu'on pourroit nommer auſſi *Ballet en action* ; mais qui n'eſt qu'une Panto-mime à machines & à changemens de décora-tions, que l'on repréſente depuis trois ans, avec ſuccès, ſur le Théâtre des grands Danſeurs de cordes du Roi. Quelques Critiques minutieux pourront ſourire à cette dénomination ; mais le Philoſophe voit tout en grand, & rien ne l'em-pêche d'aller voir le beau ; il lui importe fort peu que pour ſe délaſſer de ſon travail, il ne lui en coûte que ſix liv. dans la Ville, & que 30 ſols ſur les remparts ; ſon but eſt de ſe diſtraire ; il gémit ſeulement que l'induſtrie ſoit ſurchargée, que les talents ſoient étouffés, & que l'on mette des entraves au génie ; il déplore l'aveuglement continuel de l'Adminiſtration ſur les Spectacles de la Capitale, & ſur le privilège excluſif de *chanter* & de *danſer*, &c. &c.

LETTRE*
D'un Partisan de l'Ambigu-comique.

JE fors de l'*Ambigu-comique*, & j'y ai vu repréfenter la Pantomime du *Fort pris d'affaut* ;
j'ai toujours été furpris, Madame, de ce qu'on
ne l'a point intitulée : le *Siége de Paris*, par
Henri IV ; de ce que l'Acteur qui repréfente
ce Prince n'eft point habillé fuivant le coftume ;
de ce que. . . . &c. M'en étant informé, on m'a
dit qu'on ne le vouloit pas. *Qui ?* Monfieur l'O-
péra, qui a un *Privilège exclufif* de chanter, de
danfer & d'ennuyer. Revenons à la Pantomime,
elle eft en quatre actes ; le premier eft rempli par
des danfes de Bucherons & de Villageois, qui
travaillent dans une Forêt, & qui forment plufieurs danfes : après, la nuit vient, ils s'en re-
tournent ; auffi-tôt arrive Henri IV, travefti
(*A caufe du Privilège exclufif*) ; ce Prince eft
fenfé s'être égaré à la chaffe ; las d'avoir marché, il fe couche au pied d'un arbre ; à l'inftant
l'Amour paroît, tenant fon flambeau à la main,
& engage le Roi de le fuivre.

Acte fecond. Le Théâtre change & repréfente
les Jardins de *Gabrielle d'Eftrées*, qui vient
goûter les douceurs du fommeil, fur un lit de
verdure ; à l'inftant paroît *Henri*, conduit par
l'Amour ; le Monarque étonné s'approche de

---

* Lu à la *Société Dramatique.*

Gabrielle, en devient éperduement amoureux, & tandis qu'il contemple ses charmes à genoux; cette belle s'éveille; surprise de voir ce Héros à ses pieds, néanmoins fiere d'une telle conquête, elle hésite d'abord, & bientôt elle cede. On voit paroître une foule d'Amours & de Plaisirs. Ce tableau est voluptueux, bien dessiné & bien rendu, d'après les vers de M. de *Voltaire*, que je vais rapporter :

> L'un tenoit sa cuirasse encor de sang trempée;
>
> L'autre avoit détaché sa redoutable épée,
>
> Et rioit en tenant dans ses débiles mains,
>
> Ce fer l'appui du Trône & l'effroi des Humains.

Henri s'oubliant alors, & tout entier à son amour, se laisse entourer de guirlandes de fleurs. Les Amours, enchantés de leur victoire, cachent sous une touffe de roses & de myrthes, l'épée & le casque du Héros, & l'entraîne avec *Gabrielle* hors de la Scène.

Acte III. Mornay paroît, il vient arracher son Maître de ces lieux de délices, & le rappeller à la gloire; il rougit de colere & frémit de rage en voyant le casque & l'épée du Monarque dans cet avilissement; il se retire, pour le chercher; à peine est-il éloigné, que Henri entre par un autre côté, donnant la main à la charmante *Gabrielle*: les Jeux & les Ris forment plusieurs quadrilles agréables; Mornay reparoît sur le Théâtre, à son aspect Henri sent combien il s'est oublié, & le bruit du canon qu'on entend dans l'éloignement acheve de réveiller son ame engourdie au sein des plaisirs ; après avoir balancé quelque tems entre l'amour & la gloire, cette derniere l'emporte, & il s'arrache enfin des bras de *Gabrielle* éperdue. Cette Scène est d'un joli effet, & présente un tableau agréable, tiré encore de la Henriade.

Acte IV. Le Théâtre représente une porte des murailles de Paris ; on voit une breche ; on monte à l'assaut ; on est repoussé ; après plusieurs combats généraux & particuliers, qui forment plusieurs Scènes d'un genre neuf, & bien exécutées, paroissent des femmes & des enfans, que la famine horrible, qui regne dans la Ville, oblige de sortir ; elles viennent tomber aux pieds du Roi, qui leur fait distribuer à tous du pain ; ces infortunés rentrent dans Paris, y publient l'extrême bonté de Henri, & engagent leurs Concitoyens à le reconnoître pour leur Roi ; en effet, les Echevins & le Prévôt des Marchands, (il manque le Gouverneur,) apportent les clefs de la Ville, & Henri IV y entre avec toutes ses Troupes.

NOUVELLES

NOUVELLES DES FOYERS.

IL m'eſt venu dans l'idée de vous entretenir des nouvelles de nos *Foyers*, des aventures qui y arrivent, des bons mots qui s'y diſent, des vers qui s'y débitent, &c. Cet article ne ſera point, je penſe, le moins piquant.

Au Foyer de l'Opéra, on parle diverſement du Ballet des Horaces; les uns l'appellent le Ballet de la *Congrégation de Saint-Maur*; c'eſt-à-dire, de *cinq morts*; les autres, le Ballet des *cinq morts pions*, vu qu'il y a trois Curiaces & deux Horaces de tués, ce qui fait le nombre de *cinq pions* de morts. Pluſieurs ont dit que c'étoit le ſublime d'*Audinot*.

A l'occaſion de la repriſe d'*Euridice* & du *Devin de Village*, deux actes joués enſemble; on a fait comparaiſon du morceau qui commence par ces mots: *J'ai perdu mon Euridice*, &c. avec celui-ci: *J'ai perdu mon ſerviteur*, &c. Les Connoiſſeurs y ont trouvé une grande différence.

Au Foyer de la Comédie Françaiſe, on débite cette Epigramme: c'eſt l'aveu franc & ſincere d'un Poète Dramatique, dit-on.

> De petits vers pour Iris, pour Climène,
> Dans les boudoirs m'avoient fait quelque nom;
> Deſir me prit de briller ſur la Scène;
> Mais j'y parus ſans l'aveu d'Apollon.

Seconde Partie. Z

Là, comme ailleurs, s'achette la victoire ;

A beaux deniers on m'a vendu la gloire :

Mieux eut valu, ma foi, qu'on m'eut berné,

Que m'ont valu tant de prôneurs à gages ?

De mes succès où sont les avantages ?

Un seul encore, & je suis ruiné.

Pour vous expliquer cette énigme il faut savoir qu'un certain Auteur dépense communément à chaque représentation de ses Pièces 4 à 500 liv. en achetant des Billets de Parterre, Loges & Amphithéâtre.

Le bruit court, & on se le disoit à l'oreille, que M. *Beaumarchais* alloit intenter procès à ces *Messieurs* & à ces *Dames* au sujet des petites Loges, louées à l'année, & qui n'entrent point dans la part d'Auteur. Ce trait est bien digne d'un homme qui aime le bien général.

Au Foyer de la Comédie Italienne, on ne dit rien de nouveau, sinon le début de la Demoiselle *Tessier*, qui semble promettre quelque chose, & le Procès que doit intenter M. *Beaumarchais* aux Comédiens Français.

On m'a donné les vers suivans, que l'on attribue à un Partisan de *la Veuve du Malabar*, Tragédie de M. *le Mierre*, interrompue dans ses Représentations, (on ne sçait pourquoi) & que ces *Messieurs* & ces *Dames* promettent de jouer incessamment depuis trois ans.

Meſſieurs, par vos lenteurs ſans fin ,
C'eſt nous mettre trop à l'épreuve ;
Vous , qui protégez l'*Orphelin* ,
Protégez donc auſſi la *Veuve*.

En voici au ſujet de la nouvelle Comédie de
M. *Dorat.*

Le Malheureux *Imaginaire*
Vient de changer de nom , mon cher Abbé ,
Et le judicieux Parterre ,
L'appelle maintenant le Malheureux tombé.

Sur la Comédie Françaiſe , on a dit & l'on
dit encore tous les jours , que c'eſt un Spectacle
ſi riche en Pièces anciennes en tout genre , que
ces *Meſſieurs* & ces *Dames* négligent , en quelque ſorte , d'en répréſenter de nouvelles ; ſavez-
vous pourquoi , ma chere Comteſſe ? C'eſt que
ces *Meſſieurs* & ces *Dames* ne veulent faire aucuns frais de mémoire. A cette occaſion , je vous
rapporterai un bon mot de M. *le Mierre* , qui
peut ſervir d'Anecdote Dramatique. Ce célèbre
Auteur tragique répartit ſur le champ , & comme
à l'in-promptu , à mon propos. « Si les Comé-
» diens ne font point de frais de *mémoire* , ils
» font ſouvent des Mémoires de *frais* ». Effecti-
vement , lors d'une nouvelle Pièce , ils comptent à
l'Auteur , tant pour les *Décorations* , *Habits* ,
&c. &c. tant pour les *Soldats* ; tant pour , &c. &c.
Parlons de *Zuma* ; cette Tragédie eſt de M.
le Févre , Auteur de *Coſroès* , comme je vous l'ai

déja dit. Il y a près de dix ans qu'elle est faite ;
par conséquent, c'est un ouvrage de sa jeunesse ;
si les Comédiens l'avoient jouée plutôt, nous
aurions de cet Auteur une troisième Tragédie
beaucoup meilleure, vu qu'en dix ans on ac-
quiert des connoissances, par l'étude, & sur-tout
par l'usage du Théâtre ; c'est donc un tort, &
un très - grand tort que ces *Messieurs* & ces
Dames ont fait à l'Auteur & au Public. Pour
remédier à pareil inconvénient, il faudroit un
second Théâtre Français ; on en parle beaucoup,
& l'on prétend qu'il aura lieu bientôt. Ce qui
est certain, Madame, c'est que la *Troupe du*
Mont Parnasse, établie avec autorité du Gouvernement, depuis environ six à sept ans, sur
les nouveaux Boulevards, entre les Barrieres
d'Enfer & de Vaugirard, s'offre à représenter
toutes les Pièces refusées par les deux *Troupes*
Françaife & Italienne. Les Entrepreneurs ont
présenté un Mémoire au Ministre, sur cet objet,
& ils se flattent de réussir ; alors je vous en
parlerai plus au long. Je reviens à la Tragédie
de *Zuma*, que le Public revoit toujours avec
plaisir & avec un nouvel intérêt. M. *Palissot* a dit,
« qu'elle annonçoit *un talent rare* & très-digne
» des encouragemens que l'Auteur a reçus ». M.
la Harpe s'exprime ainsi : « Toutes les *fautes* qu'on
» peut y remarquer appartiennent à l'inexpé-
» rience de l'Art du Théâtre, que l'on peut ap-
» prendre, & les *beautés* appartiennent au talent,
» qui ne s'apprend point. Les défauts opposés
» au talent, la fausse chaleur, les contre-sens
» dans les idées, dans le sentiment & dans le

» dialogue, se trouvent rarement dans la Pièce
» de M. *le Fèvre*, & l'on y remarque au con-
» traire, *dans tous les actes*, des morceaux *bien*
» *conçus*, & l'art d'exprimer les *sentimens vrais,*
» *naturels & touchans*, avec une *élégance facile*».
Si j'ôsois dire quelque chose, après ces deux
fameux Journalistes, j'exposerois que la Scène
du cinquième Acte, où la sensibilité franche,
vive & courageuse de *Zéliscar*, dompte enfin
la haîne obstinée & féroce de *Pizarre*, & arrache
de sa bouche le nom de *Frere*, suffit pour prouver dans l'Auteur un talent très-distingué, &
pour justifier les applaudissemens extraordinaires
du Public; le Parterre a demandé l'Auteur à cris
redoublés. La Demoiselle *Sainval* a joué le rôle
de *Zuma* avec beaucoup d'intelligence; le sieur
Molé a paru admirable dans celui de *Zéliscar*.
Je n'ai gueres applaudi le sieur *La Rive*, j'aime
à faire connoître la vérité, je rends justice aux
bons Comèdiens, j'honore leurs talens, mais je
demande un second Théâtre; il est indispensable
dans les circonstances présentes, pour les progrès
de l'Art, l'avantage des Auteurs, & l'intérêt des
Acteurs, non l'intérêt pécuniaire; mais l'intérêt de
leur santé. Par exemple, le sieur *Molé*, qui se
sacrifie, pour plaire au Public, pour se rendre
utile au comique & au tragique, pourra-t-il
suffire à tant d'emplois? Quand les dernieres
Pièces reçues seront-elles jouées?... Quand?...
&c. Il est impossible que cela soit, il faut
être juste; un citoyen, quoique devenu Comédien, n'est point une bête de somme, pour
s'exténuer à apprendre des rôles, pour expirer
sous le faix. M. *la Harpe* vient de dire, (après

bien d'autres,) « que le terme le plus long qu'un
» *Auteur* dût naturellement attendre, pour être
» joué, étoit d'*un an* après la réception de sa
» Pièce, que le talent ne sait ses fautes que pour
» les réparer, & qu'il y a une espece de cruauté
» de lui ôter les moyens de se reproduire ; voilà,
» *ajoute-t il*, une partie des inconvéniens qui
» résultent de l'état actuel où est le Théâtre,
» & qui n'a pas d'exemple, depuis un siecle ».
Cela est vrai, Madame ; mais il faut être juste ;
les Comédiens sont des hommes, leurs corps ne
sont point de fer, ils ne peuvent suffire à représenter le nombre prodigieux des Pièces nouvelles reçues ; preuve convictive de l'utilité d'une
seconde *Troupe* ; il faut espérer que le Ministere
l'accordera aux demandes réitérées, non-seulement des gens de Lettres ; mais encore des
gens du monde.

Les Comédiens Italiens ont repris & donné
avec succès les *Sultanes*, en trois actes, en vers,
par M. *Favart*. Cette Comédie digne des Français, a été revue avec plaisir ; le Parterre a applaudi aux traits délicats & brillans dont cette
Pièce est remplie. Les différens caractères des
trois Sultanes y sont tracés de main de maître.
Les Dames *Billioni*, *Colombe* & *Beaupré*, les
jouent avec intelligence. Le rôle du Sultan est
bien rendu par le sieur *Clerval* ; mais non
pas avec la noblesse, la dignité du célèbre *Ro-
chard*, le Dieu du chant & du goût.

J'ai l'honneur d'être, &c.

Paris, *le premier Mars* 1777.

LETTRE XII.

Annonces & Extraits des Ouvrages Dra-
matiques, ou relatifs à cet Art.

SHAKESPEARE, traduit de l'Anglais, dédié
au Roi, *Tome premier*, à Paris chez la Veuve
Duchesne, rue Saint-Jacques ; *Musier* fils, rue du
Foin ; *Nyon*, rue Saint-Jean de Beauvais ; *La-*
combe, rue de Tournon, *le Jai & Clousier*, rue
Saint-Jacques, *Ruault*, rue de la Harpe, 1776 ;
on lit à la tête de cet ouvrage l'Epigraphe suivante : *Homo sum, humani nihil à me alienum*
puto. Ter.

Shakespeare ou *Chespir*, comme on le prononce, est un génie libre, qui n'a jamais voulu
s'asservir ni aux modeles des Anciens, ni aux
loix du Théâtre ; il a étudié la nature, & l'a
imitée avec une franchise heureuse, & souvent
imposante ; il a connu le cœur humain & en a
sondé toute la profondeur. Ce Poëte est d'autant
plus étonnant, qu'il a créé son art, & que sans
guide, sans secours, il s'est frayé une route nouvelle, dans laquelle il a marché à pas de géant.
Vous prévoyez, ma chere Comtesse, combien il
étoit difficile de faire connoître & de bien saisir
dans une Traduction la beauté sauvage & fiere d'un
tel génie. « Nous offrons, *disent les Traduc-*
» teurs, Shakespeare lui-même, avec ses imper-

» fections ; mais dans fa grandeur naturelle ;
» jufqu'ici on ne l'avoit montré que dans une
» forte de traveftiffement ridicule, qui défigu-
» roit fes belles productions ».

Vous conviendrez, Madame, qu'il eft impoffible
d'analyfer *Chefpir*; il faut lire fes ouvrages pour s'en
former une idée ; louer ce Poète Dramatique par
des citations, ce feroit, comme on le remarque
dans le Difcours préliminaire, « imiter le pédant
» d'*Hieracles*, qui, ayant une maifon à vendre,
» en portoit fous fon manteau une pierre, qu'il
préfentoit comme un échantillon » ; ainfi je n'entrerai dans aucuns détails, & je dirai que fes
Pièces Dramatiques offrent en général de *fublimes*
défauts & d'*horribles* beautés ; que néanmoins
elles ont fervi de modele à M. *de Voltaire*: favoir, *Othello* pour fa *Zaïre*, & *Jules-Céfar*, pour
fa *Mort de Céfar* ; fi vous balancez à me croire,
lifez ces quatre Tragédies, & faites en la comparaifon.

Théâtre de Campagne, Tome III & IV, à
Paris, chez *Ruault*, Libraire, rue de la Harpe.
L'un contient les huit Pièces fuivantes ; favoir,
le Déguifement favorable, Comédie en un acte
& en profe; *le Tableau*, Comédie en un acte
& en profe, *l'Atteftation*, Comédie en un acte &
en profe ; *la Veuve finguliere*, Comédie en un
acte & en profe ; *l'Aubergifte*, Comédie en un
acte & en profe ; *la Maladie fuppofée*, Comédie en un acte & en profe ; *les Boffus*, Comédie
en un acte & en profe, terminée par un Vaudeville ; *le Sac d'Avoine*, Comédie en un acte &
en profe.

L'autre

L'autre renferme fept Pieces, qui font : *la Courtifanne amoureufe*, Comédie en deux actes & en profe ; *le Bal de Province*, Comédie en un acte & en profe ; *Toujours tout de même*, en un acte & en profe ; *la Comédie fans Acteurs*, en un acte & en profe ; *André & Cécile*, Comédie en un acte & en profe ; *la Plainte ridicule*, Comédie en un acte & en profe ; *les Auteurs tragiques*, en un acte & en profe.

Je répéterai ce que j'ai déja dit, que ces petites Comédies, pleines de fel & de gaîté, auroient fait le plus grand plaifir fur le Théâtre de *l'Ambigu-comique*, & plufieurs d'entr'elles ne feroient point déplacées fur la Scène Françaife.

Le Premier jour de l'An, Amphygouri Dramatiqué, mêlé de chants & de danfes, en un acte & en profe, à Paris, chez *Couturier* fils, Libraire, Quai des Auguftins 1777. Cette Pièce deftinée pour les Italiens, eft compofée de plufieurs Scènes épifodiques fort *gaies*, & quelquefois un peu trop *gaies*. C'eft un Facteur de la petite Pofte, une Revendeufe à la Toilette, une Actrice des *Français*, un Poëte des *Italiens*, qui font les principaux Perfonnages ; fans oublier un Payfan *niais* & un Fiacre *ivre*. Pour vous en donner une idée, chere Comteffe ; voici une Épigramme, que chante, fur l'air : *Nous fommes Précepteurs d'amour*, le Facteur, ayant fous fon bras des Lettres & des Livres.

Voici de fades complimens ;

Voici des Brochures nouvelles ;

Seconde Partie. A a

Voici des Journaux affommans,
Et plufieurs autres bagatelles.

La Revendeuſe, après avoir dit au Public que
l'argent feul faiſoit agir ſes ſemblables, ajoute ſur
l'air, *Savez-vous pourquoi Ovide ?*

Sans les fines Revendeuſes,
O ! trop timides Galands !
Toutes vos peines fâcheuſes
Pourroient bien durer mille ans
Auprès d'un la, landerirette,
Auprès d'un la, landerira.

Puis elle ajoute ſur l'air : *Fanfare de Saint-Cloud.*

C'eſt par nos ſoins que les Belles
Achettent de bons haſards ,
Des pompons & des dentelles ,
Des bijoux & des brocards ,
Billets doux à leurs Toilettes ,
De la part des Favoris ;
Nous apportons des aigrettes
Très-ſouvent pour les maris.

A la Scène IV, on voit une Coquette qui
trouve un Payſan, & qui vient de le prendre pour
Laquais ; celui-ci ne veut point ſervir une Actrice,
une Baladine, une *** ; l'Auteur a mis au bas
cette note : Cette Scène de *morale* n'auroit point
été déplacée aux Italiens, & auroit corrigé celles
d'*indécence* que l'on joue très-ſouvent. Un Marchand d'Almanachs remplit la Scène V, le Vaude-

ville qu'il chante est gravé , & a seize couplets.
Dans la Scène VI , parlent un *pere* & ses deux
enfans ; l'un est sot, avare ; l'autre est spirituel
& désintéressé , ce qui forme des contrastes plai-
sans & d'un bon comique , ainsi que la Scène
VII , entre une *Actrice* & un *Poëte* ; cette fille de
Spectacle chante sur l'air *du Cap de Bonne-Es-
pérance :*

> A l'instar de la Syrene ,
>
> Nous attirons par nos voix ,
>
> Sans nul effort & sans gene,
>
> Le Seigneur & le Bourgeois.
>
> Nous avons de bonnes rentes ,
>
> Et des voitures brillantes ;
>
> Par nos voix facilement
>
> Nous nous meublons proprement.

Dans les deux Scènes suivantes, on voit arriver des Danseurs & des Danseuses, c'est un *Fiacre*
yvre qui se trouve être le frere de l'Actrice, ce qui
fait tableau ; l'Auteur a l'attention de dire dans une
note que c'est le dénouement des *Courtisannes ,*
Comédie en trois Actes en vers de M. *Palissot ,*
que ces *Messieurs* & ces *Dames* ont refusées , sous
prétextes d'indécence. Dans la Scène XI , paroît
Orgon l'*aîné* avec la *jeune* Lison qu'il épouse ; le
Poëte son ami & son ancien camarade de Collége, vient le féliciter sur ce mariage , & la Pièce
se termine par un Vaudeville dont je vais vous
citer deux couplets. Air: *les Billets doux :*

> Jamais du premier jour de l'an
>
> Le Sage ne suivra le plan ,

Ma parole eſt certaine.

Sans vouloir en rien s'excuſer,

Il donne, il reçoit un baiſer ;

Voilà la bonne Etrenne.

Aux Veſtales de l'Opéra ,

Ce qui toujours le mieux plaira ,

C'eſt une bourſe pleine ;

Mais une branche de laurier

Pour le Poëte & le Guerrier ;

Voilà la bonne Etrenne.

Cette petite Comédie eſt une Pièce de fonds pour les Théâtres de Société, qui ſans doute s'en empareront; ainſi que celui du Mont-Parnaſſe.

Œuvres Dramatiques de M. *Mercier*, 2 vol. *in-12*, joliment imprimés à Amſterdam, chez Changuion & Harrevelt, Libraires ; à Paris, chez le *Jay*, Libraire, rue Saint Jacques, au grand Corneille, 1776.

Le premier volume contient quatre Drames; ſavoir Jenneval *ou* le Barnevelt François, le Déſerteur , Olinde & Sophronie. Le ſecond volume renferme trois autres Drames , ſavoir l'Indigent, le faux Ami & Jean Hennuyer; toutes ces Pièces ont été déjà jouées , trouvées non-ſeulement bonnes , agréables, mais encore utiles; la plûpart ſont jouées en Province avec le plus grand ſuccès; & font honte à nos Comédiens de la Capitale de les avoir refuſées : c'eſt un tort que ces *Meſſieurs* & ces *Dames* font au Public;

mais on espére que cette tyrannie dramatique
n'existera pas longtems.

Les Evénémens Nocturnes, ou *les Méprises*, Comédie en trois Actes & en Prose, par M. *Bardinet*, chez Méquignon le jeune, Libraire au Palais Marchand, *prix 24* sols.

Le titre seul de cette Pièce indique le sujet : c'est
un D. Pedre & un D. Alvare, *freres* & Amoureux,
l'un de Léonore, l'autre d'Elvire, qui forment
toute l'intrigue ; cette Aventure est tirée du Roman Comique de Scaron, tome 2, intitulé les
deux Fréres Rivaux ; nous avons trouvé des traits
de fine plaisanterie, de saine morale & de vrai
comique ; vous en pouvez juger, ma chere Comtesse, par le lambeau suivant : la *Suivante dit...*,
« & puis, un *pere* ne veut-il pas toujours avoir
» *raison*, quand même il auroit vraiment *tort* ;
» *plus bas elle ajoute*, si tout le monde agissoit
» ainsi, n'avoir toujours que l'intérêt pour guide,
» on ne verroit point tant de *mauvais ménages*,
» ni de *sots mariages* ; *deux lignes après elle riposte*,
» encore que *l'or* soit utile, un *mari*, selon moi,
» l'est encore davantage ». Le pere dit à D. Pedre, « comment, il faut que vous soyez *inconnu*
» & que votre affaire soit *secrette*, & vous m'offrez
» de vous mettre avec des *filles* ». (J'observerai
que le mot *filles* est peu décent, & qu'il falloit
femmes), D. Pedre fait cette réflexion sur les
Espagnols : « ils sont tous si sauvages & si mé-
» fians, qu'ils craignent encore de se rencontrer,
» & qu'ils évitent de se regarder ». La Suivante
lui apporte un billet de la part de sa Maitresse ;
notre François dit à part ; « je n'aurois jamais

» cru qu'en cette ville ce commerce fut auffi com-
» mun qu'à Paris ». Cette Suivante avoit déja
prononcé que le *véritable amour* d'un feul François, valoit bien l'amitié *fatiguante* de tous les
jaloux Efpagnols, tandis que le pere de fa Mai-
treffe avoit dit à cet Amant : » vous n'avez en
» tête que vos *modes*! rien ne vous inquiéte que
» le *nouveau goût*, » néanmoins fi j'approuve ces
différens traits, je condamne ceci. D. Pedre dit
à D. Alphonfe : « je vous ai prié de me donner
» afyle afin de me fouftraire aux mains *féroces &*
» *meurtrieres* de la *Juftice*, » il falloit dire de la
chicane, ou bien des *bas-Officiers* de Thémis. D.
Alphonfe dit à D. Pedre : « Ah! j'ai connu bien
» des *François* & même des plus *fages*; mais le
» plus *infenfé* de notre Nation, eft encore un
» homme fort *raifonnable* auprès du *premier fage*
» de la vôtre ». L'Auteur me permettra de lui dire
que c'eft faire une injure gratuite à la France.
Je paffe au fecond Acte où je trouve la Scène
du Prevôt avec fes Archers qui eft très-plaifante,
mais trop longue, c'eft en général le défaut de
l'Auteur, mais il vouloit faire une Comédie en
trois Actes : auffi j'ofe affurer que fi elle étoit réduite en un acte, ce feroit une des bonnes
Pièces de ce fiecle : & cela n'eft point fans
exemple ; *l'Efprit de Contradiction* étoit en trois
actes, ainfi que *le Babillard*. De nos jours *M.*
Saurin, de l'Académie Françoife, a réduit fon
Orpheline léguée, en un acte. Revenons au troifieme acte de notre Comédie.

La nuit regne fur le Théâtre il y a deux mé-
prifes affez plaifantes ; fur-tout celle de la fcène

IV, où Léonore prend D. Alvare pour D. Pedre ;
à la scène VI deux Laquais viennent avec des
flambeaux, ce qui amene le dénouement, qui
paroît fort naturel ; mais il y a des longueurs
à retrancher ; & fur-tout la fin, qui ne feroit
pas fupportable à la repréfentation ; appuyé fur
les principes des Maîtres de l'Art, tout ce qu'on
dit de trop eft fade & rebutant. J'ai parlé avec
tant de franchife, parce que M. *Bardinet* femble
nous en avoir donné la permiffion, en difant :
« Si Meffieurs les Journaliftes jugent à propos
» de citer mon Ouvrage, j'efpere obtenir de
» leurs lumieres quelques fages inftructions dont
» je ferai mon profit, s'il y a lieu, par la fuite ».
Je vais vous dire, ma chere Comteffe, la raifon
pourquoi cette Comédie n'a point été jouée ;
il me fuffira de rapporter l'Avertiffement de
l'Auteur.

« Voici la Pièce imprimée, avec les noms de
» Meffieurs & Dames que j'ai choifis pour rem-
» plir les rôles de leurs emplois ; enfin, telle
» qu'elle exiftoit manufcrite en 1774, & nous
» voici en 1777 ; c'eft donc trois années perdues.
» Je continue. J'ai fait remettre mon manuf-
» crit avec une lettre à un de MM. les Comédiens
» Français ordinaires du Roi, le Lundi 9 Sep-
» tembre 1775, & je laiffai à celui de MM. dont
» je tairai le nom, la liberté de faire ou de
» m'indiquer les corrections que la gaîté de fon
» caractère & les faillies de fon efprit lui fug-
» géreroient néceffaires. Le Lundi 7 Décembre
» fuivant, mon dépofitaire a chargé la perfonne
» qui lui avoit remis mon manufcrit de me

» dire, *qu'il fera aujourd'hui, sans faute, la lec-*
» *ture, & suôt après la mettra en ligne directe,*
» *c'est-à-dire, à la file des autres.* Après cela j'ai
» sollicité, persécuté, écrit nombre de lettres,
» fait nombre de visites, obtenu plusieurs ren-
» dez-vous chez M. * *. pour travailler ensemble ;
» mais toutes ces choses n'ayant eu aucuns suc-
» cès, je me suis rebuté au bout de deux années,
» j'écrivis à mon dépositaire, pour lui demander
» une décision prompte, *pour raison de l'examen*
» *du jugement de ma Comédie.* Au lieu de réponse,
» le Mardi 8 Octobre 1776, il me renvoie mon
» manuscrit, & me mande de maniere à faire
» croire qu'il n'a aucun tort, qu'il renonce à
» l'espoir de m'être utile, m'engageant à faire
» porter mon manuscrit au Comité ; mais j'ai
» préféré de donner ma Pièce au Public, pour
» le mettre en état de prononcer sans partialité ».

Cela prouve bien encore la nécessité d'un second Théâtre, qui va s'établir.

J'ai l'honneur d'être , &c.

Paris , le premier Avril 1777.

LETTRE

LETTRE XIII.

JE vous ai promis, ma chere Comtesse, de vous rapporter le reste du Commentaire sur le nouveau Reglement des Comédiens, par M. *François de Neuf-château*, fameux Jurisconsulte, & je vous tiens parole.

ARTICLE XLVI.

» Le premier Semainier aura attention pour
» ses Assemblées de fournir à chaque Acteur
» & Actrice trois feves, l'une blanche pour
» l'acceptation simple, une marbrée pour l'ac-
» ceptation avec des changemens, & une noire
» pour le refus absolu ».

REMARQUES.

Les feves blanches & noires ne sont plus en usage aujourd'hui. Chacun des Aristarques comiques écrit sa sentence sur une feuille séparée, comme les Oracles des Sybilles. On ne sait pas ce qui a pu engager & autoriser la Troupe à changer ainsi la méthode de son scrutin. Chacun des Juges prend gravement la plume; mais comme ces avis doivent être lus tout haut, chacun s'efforce d'y montrer de l'esprit & d'y mettre des gentillesses. Rien de plus agréa-

Seconde Partie. B b

blé que ces bulletins, où l'on se donne carriere aux dépens du pauvre Auteur. *Le Prince de la Tragédie est un benêt. Le style est bon pour les Laquais*, &c. On peut lire un détail très-curieux sur ce point dans la Préface de la Tragédie de *Térée*.

L'Auteur d'Alcidonis n'a pas été dans le cas d'éprouver, en personne, le désagrément de cette Scène. Ce n'est pas une des moins comiques de toutes celles qui se passent à la Comédie.

ARTICLE XLVII.

Après que chacun, par ordre d'ancienneté, aura proposé ses réflexions, & que les avis auront été discutés, on procédera par la voie du scrutin & non par acclamation, afin d'éviter toute plainte & animosité personnelle, & le second Semainier sera chargé de mander à l'Auteur le vœu de l'Assemblée.

ARTICLE XLVIII.

S'il s'agit de faire des changemens, le second Semainier ou tel autre que la Troupe voudra choisir, sera chargé de communiquer à l'Auteur les réflexions de l'Assemblée.

REMARQUES.

Sur cet Article des changemens, il y auroit une foule d'observations importantes à faire.

C'eſt un de ceux dont les Comédiens ſe pré-
valent le plus pour tourmenter les Auteurs. La
Troupe eſt toujours flattée de corriger le thême
des Gens de Lettres, même lorſqu'elle veut
bien leur faire la grace de l'adopter.

Ces Archontes Dramatiques mettent de la
prétention à paſſer pour Connoiſſeurs. Ils y en
mettent tant, qu'un Acteur, mort il y a quelques années, faiſoit une penſion de 600 livres
à un Orateur des Cafés de Paris, pour repan-
dre le bruit que cet Acteur, d'ailleurs médiocre
ſur la Scène, avoit tout le goût poſſible, & ce
qu'on appelle à la Comédie *le tact* des Pieces
nouvelles. D'après cette maladie d'orgueil, in-
curable chez les Comédiens, il eſt preſque
impoſſible qu'ils reçoivent une Piece, ſans exiger des changemens, des retranchemens, des
bouleverſemens abſurdes. L'un demande une tirade, pour ſortir de la Scène avec éclat; l'autre
veut une entrée plus brillante. Celui-ci penſe
qu'on ne feroit pas mal d'abréger les Scènes
de ſentiment, parce que les développemens ne
lui paroiſſent que des longueurs; celui-là a de
fortes raiſons pour qu'on allonge l'expoſition,
parce qu'elle ne lui ſemble pas tout-à-fait aſſez
claire. L'Actrice principale ne peut pas ſe fatiguer
à apprendre tant de Vers. La Suivante n'en a pas
aſſez. Qu'arrive-t-il? Il n'y a pas deux partis à
prendre. On le voit dans l'Article ſuivant.

A R T I C L E   XLIX.

» Si l'Auteur s'y ſoume-, il pourra deman-
» der une ſeconde lecture, qui ſe fera dans la

» même forme que la premiere , & d'après la-
» quelle on décidera définitivement le fort de
» la Pièce par les fimples feves noires & blanches.

REMARQUES.

Si l'Auteur fe foumet aux changemens , il
pourra demander une feconde lecture ; s'il ne
s'y foumet pas, il doit renoncer à l'efpérance
d'être joué , cela eft pofitif. L'Auteur d'Alcidonis n'a que trop éprouvé qu'il avoit eü tórt de
préférer le premier parti. Il lui eft arrivé abfolument la même aventure à cet égard , qu'à
feu Lagrange - Chancel. On joua en 1716, fa
Tragédie de Sophonisbe ; mais les faftes du théâtre
nous apprennent que les Comédiens avoient, de
leur autorïté privée , réformé le troifiéme & le
cinquiéme Acte. L'Auteur avoit été obligé de
foufcrire à leur décifion ; mais les malheureufes
corrections de fes Révifeurs déplurent au Public
& la Pièce n'eut point de fuccès.

On pourroit citer encore à ce fujet le mot
de l'Auteur du *Grondeur*. Les Comédiens avoient
fait à cette Piéce des changemens confidéra-
bles. La Pièce qui étoit en cinq actes, fut réduite en trois. Elle réuffit beaucoup. Cependant
l'Auteur , à fon retour, au lieu d'en remercier
fes Abbréviateurs indifcrets , leur fit des reproches.
Il trouvoit qu'ils avoient défiguré fa Pièce, en
voulant la rendre meilleure. Meffieurs, leur dit-
il, j'avois fait une pendule ; vous en avez fait
un tourne-broche.

Mais , dira-t-on , quand tout cela feroit vrai ,

quel grand mal cela fait-il? Quand les bouta-
des de la Comédie feroient périr un ouvrage,
qu'importe?

  Une Pièce tombée, il en renaît mille autres.

On ne voit pas d'ailleurs que toutes ces dif-
graces ayent écarté de la Scène un talent recommandable, ou une bonne Pièce.

Cet argument n'eft pas affez captieux, pour
exculer l'ignorance ou l'arrogance des Comédiens envers les Gens de lettres. Il eft faux que
les chicanes & les hauteurs comiques n'ayent
produit aucun effet finiftre pour la Littérature.
Qu'on interroge l'ombre plaintive du Citoyen
de Calais! Qu'on demande compte à l'Auteur de
Didon, des motifs du filence que fa Mufe tou-
chante a gardé tout-à-coup, après avoir tiré
des fons fi flatteurs de la lyre de Racine! Qu'on
fache de l'Auteur du *Comte de Comminge*, la
raifon qui lui a impofé un exil volontaire de
la Scène, malgré cette chaleur d'imagination &
ce talent pour le pathétique, qui promettoient
d'y faire couler tant de larmes! Qu'on appren-
ne de l'Auteur du *Pere de famille*, le motif qui
l'a détourné de fuivre une carriere dans laquelle
fon premier pas avoit été un pas de géant! Qu'on
aille fur les bords du lac de Genève, rappeller
à la vie cet Auteur du *Confentement forcé*, cet
infortuné Guyot de Merville, cette victime des dé-
dains & des haines du Théâtre, qui s'eft vu punir
de n'avoir fu ni fléchir le genou devant les Idoles
de la Comédie, ni écarter fes concurrens par

des intrigues, ni fe procurer de vils fuccès par
des démarches humiliantes!

Tous ces témoignages & une foule d'autres
qu'il feroit trop long de citer, atteftent unanime-
ment le tort que l'adminiftration de la Comédie a fait aux Ecrivains Dramatiques, & doivent faire regretter à la Nation les richeffes
Littéraires dont elle a été privée.

ARTICLE LI.

» Quand la Pièce, foit d'abord, foit après les
» changemens, aura été reçue, l'Auteur aura at-
» tention de fe munir de l'Approbation de la
» Police ; enfuite il conviendra avec les Comé-
» diens du tems auquel la Pièce fera repré-
» fentée, & le tems fera infcrit fur le Regiftre
» des Délibérations ».

REMARQUES.

Cet article eft de toute juftice. On fait
comme il eft mal obfervé, en ce qui regarde
le tems de la Repréfentation des Pièces. Il fem-
bleroit que la précaution, d'infcrire ce tems fur
les Regiftres dût être fuffifante, & que chaque Pièce dut paffer fans difficulté, fuivant fa
date. Mais les Comédiens ont trouvé l'art d'em-
brouiller cette Chronologie trop fimple. Ils ne
pardonnent pas à l'impatience d'un Auteur affez
préfomptueux pour defirer que fa Pièce foit jouée
à fon tour, fi, malheureufement pour lui, ils

ont envie d'expédier de préférence quelque Piéce d'un autre Auteur plus infinuant & plus adroit. Pour peu qu'on leur réfiste alors, leur indignation devient acharnement. L'Auteur d'*Alcidonis* & celui de *Térée* ont été dans le même cas, à cet égard. Tous deux attendoient depuis bien des années le moment de la Repréfentation, quand l'illuftre Auteur de Zaire envoya fes *Loix de Minos* à la Comédie. Ils fe rangèrent par refpect, pour céder la place à ce grand Homme. Il fe retira de lui-même. Les deux Expectans s'applaudiffoient de pouvoir reprendre leur rang, lorfqu'ils fe virent coudoyés & repouffés par un Écrivain dont la Piéce étoit reçue depuis fix femaines. La célébrité précoce de cette cadette ne devoit pourtant pas nuire à fes deux aînées, dont les Auteurs réfifterent de toute leur force.

Cette impudence coûta la vie à *Térée*, qui fut égorgé fans pitié & fans peine, parce que l'Ouvrage ne fut pas entendu, & que, dans ces cas, le Public qui s'ennuie à une Piéce nouvelle, n'en jette jamais la faute fur les Acteurs qu'il chérit, mais bien fur l'Auteur qu'il ne connoît point.

On ne put pas à la vérité venir à bout d'enterrer auffi facilement *Alcidonis*, même en jouant mal; parce que l'impreffion avoit fait connoître la Piéce. Mais on a trouvé le fecret de fruftrer l'Auteur du produit des repréfentations & enfuite de la propriété même de fon Ouvrage.

Voilà donc à quoi doivent s'attendre les téméraires, qui fe piquent d'une vieille loyauté

& qui vont heurter de front les Auteurs chéris
& préférés de la Troupe, les beaux efprits felon
fon cœur.

Le remede eft tout fimple, dira-t-on, *il faut
faire comme eux.*

Eh, quoi ! il faudra qu'un Auteur achete les
faveurs de la Troupe aux dépens, on ne dit pas
feulement de fes honoraires, mais de fon honneur
& de celui des Lettres, également compromis
par les caprices de la Troupe ? Il faudra qu'il
groffiffe la foule des Courtifans, qui rampent
aux pieds des Reines de Couliffes & des Em-
pereurs de Théâtre. Il faudra que le Statuaire fe
proferne devant le bloc de marbre, dont fon
cifeau peut faire une cuvette ou un Dieu ! Plutôt
que de defcendre à ces baffeffes, tout honnête
écrivain s'écriera comme Juvénal :

Ultra Sauromatas fugere hinc libet.

Au refte, la Troupe ne pourra pas foupçonner
d'exagération ce que l'on dit dans cette remarque.
La vérité en eft bien connue de MM. les premiers Gentilshommes de la Chambre. Ils font
inftruits, par eux-mêmes, de la peine que de
pareilles tracafferies donnerent en 1757 à l'Auteur
d'*Adèle de Ponthieu.* On lit dans les Dictionnaires
des Théâtres, que cette Tragédie fut préfentée
aux Comédiens, lue & reçue aux acclamations
générales de la Troupe ; cependant on en différa
la repréfentation pendant plus de dix-huit mois.
M. le Maréchal de Richelieu, qui venoit de prendre Mahon, étoit alors d'exercice ; il ne fallut
pas moins que le vainqueur des Anglais, pour
vaincre

vaincre les Comédiens. M. le Maréchal de Richelieu donna des ordres si précis qu'*Adèle* fut ap-
prise & représentée, mais mal jouée, parce qu'on
y apporta beaucoup d'humeur. Après la premiere
représentation, l'Auteur remercia M. le Maréchal
de Richelieu par un impromptu flatteur, sans
être fade, & dont le dernier Vers étoit:

Tu pris Minorque & fis jouer Adèle.

Réflexions d'un Amateur sur la Comédie *.

DEPUIS bien des années on paroît avoir
abandonné le genre de la Comédie, de celle au
moins qui n'est que la peinture des mœurs, &
le tableau du ridicule; il sembleroit pourtant que
les Gens de Lettres se répandant plus dans ce
qu'on appelle le monde, devroient mieux saisir
les nuances; mais ce n'est là qu'une raison ap-
parente que la réflexion détruit. Plus on se livre
au tourbillon de la société, moins on y porte
un œil observateur; il faut être à une certaine
distance des objets qu'on veut peindre, sinon
on confond tous les traits; ainsi, je crois, au
contraire, que la disette des Auteurs Comiques
vient de ce qu'ils sont trop rapprochés de leurs
modeles.

De-là ce genre romanesque sur lequel on s'est

* Lues à la séance de la Société Dramatique.

jetté ; on préfere une nature factice à celle qu'on a tous les jours sous les yeux, parce qu'on s'eſt trop familiariſé avec cette derniere, & qu'elle ne conſerve plus le piquant qui invite & encourage l'Ecrivain. Moliere voyoit le monde, mais c'étoit toujours dans une ſorte de perſpective ; pour juger les Acteurs de ce grand Théâtre, il ne ſe confondoit point avec eux.

Je propoſe cette idée à ceux qui ſe deſtinent à ſuivre les traces de ce grand Homme. Le vrai, & le ſeul modele peut-être qu'il faille imiter, quand on veut faire des Comédies. Les Pièces de la Chauſſée ſont très-eſtimables, ſans doute ; mais le Public a trop accueilli les médiocres copies d'un bon original. La manie des Drames attendriſſans s'eſt emparée de toutes les têtes ; la facilité du genre ſéduit, & le ſuccès en multiplie les productions.

Je ne ſerois point fâché ſi je ne voyois plus dans nos Comédies paroître ſi ſouvent des valets & des ſoubrettes ; perſonnages qui ſont devenus froids ſur la ſcène, parce qu'ils ſont toujours intriguans ou confidens des amours de leurs Maîtres. Je ne dis point pour cela qu'il faille tout-à-fait les proſcrire, à Dieu ne plaiſe ! ce ſeroit ſupprimer une ſource de gaîté ; mais il faut les placer, les ramener à leurs fonctions, & les reculer autant qu'il eſt poſſible dans le fond du tableau.

Je voudrois encore que l'action ne ſoit jamais

retardée par des acceſſoires étrangers, ni de ſcènes épiſodiques, ni d'ornemens ſuperflus ; que
le goût ſeul enfin arrangeât tout.

✳

L'eſprit eſt plus content quand l'intrigue eſt
déja nouée dans l'expoſition ; on prend bien plus
de part à des paſſions déja régnantes, à des
intérêts déja établis. Un amour qui commence
tout-à-coup dans la Pièce ne fait aucune impreſſion.

✳

Le Théâtre ne doit jamais reſter vuide, il
faut que les Acteurs qui entrent ſoient annoncés ;
il faut que les ſcènes ſoient toujours liées, alors
les yeux & l'eſprit en ſont plus ſatisfaits,
dit M. de Voltaire, de même il faut annoncer
dès le premier acte tout perſonnage que l'on
veut introduire au dénouement ; du moins eſt-
ce une règle que nous preſcrivent les Maîtres
de l'Art Dramatique, *Horace* & *Boileau.*

> Que dès le premier Vers l'action préparée,
> Sans peine du ſujet m'applaniſſe l'entrée.

Tous les dénouemens doivent être accompagnés
d'une courte leçon de vertu, de ſageſſe ou de
bonnes mœurs ; les Poëtes doivent s'en faire un
devoir, & n'y jamais manquer ; voyez les Pièces
du Théâtre de Famille, 2 volumes *in-8°.*

✳

Quelquefois le Public ſe laiſſe trop ſéduire, ſans
doute, à l'Art des Acteurs, à la pompe, à l'il-

lusion de la repréſentation ; des Vers foibles, traînans ou montés ſur de grands mots lui paroiſſent admirables au Théâtre, parce qu'ils ſont prononcés avec force & avec le feu du ſentiment. Que d'Auteurs Dramatiques qui ne doivent leur gloire momentanée qu'à l'illuſion Théâtrale, ou à l'habileté du Comédien.

Tous les jours on applaudit & des Tragédies, & des Comédies, & des Drames, dont le ſujet n'eſt rien moins que ſublime.

Autrefois les bienſéances étoient impunément violées ſur la Scène ; les Auteurs ſe laiſſoient entraîner par l'uſage ; les filles donnoient des baiſers que leurs amans demandoient en plein Théâtre. Témoin la Mere Coquette, Comédie en 5 actes & en vers, de Quinault, jouée en 1608. La Pièce commence par ce vers : *Je t'ai baiſé deux fois.... Tu baiſes par compte.*

Les miſérables Farces de Scaron, où l'on trouve mille obſcénités, à la honte de la Ville & de la Cour, ont eu du ſuccès avant les Chefs-d'Œuvres de Moliere ; & tout le monde ſait que la *Femme Juge & Partie* fut long-tems préférée au *Miſantrope*. On joua pour plaire au Public le *Fagotier.*

M. de Voltaire soutient que l'unité du lieu ne consiste pas à rester toujours dans le même endroit, & que la Scène peut se passer dans plusieurs lieux représentés sur le Théâtre avec vraisemblance. « Rien n'empêche, dit ce génie » universel, qu'on ne voie aisément un jardin, » un vestibule, une chambre, une salle à man- » ger, &c. C'est aussi mon avis.

On doit toujours avoir pour principe de finir ses actes vivement ; de tenir ses Spectateurs en haleine, en donnant de la crainte ou de l'espé- rance. « Quand un personnage se borne à dire : » *Nous verrons demain ce que nous ferons.* . . . . » *Allons nous-en.* . . . . Le Spectateur est tenté » de s'en aller aussi, à moins que les choses » auxquelles le personnage va rêver ne soient » très-intéressantes ». Page 449 du Commentaire de M. de Voltaire sur Corneille.

Dans cent ans le monde subsistera encore en son entier, ce sera le même Théâtre & les mêmes Décorations, ce ne sera plus les mêmes Acteurs.

Les hommes sont toujours hommes, leurs foi- blesses, leurs défauts sont les mêmes. Un avare, un glorieux, un jaloux, étoient formés au bon vieux tems comme au nôtre. Les ridicules peuvent changer, il est vrai, parce que cela dépend des usages & des modes; une femme sera ridicule pour se coëffer simplement, tandis que la mode exige que la coëffure menace le ciel (A la *Grecque* ou à la *Janséniste*). Les ridicules tiennent encore des pays; un homme est ridicule à *Londres* pour avoir le chapeau sous le bras, le bas de soie blanc, le talon rouge; & il ne l'est point à *Paris*. Le Petit-Maître de France & celui d'Espagne sont encore différents; mais l'Avare de Moliere, de Plaute, est l'Avare de tous les pays. Il y a certains traits de plaisanterie à retrancher chez nous, ou à augmenter en Angleterre, ou bien à diminuer en Espagne. Par exemple, Plaute, Scène I, Acte II; pour le reste est bon, rien à changer, les traits d'avarice sont les mêmes; l'Avare préférera toujours l'argent à tout; donnera sa fille à un malotru, pourvu qu'il la prenne sans dot, &c.

La Comédie doit être le miroir fidele des sottises & des ridicules du siecle; une ingénieuse critique des mœurs du tems.

Auroit-on jamais imaginé que la Comédie eut besoin de l'épithète de *plaisante*, pour la caractériser ? Assurément les Grecs étoient de bonnes gens d'avoir ainsi appellés la Comédie, Comédie tout court, sans y ajouter la petite épithète

de *plaifante*. Cependant c'eft comme ôfe s'exprimer un certain Auteur; je vais en rapporter les
propres paroles, je ne veux nullement toucher
au texte. « Il y a environ huit ans que je m'a-
» mufai à jetter fur le papier quelques idées fur
» le Drame férieux ou intermédiaire, entre la
» Tragédie héroïque, & la Comédie *plaifante* ».
Ombres illuftres ! Ombres à jamais célèbres !
Térence & *Plaute* ! *Moliere* & *Regnard* ! quel
feroit votre étonnement fi vous pouviez un jour
revivre parmi nous, d'entendre dire hautement
qu'il y a des Comédies qui ne font point plaifantes.

FRAGMENT D'UN ÉLOGE

A l'endroit des Comédiennes & fur le dos des
Comédiens *.*

.   .   .   .
.   .   .   .

TOUJOURS le Comité renouvelle ma bile,
Je n'y fçaurois rien voir d'un œil fec & tranquile;
Il faut en convenir, en honnête Rimeur,
Aux Hiftrions du jour j'attache mon humeur,
Dans mes malins accès je n'épargne perfonne,
Aux Doubles toutefois je leur conferve bonne,
Et les terraffe tous s'il le faut à l'inftant;
Auffi me nomment-ils Monfieur le Mécontent.

* Lu dans une Séance de la Société Dramatique.

Sans doute, je le suis, & j'ai bien lieu de l'être ;
Si je disois un mot ils rougiroient, peut-être,

. . . .

. . . .

En moi, je vous réponds du meilleur caractère
Qui puisse se trouver, comme on dit, sur la terre ;
J'ai le cœur trop sensible, ici j'en fais l'aveu,
Au nom seul de Belcourt je me mets tout en feu ;
Celui de Dugazon me donne la migraine,
Bouret me fait bâiller au moins une semaine.

. . . .

. . . .

Sur la Scène Française, Histrion téméraire,
Tu crieras, beugleras, pour briller & pour plaire.
Les Vers ne doivent plus leurs succès à l'Auteur ;
Mais à l'Art de l'Actrice, à celui de l'Acteur.
Faites-leur votre cour, nommez-les la merveille,
Lors vous égalerez & Racine & Corneille.
Soyez de leurs soupers, faites-leur des présens.
Pour ces Dames, par-fois, brûlez un grain d'encens,
Composez des bouquets en Vers ou bien en Prose ;
De ces Messieurs aussi faites l'Apothéose ;
Applaudissez leurs Vers, achetez leurs écrits ;
Allez servilement vergetter leurs habits ;
Soyez aux petits soins. . . . . . .

. . . .

Vous serez le Héros de la Scène Tragique,
Ou dans peu deviendrez vrai Poëte Comique.
Auxtretaux d'Arlequin, au Théâtre Français,
Pour obtenir lecture, avoir quelque succès ;

Voici,

Voici, jeunes Auteurs, bien une autre maniere;
Admirez les talens d'un B***. d'un Liniere.
Votre Pièce fut-elle & sans art & sans goût,
Ne vous chagrinez pas, je vous réponds de tout.
Rimez, enfin, rimez pour l'Opéra Comique,
Les Vers les plus mauvais sont bons pour la musique;
Sur les airs de Grétri, Rodolphe ou Philidor,
Toute parole est bonne, & vaut son pesant d'or.
Une belle Ouverture, à grande symphonie;
Que l'Héroïne soit une Actrice jolie;
Tous vos Vers fussent-ils chevilles d'Opéra,
Par ce moyen adroit on les applaudira,
« Eh ! pourquoi ce chagrin, cette misantropie » ?
Dira certain Censeur : « Répondez, je vous prie ?
» Inutiles discours! Le Foyer vous déplaît,
» Ne le voyez pas, ou, laissez le tel qu'il est ».
Point ne suis, comme vous, devenu misantrope,
Et le Foyer me plaît avec son enveloppe.
Je voudrois seulement, je voudrois en ces Vers
Corriger les Acteurs, réformer leurs travers;
Montrer aux yeux de tous leur platre suffisance,
Et leur orgueil dans tout, avec leur insolence.
J'aurai beau déclamer, ils ne changeront pas;
C'est perdre, comme on dit, & son tems & ses pas.
Point ne veux, en un mot, avoir l'humeur d'Alceste.
J'ai, sans ce défaut-là, d'autres défauts de reste.
Ma Muse, taisez-vous : il est fort chatouilleux
De parler des Acteurs, & de mal parler d'eux:

Seconde Partie. Dd

Ces Messieurs ne sont pas de ces Messieurs pour rire:
Muse, exercez ailleurs les traits de la satyre.

CONVERSATION DRAMATIQUE.

VOus avez peut-être quelques dispositions
pour le genre *Dramatique*, me disoit l'autre jour
un Ami sans doute trop indulgent; pourquoi ne
travaillez-vous pas pour les grands Théâtres de
la Capitale? Les Comédiens Italiens manquent
de Pièces, puisqu'ils sont contraints de jouer
celle de ****; & les François végetent tristement dans un petit nombre de Nouveautés qui
paroissent tous calquées sur le même modèle,
excepté le *Barbier de Séville*, qui ne ressemble
à rien, quoique son Auteur se soit avisé de tout.
On pourroit faire une ample moisson de lauriers
dans cette carrière où l'on ne fait plus que gla-
ner. Evertuez-vous donc comme les autres; livrez-vous au feu Poétique & aux douceurs de l'espérance : le succès couronnera peut-être vos tra-
vaux. Je vous crois appellé sur-tout à marcher sur
les pas de la riante Thalie. — Je ne puis suivre
vos généreux conseils. — Quel obstacle s'y oppo-
se? — Je ne suis point assez riche. — Et depuis
quand faut-il que les Poètes Dramatiques rou-
lent Carrosse? il me semble, au contraire, qu'une
noble indigence les excitent davantage au travail.

-- Cela pouvoit être autrefois ; mais les tems font changés. -- Je ne vous conçois pas. -- Je vois bien que vous ignorez l'empire que les Comédiens exercent fur les talens Littéraires. Apprenez donc qu'ils ouvrent à leur gré la barrière du Théâtre. Pour peu qu'un Auteur leur foit inconnu, ils ne manquent pas de vous l'éconduire, bien poliment, à la vérité ; mais enfin l'Auteur n'en eſt pas moins éconduit, & ne perd pas moins fans retour le fruit de fon travail. -- Mais cette Inquiſition ne s'exerce, fans doute, qu'à l'égard d'un jeune homme tout-à-fait novice dans la Littérature ? Il eſt, en effet, à préfumer que fon Ouvrage peut être pitoyable ; & Meſſieurs les Comédiens dédaignent de prendre la peine de s'élever au-deſſus des préjugés -- Point du tout ; l'Ecrivain le plus célèbre éprouveroit leur redoutable Juriſdiction ; *Buffon* même feroit obligé de fe foumettre aux Arrêts du Sénat Comique. -- Vous me confondez. On préfère donc le Comédien au Poète ? Maître Jean qui montre à fiffler à fa Linotte, eſt loin de s'imaginer qu'elle foit d'une eſpèce fupérieure à la fienne. -- On ne tombe point encore dans une inconféquence auſſi ridicule ; on protége, on eſtime les Lettres ; mais le Poète Dramatique, s'il veut obtenir les honneurs de la repréſentation, n'en eſt pas moins obligé de ramper aux pieds de *Noſſeigneurs les Comédiens* ; car c'eſt ainſi que nous devrions les appeller, puiſqu'ils font en effet nos Seigneurs & Maitres. -- Quel étrange abus ! On ne s'eſt point encore aviſé de demander une troupe de laçons & des Manœuvres, pour juger le plan d'un

Architecte. — Non, tous les Arts jouissent en France de la noblesse de leurs priviléges; il n'y a que la Littérature, cet aliment des ames, qu'on laisse languir sous mille entraves. La Poésie Dramatique, cette plus belle partie des Lettres, est sur-tout en proie au despotisme & à l'ignorance. Représentons nous un moment l'Aréopage Comique assemblé pour décider du sort d'une Pièce nouvelle. Quels sont ses respectables Juges ? J'apperçois, dans le nombre de ceux qui doivent donner leur voix, des femmes jeunes & charmantes; & leur mine friponne annonce qu'elles connoissent beaucoup plus le Code de Cythere, que la Poétique d'Aristote. Encore quels sont les sentimens qui agitent le grave Sénat, & qu'elle attention prête-t-il au pauvre Auteur, assis sur la sellette ? Chacun ne s'occupe guères qu'à remarquer si le rôle qui lui est destiné est bon ou mauvais; & cet examen fait admettre ou exclure la Pièce. Pour les Dames, elles n'écoutent que nonchalament, s'entretiennent entr'elles de modes, de parure, de pompons, & rient tout bas de leurs galantes aventures, ou de l'air embarrassé de Monsieur le Poète Dramatique. Voilà quels sont les juges des Pièces nouvelles, qui ne sont jamais jouées que sous le bon plaisir de Nosseigneurs les Comédiens. — Croiroit-on qu'un tel abus subsiste en France dans le dix-huitième siècle ? N'en doutons pas, la Postérité en rira, comme de l'enthousiasme qu'excitent de nos jours les Ariettes. — Mais en attendant les regards favorables de la Postérité, le Théâtre languit; car il est à présumer que s'il existe actuellement trois

ou quatre bons Poëtes Dramatiques, il y en auroit bien davantage fans l'aviliffement où ils
craignent de tomber. — Mais fi l'homme à talens
qui dédaigne de briguer, à force de courbettes,
la gloire de paroître avec éclat fur la Scène,
eft vraiment animé par le Génie, comment peut-
il en modérer les élans; & s'il eft forcé de s'y
livrer, que deviennent fes productions? — Il travaille pour les Spectacles des Provinces, ou pour
les Théâtres de fociété. Quoi qu'en difent les
Parifiens, qui s'imaginent bonnement qu'on n'a
le fens commun que dans leur Ville, & qu'on ne
fait que végéter ailleurs, il eft auffi flatteur d'ê-
tre applaudi à Lyon, à Bordeaux, &c. que par
ce qu'on appelle les connoiffeurs de la Capitale.
Je croirois même que les fuffrages qu'on y obtient fatisfont davantage la noble ambition
des Auteurs, que ceux qui font enlevés dans
Paris, où tout eft mode, enthoufiafme & cabales.
— Vous avez raifon; mais on n'en eft pas moins
fenfible à la gloire de briller fur les premiers
Théâtres de la Capitale, regardés juftement
comme les premiers de l'Europe. — Ils ont prefque entiérement perdu la confidération qu'ils s'é-
toient acquife. Le petit nombre des bonnes Pièces, & la ftérilité forcée des Poëtes Français,
leur raviffent l'eftime générale. D'ailleurs, pour
qu'un Théâtre fût réellement diftingué au-deffus
des autres, il faudroit qu'on n'y donnât que des
Ouvrages excellens. Ce feroit alors qu'il y auroit un véritable honneur à s'y voir admis. Mais
comme le médiocre fe montre très-fouvent à la
Comédie Françaife & à l'Opéra-Comique, au-

tant vaut paroître fur la Scène méprisée de *Ni-colet*. B***. n'a-t-il pas été fifflé dans l'Hôtel de la Troupe du Roi, & le petit * * * dans celui de Bourgogne ? Que leur feroit-il revenu de moins fur les treteaux de la Foire ? — Mais les Acteurs de ces Théâtres auxquels on attribue la primauté, font au moins remplis de tous les talens qu'exigent leur profeffion ; ainfi l'on ne peut leur refufer quelque eftime. — J'en conviens, la plûpart d'entr'eux, par leur mérite perfonnel, autant que par leur art inimitable à rendre la nature , font dignes de la confidération dont ils jouiffent. Il ne leur refte plus, pour mettre le comble à leur gloire , & pour s'affurer à jamais l'eftime des honnêtes gens ; il ne leur refte plus , dis-je , qu'à fentir combien ils font déplacés en jugeant les Poèmes Dramatiques , qu'ils font fait feulement pour repréfenter. Qu'ils ayent le courage de mettre les chofes dans l'ordre qu'ils demandent eux-mêmes que l'Académie Françaife foit chargée d'un examen qui ne peut leur convenir : alors les Gens-de-Lettres verroient en eux des amis , & non de petits tyrans; & le Public applaudiroit à la nobleffe de leur procédé. Cette démarche que je défire dans des Acteurs qui ont trop de fenfibilité & de délicateffe pour ne pas connoître combien ellè les honoreroit , & combien elle encourageroit la Littérature avilie; cette utile démarche feroit déjà faite, ou ne tarderoit point à fe faire, fans l'efpèce de vertige qui règne en France , & auquel l'hériffon a donné lieu. — Il eft bon cependant d'obferver que fi l'Académie Françaife fe trouvoit obligée de prononcer fur le mérite des Pièces de Théâtre, fon goût feroit quelque-fois compromis, lorfqu'on viendroit à fiffler les Drames qui auroient obtenus fon fuffrage. — Cette objection n'eft pas difficile à détruire. Les jugemens des hommes les plus éclairés étant fou-vent incertains, & telle Pièce ne pouvant être bien appréciée qu'à la repréfentation, il feroit injufte que fon mauvais fuccès retombât fur les perfonnes qui l'auroient jugée digne du Théâ-tre. — Vous m'avez perfuadé, & je conviens avec vous que la Scène Françaife a befoin de grands changemens.

Je finirai ma Lettre, chere Comteffe, par cette ingénieufe réflexion de M. *Dorat*: « La » Comédie compte de très-jolies têtes dans fon » Confeil, & il en faut de folides, quand il » s'agit de prononcer fur l'Art des *Corneille* & » des *Moliere* ».

J'ai l'honneur d'être, &c.

Paris, le 15 Avril 1777.

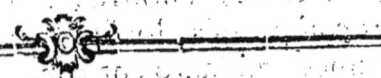

LETTRE XIV.

DIALOGUE EN VERS.

Un GÉOGRAPHE, une AGNÈS.

LE GÉOGRAPHE.

QU'EXIGEZ-VOUS, innocente Sophie ?

L'AGNÈS.

C'eſt de vouloir bien me montrer
Les premiers élémens de la Géographie,
Afin que ſi le cas vient à ſe rencontrer,
Que je n'en reſte pas tout-à-fait ignorante.

LE GÉOGRAPHE.

Votre raiſon me paroît conſéquente,
De tout mon cœur, cela ſans héſiter,
A l'im-promptu; mais pour vous contenter.
Il faut. . . .

L'AGNÈS.

Vous paroiſſez peu ſerviable au monde.

LE GÉOGRAPHE.

Nous n'avons en ces lieux Sphère, ni Mappe monde;

C'eſt

C'eſt par là cependant qu'il nous faut commencer.

L'AGNÈS.

Après ?

LE GÉOGRAPHE.

Si vous vouliez me déſembarraſſer ,
Expédient facile , à l'inſtant j'imagine ,
Pour vous donner les premieres leçons.

L'AGNÈS.

Après ?

LE GÉOGRAPHE.

Vous étalez deſſus votre poitrine
Deux fort jolis demi-globes beſſons ,
Sur leſquels je pourrois , ſans indécent myſtère ,
Vous apprendre à diſcourir
Et de la Carte & de la Sphère.

L'AGNÈS.

Après ?

LE GÉOGRAPHE.

Commencez donc par me les découvrir
Docilement , & daignez me permettre ,
Vers les lieux qu'il faudra , le doigt je puiſſe mettre.

L'AGNÈS.

Après ?

LE GÉOGRAPHE.

Pour vous marquer ſenſiblement ,
Et chaque point , & chaque ligne
Que cette ſcience déſigne.

Seconde Partie.　　　　　　　　　E e

L'AGNÈS.

Je comprendrai la Carte après plus aifément.

LE GÉOGRAPHE.

Sans contredir.

L'AGNÈS, *rit.*

La plaifante manière !

LE GÉOGRAPHE.

Le voulez-vous, ma charmante Ecoliere ?

L'AGNÈS.

Non, non, Monfieur, dans un autre moment.

VERS

A *Mademofelle* Doligni.

PRETER aux paffions la voix du fentiment ,
Et même à la pudeur donner de nouveaux charmes ;
Emouvoir, attendrir, faire couler nos larmes ;
DOLIGNI, mieux que toi qui connoît ce talent ?
La vertu, fous tes traits, eft fage fans rudeffe,
Et l'amour dans ta bouche eft tendre fans foibleffe.

Vers à Mademoifelle Colombe.

Heureux qui dans fes chants , pour charmer notre oreille,
Ainfi que toi, Grétri, fait plaire, intéreffer !

Trop heureux qui fait y verfer
Ce preftige enchanteur qui touche ou qui réveille.
Mais quand je vois COLOMBE avec tant d'agrément,
 Avec tant d'ame & de nobleffe,
M'égayer, m'attendrir, paffer rapidement
 Du badinage au fentiment,
  Et du plaifir à la triftefle,
A vos talens, Grétri, j'applaudis tour à tour;
Mais en applaudiffant, ma furprife fe paffe.
 Il eft bien jufte qu'une Grace
Nous rende tous les fons que t'a dictés l'Amour.

Vers à Madame Dugazon, *ci-devant Mademoi-*
felle Lefevre, *Actrice de la Comédie Italienne.*

 Votre petit nez retrouffé,
 DUGAZON, vous fied à merveille;
 Je me fens fouvent empreffé,
 Soit que je dorme, ou que je veille,
 De fonger au nez retrouffé
 Qui vous fied toujours à merveille.
 Non, vous n'avez point de pareille
 Dans cet art vraiment enchanteur,
 De vous emparer de l'oreille
 Et de l'ame du Spectateur.
 Je fuis la vigilante abeille;
 Dugazon, vous êtes la fleur,
 Et dès que le jour me réveille
 J'éprouve un befoin dans le cœur

      E ij

D'aller fur ta bouche vermeille

Voler quelque douce faveur....

Je fais taire ici ma vielle,

Qui vous chante en mourant de peur

De vous donner un peu d'humeur

Par cette longue kyrielle ;

Et j'en termine la fadeur,

En répétant ma ritournelle....

Votre petit nez retrouffé, &c.

Ces Vers font de M. le Comte *de la Tourette* ; en voici de M. le Chev. *Dorat*, en honneur & gloire du fieur *Molé*. Après voir énuméré les talens de cet Acteur dans le Tragique, dans le Comique, après l'avoir appellé, *petit Maître divin*, *Sylphe léger*, *connoiffeur des fecrets d'Armide*, M. Dorat ajoute :

Tel eft le Saint pour qui je veux des Vers,

Hymne en couplets & couronne de rofe.

Déja pour lui les Cieux font entr'ouverts,

De bonne-foi l'amitié le propofe ;

Avec ferveur , & bien loyalement ,

Occupons-nous de fon Apothéofe ;

Le Pape eft mort, profitons du moment.

Annales du Théâtre Français.

JE vous l'ai déjà dit, ma chère Comtesse, & je vous le répete encore, que ces Lettres serviront un jour à écrire l'Histoire de nos Théâtres; ce sont autant de matériaux que je ramasse, & qui seront d'une grande utilité à tout Auteur ou Écrivain dramatique. Pour faire mieux sentir mon idée, je vais donner le Catalogue raisonné, par ordre chronologique, des Tragédies & Comédies représentées sur le Théâtre Français, depuis l'année 1721, tems où M. *Parfait* a cessé son ouvrage; on pourra même regarder le mien comme une continuation du sien. Pour cela, je ne fais que copier un précieux manuscrit que M. *Parfait*, vivant encore, a bien voulu me confier, & que j'ai fait voir à plusieurs gens de Lettres, pour en confirmer l'existence, & en notifier l'autenticité : je commence. 1722.

Romulus, Tragédie de M. Houdart *de la Mothe*, en 5 actes & en vers, fut représentée pour la première fois, le jeudi 8 Janvier 1722; le fameux Baron jouoit le rôle de *Tatius*. On donna ensuite le *Mariage forcé* : il est à remarquer que ce fut la première fois qu'on joua une petite Pièce après une grande; ce fut l'Auteur lui-même qui engagea les Comédiens : avant on croyoit marquer le mauvais succès de la Pièce si on en jouoit une ; ce fut une loi pour l'avenir.

La seconde représentation le samedi 10, la troisiéme le lundi 12, la quatriéme le lundi 14 au *Palais Royal*, la cinquiéme le vendredi 16, la sixiéme dimanche 18, la septiéme mardi 20, la huitiéme le jeudi 22, la neuviéme le samedi 24, au Louvre devant le Roi; la dixiéme le lundi 26, la onziéme mercredi 28, *au Palais Royal*, la douziéme vendredi 30. Le dimanche premier Février fut donnée la treiziéme représentation de cette Pièce, le samedi 7 la quatorziéme représentation; lundi 9 la quinziéme, le mercredi 11 la seiziéme *au Palais Royal*, la dix-septiéme le vendredi 13, la dix-huitiéme le 15 dimanche gras, la dix-neuviéme le premier jeudi de Carême, la vingtiéme le samedi 20, la vingt-uniéme le lundi 23, la vingt-deuxiéme & derniére représentation le jeudi 26.

Coriolan, Tragédie en 5 actes & en vers, par M. de *Plaines*, fut donnée pour la premiè-re & unique fois le samedi 28 Février; M. *Parfait* n'en dit point la raison, il renvoye au Registre de la Comédie.

Les Comédiens Français donnerent une représentation *gratis* de la *Devineresse*, remise au Théâtre le mardi 10 Mars, à cause de l'Entrée de Marie-Anne-Victoire, Infante d'Espagne; on commença à trois heures & demi, le samedi 21 dudit mois, fut fait la clôture du Théâtre.

Le compliment fut prononcé par le Grand *Pere*, qui prononça aussi celui de la rentrée, le lundi 13 Avril suivant.

L'Opiniâtre, Comédie en vers & en 3 actes, par M. l'Abbé *Brueys*, fut jouée la première fois le mardi 19 Mai ; le vendredi 22, seconde représentation ; le lundi 24, troisième représentation ; le mercredi 27, quatrième représentation *au Palais Royal* ; le samedi 30, cinquième représentation ; le lundi 1 Juin, la sixième représentation, la septième le vendredi 5, la huitième & dernière le Dimanche 7.

Le Galant Coureur, Comédie en un acte en prose, du sieur le *Grand*, Comédien, fut représentée la première fois le mardi 11 Août, la seconde fois, le jeudi 13, la troisième le dimanche 16, la quatrième le mardi 18, la cinquième le jeudi 20, la sixième le dimanche 23, la septième le mardi 24, la huitième le jeudi 27, la neuvième le lundi 31, la dixième le mercredi 2 Septembre, la onzième le vendredi 4, la douzième le dimanche 6, la treizième le mercredi 9, la quatorzième le samedi 12, la quinzième le lundi 14, la seizième le vendredi 18, la dix-septième le dimanche 20, la dix-huitième le mardi 22, la dix-neuvième, le lundi 28, la vingtième le jeudi premier Octobre la vingt-unième le dimanche 4 la vingt-deuxième le mardi 6.

Le Nouveau-Monde, Comédie en 3 actes en vers avec un Prologue, par l'Abbé *Pellegrin*, représentée la première fois le vendredi 11 Sep-

tembre, la feconde fois le dimanche 13, la troifiéme le mardi 15, la quatriéme le jeudi 17, la
cinquiéme le famedi 19, la fixiéme le lundi 21,
la feptiéme le mercredi 23, la huitiéme le famedi 26, la neuviéme le lendemain, dimanche 27,
(*elle fut demandée*), la dixiéme le mardi 29,
la onziéme le lendemain mercredi 30, *au Palais
Royal*, la douziéme le famedi 3 Octobre, la
treziéme le lundi 5, la quatorziéme le mercredi
7, la quinziéme le famedi 10, la feiziéme le lundi
12, la dix-feptiéme le dimanche 18, la dix-
huitiéme & dernière le mardi 20 ; j'obferverai
qu'à chaque repréfentation, cette Pièce feule
rempliffoit le Spectacle: il eft vrai qu'il y a trois
intermedes, dont la mufique eft du fieur *Quinaut*, Comédien, & le Ballet du fieur d'*Angeville*,
Danfeur à l'Opéra.

Les *Aventures* de Porché Fontaine, Comédie
en profe du fieur *Grandval*, repréfentée la première fois le vendredi 9 Octobre, la feconde fois
le Dimanche 11, la troifiéme le mardi 13, la
quatriéme le jeudi 15, la cinquiéme le famedi
17, la fixiéme le lundi 19, la feptiéme le mercredi 21, la huitiéme le famedi 24, la neuviéme
le lundi 26, la douziéme le mercredi 28, la
onziéme & dernière le Vendredi 30 ; je dois dire
que ce fut à l'occafion d'un Fort de terre qui
fut fait à *Montreuil* proche Verfailles, & d'un
Camp à *Porché-Fontaine* pour l'inftruction du
Roi Louis XV, en l'Art militaire. Cette Pièce eft
ornée de chants & de danfes.

Antiochus ou les *Macchabées*, Tragédie en
cinq

cinq actes en vers, de l'Abbé *Nadal*, représentée
pour la première fois le mercredi 16 Décembre,
la seconde fois le vendredi 18, la troisième le
dimanche 20, la quatrième le mardi 22, la cinquième le samedi 26, la sixième le lundi 28, la
septième & dernière représentation fut le mercredi 30 ; ce sujet est, comme on sçait, tiré de l'E-
criture Sainte ; le fameux *Baron* y jouoit le rôle
de *Phostime.* Nous avons une autre Tragédie sous
le même nom de M. *la Mothe*, représentée en
1721 ; MM. *Parfait* en ont parlé, je n'en dirai mot.

L'*Oracle de Delphes*, Comédie en vers en 3
actes, représentée la première fois le jeudi 17
Novembre, la seconde fois le samedi 19, la
troisième le lundi 21, la quatrième & dernière
fois le mercredi 23 ; on devoit la jouer encore
le dimanche suivant 27 Mai, l'Auteur ne voulut
pas qu'on continuât les représentations, & il y
eut écrit sur le registre de la Comédie ; « un or-
» dre vint pour arrêter les représentations de la nou-
» velle Comédie de l'*Oracle de Delphes*, à cause
» de certaines gayetés contre la Religion payen-
» ne, toute Religion devant être traitée reli-
» gieusement ». L'Auteur est un nommé M. *Mont-*
crif de Paradis.

Pour suivre à peu près le plan de MM. *Parfait*,
tracé dans son Histoire du Théâtre Français, je
me crois obligé de rapporter les débuts des Acteurs & Actrices de l'année.

Mlle. *Châteauneuf* continua son début dans le
rôle de Soubrette & de Paysanne.

Seconde-Partie.   F f

Le fieur *Champvallon* débuta le jeudi 16 Avril dans le Mariage forcé, par *Licidas*.

Mlle. *Gravet* débuta le vendredi 17 Avril dans l'Inconnu, par *Virgine*.

Le fieur *Poiffon de Roinville*, débuta le jeudi 21 Mai dans Amphitrion, par le rôle de *Sofie*.

Le fieur *La Thorilliere* fils, débuta le lundi 29 Juin dans Mithridate, par le rôle de *Xiphares*.

La Demoifelle *Dubreuil* débuta le mardi 30 Juin dans le Grondeur, par le rôle d'*Hortenfe*.

La Demoifelle la *Motte* débuta le jeudi premier Octobre dans Rodogune, par le rôle de *Cléopâtre*.

Le fieur *Gaudron* débuta le mercredi 4 Novembre par Mithridate dans la Tragédie de ce nom; il fut fifflé & hué depuis le commencement jufqu'à la fin de fon rôle, néanmoins cet Acteur étoit bien fecondé; car le fameux *Baron* y repréfentoit *Xipharès*, Quinaut *Arbate*, Legrand, fils, *Pharrafte*; j'ajoute cela pour les curieux & amateurs du Théâtre, Mithridate étoit ordinairement joué par *Baron*.

Il paroît que les Pièces, foit tragiques, foit comiques, qui furent remifes au Théâtre cette année 1722, furent la Princeffe d'Elidé, la Devinereffe, l'Inconnu, Athalie, Orefte & Pilade.

Mademoifelle *Desbroffes*, Penfionnaire de la Troupe, mourut le prémier Décembre dans fa maifon de Campagne près de Montargis.

Fin de l'année 1722.

RÉPONSE

A l'Auteur des Affiches de Province.

VOUS avez eu la bonté d'annoncer avantageusement la *Correspondance Dramatique*, & je vous en remercie, Monsieur. Vous ajoutez que cet Ouvrage pourroit être *très-intéressant*, je le compte bien aussi ; mais ce n'est pas assez de former des plans, « de concevoir des projets, il faut être en état de les exécuter ». Tout cela est vrai, un heureux hasard m'ayant fait naître l'idée de cet Ouvrage, dès-lors j'ai senti mon incapacité, mon insuffisance à sa pleine & entiere exécution, aussi j'ai beaucoup compté sur les secours de mes Confreres, connus sur la Scène dramatique & illustrés par des succès ; attendu qu'il n'appartient qu'aux Maîtres de l'Art à prononcer & à donner leurs avis.

J'avois d'abord jetté les vues sur M. *Palissot* ; mais le Gouvernement le chargea du *Journal François*. J'écrivis à M. *Beaumarchais*, qui me répondit que ses occupations ne lui permettoient de rien entreprendre de pareil, & qu'il songeoit à des choses beaucoup plus sérieuses ; cela m'auroit découragé, si des personnes connues avantageusement dans la République des Lettres, & quelques Amateurs ne m'eussent promis de coopérer à cet Ouvrage, nullement périodique,

F f ij

& dans lequel il se trouvera des Mémoires propres à écrire l'Histoire de nos Théâtres. Je permets que ma Lettre soit publique, & suis tout à vous, Monsieur, &c.

PRÉCIS HISTORIQUE*
De l'établissement des Théâtres sur les anciens & nouveaux Remparts.

VOus n'ignorez pas, Madame, que sur les anciens Boullevards de notre bonne ville de Paris, nous avons différens genres de Spectacles, entre autres ceux de Nicolet & d'Audinot. Le premier qui a commencé à s'établir sur le Boullevard du Temple en 1760, sa dénomination étoit la *Troupe du sieur Nicolet*, sur le fronton de sa Loge étoit écrit en lettres d'or : *c'est ici Nicolet*; à la porte étoit un *Aboyeur*, qui obligeamment invitoit les personnes d'entrer audit Spectacle, où l'on faisoit des tours de force, d'adresse, & de sots périlleux sur la corde. On y jouoit en foule des pièces des Théâtres François & Italien, & d'*Opera Comique* : c'est-à-dire, qu'on y chantoit déclamoit & dansoit ; telle fut sa première époque.

En 1772, à la Foire Saint-Germain, le sieur Audinot (ci-devant Acteur de la Comédie Italienne, dans laquelle Troupe venoit d'être incorporée notre *Opera-Comique*,) s'avisa d'inven-

---

* Lu à la Séance de la Société Dramatique.

ter un Spectacle sous la dénomination des *Comédiens de Bois.* Son Théâtre fut assez fréquenté pendant le cours de la Foire : on y représenta quelques Pièces amusantes, même un peu Epigrammatiques, que des gens d'esprit avoient composées. Ce succès l'invita à continuer ; mais les *Acteurs* & *Actrices de bois* furent changées en personnages naturels ; on ne choisit que des enfans de l'un & de l'autre sexe, qui dansoient, déclamoient & chantoient. Telle fut la première époque du Spectacle du sieur Audinot.

Ce que peut-être vous ignorez, Madame, c'est le Théâtre établi sur les nouveaux Boullevards, situés au Midi de notre Capitale : en voici l'origine ; pour cela il faut remonter plus haut, & dater de l'année 1759. M. *Viarme de Poncarré*, Prevôt des Marchands alors, pour rendre les Remparts vivans, s'imagina de faire donner des permissions de Police pour établir des jeux de Billards, des Cabarets, des Guinguettes, enfin tous les endroits que le Peuple fréquente. Cela ne fit pas un grand effet ; M. *Bignon*, nommé par le Roi Prevôt des Marchands en 1763, voulant entrer dans les bonnes intentions de son Prédecesseur pour rendre les nouveaux Boullevards moins déserts, engagea le Ministre de permettre des jeux publics, des parades, &c. En conséquence on ordonna à *Nicolet le jeune* de construire un Théâtre quelconque ; il n'avoit aucun fonds, & son frere le *Richard* ne voulut point lui en prêter, heureusement qu'il se trouva deux bons Citoyens, deux zélés Patriotes, je veux dire, M M. *Grandjean* freres, Oculistes du Roi, qui

voulurent bien faire bâtir une Salle de Spectacle
fur une partie de terrein qui leur appartenoit,
aù lieu dit *la Butte du Mont-Parnaſſe*. La Salle
fut conſtruite fur les deſſeins de M. *Antoine*,
célèbre Architecte, & fut achevée en 1766. Nicolet le jeune & ſon Aſſocié *Vieux-Maiſon* éta-
blirent les premiers une Troupe de Sauteurs,
Danſeurs & Voltigeurs ; mais ils ne firent pas
fortune. Après eux vinrent le ſieur *Gaudon* &
Compagnie, qui donna un joli jeu de Marionnettes, *Polichinelle & le Compere* ; la fortune ne
lui fut pas plus favorable : voici comme on en
parloit dans l'Almanach des Spectacles des Boullevards, année 1772 :« des Marionnettes y jouent
» quelquefois de petites Pièces *chantantes* dans
» l'unique Salle qu'on y a fait conſtruire, p. 57 ».
 En 1772, un Maître Menuiſier de Paris, nommé *Coffinon*, établit une petite Troupe de Comédiens & Comédiennes, qui jouoient *Farces &*
Parades, avec diverſes anciennes Pièces du
Théâtre Italien ancien, (on ne jouoit que Fêtes
& Dimanches,) il fit pluſieurs fois afficher &
diſtribuer des annonces par permiſſion de Police,
pour achalander ſon Spectacle qui alloit *cahin*,
caha ; pluſieurs Sociétés Bourgeoiſes y venoient
repréſenter des Comédies & Tragédies. Ce fut
fur le Théâtre du Mont-Parnaſſe qu'en 1774,
on repréſenta l'*Egoïſte*, Comédie en quatre Actes,
en vers, mêlée de chants & danſes, par M. le
Chevalier du Coudray ; l'aſſemblée étoit brillante,
puiſqu'il y avoit mille à douze cents perſonnes,
la plûpart gens de condition ou de Lettres. Le ſieur
Coffinon fut réprimandé pour être contrevenu

aux Réglemens de Police qui ne tolerent que
600 Spectateurs aux Comédies Bourgeoises : on
les lui défendit pendant quelque tems, ce qui
fit grand tort à cet Entrepreneur. Il quitta donc
pourfuivi par fes créanciers, & céda fon Spectacle, établi avec permiffion fous le nom de nouvelle Troupe Comique du Mont-Parnaffe, au
fieur *Fournier*, Marchand de vin, qui le céda
au fieur *Galva*, Arquebufier de la Ville, qui eut
une nouvelle Permiffion du Magiftrat (M. *le Noir*).
En 1774, il s'affocia le nommé *Flubert*, Maître
Limonadier à Paris ; ces deux Entrepreneurs
firent jouer par leur Troupe quelques Farces,
Parades & Parodies nouvelles, & les anciennes
Pièces à l'ordinaire ; on ceffa les repréfentations
l'hyver, à caufe du peu de Spectateurs, car les
Boullevards font déferts dans cette faifon.

Au printems de l'année dernière tous les Spectacles furent interrompus les Fêtes & Dimanches
à caufe du Jubilé ; & juftement ce font ces jours-
là que la Troupe du Mont-Parnaffe joue, & que
la Salle fe trouve le plus remplie de monde. Cette
interruption caufa un grand dommage à nos
deux Entrepreneurs, qui avoient encore renou-
vellé leur Permiffion du Magiftrat de Police,
(M. *Albert*) de jouer Farces, Parades, Parodies
& Pantomimes, à l'inftar de celles des fieurs
Nicolet & *Audinot* ; car il ne font pas plus fa-
vorifés les uns que les autres, ma chere Comteffe. Reprenons le Spectacle de Nicolet.

La feconde époque fut lorfqu'il prit la dénomination des grands Danfeurs, Sauteurs & Voltigeurs du Roi en 1773. Ce Spectacle a le mérite

de la variété ; chaque jour on y change de
Pièces & de Pantomimes , & l'on y donne fouvent des nouveautés en tout genre ; on ne voit
point cinquante - trois Pièces fur le *noir* Tableau du Foyer. On ne peut que louer le Direc-
teur & fon époufe des efforts continuels qu'ils
font l'un & l'autre pour contenter le Public. On
chantoit fur ce Théâtre autrefois , on n'y chante
plus ; j'y ai vu repréfenter de bonnes Farces &
de jolies Pièces , mais indécentes, par conféquent
indignes d'amufer les honnêtes-gens , & d'être
écoutées des oreilles chaftes.

A fa feconde époque , le Spectacle du fieur
Audinot fe qualifioit ainfi : *Ambigu - Comique*.
Ce fut en 1774 , qu'on fubftitua de jeunes enfans de l'un & de l'autre fexe à ces Acteurs &
Actrices de bois ; le Public fréquenta dès-lors
fon Théâtre , & quelques Auteurs y donnerent des
Pièces qui ne font pas fans mérite , quoique fans
fuite , fans liaifon , que des Scènes découfues ;
néanmoins tout le monde court en foule à ces
deux Théâtres , ce qui en démontre exemplaire-
ment la néceffité de plufieurs à Paris.

Je reviens au Théâtre des nouveaux Boullevards,
établi depuis nombre d'années avec Permiffion
de la Police à l'inftar de ceux ci-devant nommés,
dont les Entrepreneurs ont été plus heureux à
caufe de l'affluence du monde , du concours prodigieux de peuple fur les anciens Boullevards ; au
lieu que les nouveaux font peu fréquentés , fur tout
en hiver qui eft la faifon la plus lucrative pour les
Spectacles : mais comme difoit feu l'ami Sancho,
« le *Diable* n'eft pas toujours à la porte d'un
» pauvre

» pauvre homme ». Or les Directeurs de la Troupe du Mont-Parnasse ont eu le bonheur cette année de trouver des personnes qui leur fourniſſent des fonds, & des gens de Lettres qui veulent bien leur confier la repréſentation de leurs ouvrages. La deviſe qui eſt ſur la toile eſt ingénieuſe & parlante : *le tout pour rire* ; elle convient d'autant plus à ce Spectacle, qu'on n'y repréſentera jamais que du comique. J'oſe vous dire, Madame, que l'affaire ſera bonne, & le Public doit ſavoir gré à ces bons Citoyens qui ont travaillé pour le bien général & l'intérêt des Lettres. Je vous annonce auſſi que la Ville va faire poſer des bancs de pierre, & faire arroſer cette partie des Boullevards, entre la Barriere de Vaugirard & d'Enfer. Je vais, en attendant le Paradis, vous rapporter pluſieurs anecdotes dramatiques connues.

ANECDOTES DRAMATIQUES.

MOLIERE étoit ſujet depuis quelques années avant ſa mort à une fluxion ſur la poitrine, qui l'incommodoit beaucoup, c'étoit un déſagrément pour lui, qui parloit continuellement en Public ; auſſi le ſçut-il corriger par une feinte adroite ; liſez la Scene cinquieme du ſecond acte de l'*Avare.*

Harpagon. Je n'ai pas de grandes incommodités, Dieu merci, il n'y que ma fluxion qui me prend de tems en tems.

Frosine. Votre fluxion ne vous sied pas mal, & vous avez grace à tousser.

Certain *Histrion* de nos jours, on ne le nomme pas, se donna la licence de tourner en ridicule une Comédie qu'on donnoit pour la première fois, de la manière la plus scandaleuse, au lieu de dire, MM. *nous aurons l'honneur de vous donner une seconde représentation de * * * Pièce nouvelle en.....actes & en prose*; il dit : *Pièce en .... acte & en prose nouvelle*; ce qu'il y a de plus étonnant, c'est que MM. les premiers Gentilshommes de la Chambre n'ayent point obligé cet Acteur à demander excuse au Parterre & à l'Auteur, néanmoins, on dit qu'il fut *amandé.* Apropos d'*amende*; nous apprenons à l'instant que le jour de la première & unique représentation de *Loredau,* Tragédie en 5 actes & en vers, par M. *Fontanelle,* les Comédiens furent à l'*amende* pour avoir laisser jouer leurs *doubles,* la Reine ayant honorée de sa présence le spectacle.

» La première peine, dit *Ménochius,* dont » les *Histrions* sont punis par les loix des Empe-» reurs, est la note d'*infamie,* par laquelle ils sont » exclus des *Charges,* des *Emplois,* comme l'en-» seigne entr'autres *Lucas, de penna,* dans son » Ouvrage intitulé, *de Arbitr. judic. liv.* 2, *chap.*

» 69 , ajoutant que parmi ces *Hiſtrions* notés
» *d'infamie* ſont compris ceux qui montent ſur
» le Théâtre & y récitent des Comédies quoiqu'ils
» ne faſſent point de *Farces* ». De nos jours ces
Meſſieurs & ces *Dames* ſont excommuniés , &
ne peuvent *teſter* ni témoigner en Juſtice ; néanmoins malgré cette tache nous vivons fort bien
avec eux ; & quelques Citoyens les admettent
à leur table , non les Bourgeois.

Les *Tapiſſeries* , ou, ſi l'on veut, les *Toiles* qui
cachoient le Théâtre , juſqu'à ce que les Acteurs
paruſſent , étoient chez les Romains différentes
des nôtres ; chez nous quand les Pièces commen-
cent, *on leve la Toile*, les Romains la *baiſſoient* ;
puis quand le Spectacle étoit fini , ou même pour
les changemens de décorations , on la relevoit ,
au lieu que nous la baiſſons ; ainſi *premere aulæa*,
ſe diſoit de la toile baiſſée pour commencer , &
tollere aulæa , de la toile levée pour finir. Nou
liſons dans *Horace*, Liv. 2 , Ep. V. ce Vers :
Quatuor, aut plures aulæa premuntur in horas.

Ovide a expliqué cette manière de lever la
toile , par une comparaiſon merveilleuſe. « Com-
» me quand on leve la toile dans nos Théâtres ,
» on voit s'élever peu à peu les figures qui ſont
» tracées : d'abord, on ne voit que la tête, en-
» ſuite, elles ſe préſentent à moitié , & ſe décou-
» vrant inſenſiblement, elles paroiſſent enfin tou-

» tes entières, & semblent se tenir debout sur le
» bord de la Scène ». Liv. 3 des Métamorphoses.

Sic ubi tolluntur festis aulæa theatris,
Surgere signa solent, primumque ostendere vultus:
Cœtera paulatim, placidoque educta tenore
Tota patent: unoque pedes in margine ponunt.

Un flûteur; mais flûteur d'élite,
Entreprend de charmer un vieux Général Scythe;
Au brillant de son jeu l'on n'entend rien d'égal,
La douceur en est sans pareille.
« Par mon sabre, interrompt le brusque Général,
» Le hennissement d'un cheval
» Est bien plus doux à mon oreille ».

Ce Général des Scythes n'auroit point eu de
considération parmi les Grecs, car on se rendoit
méprisable chez ce Peuple en méprisant la musique; témoin ce que dit Ciceron dans sa première
Question : « Summam eruditionem græci sitam
» cinsebant in nervorum vocumque cantibus, igi-
» tur Epaminondas, Princeps, meo judicio,
» Græciæ fidibus præclare cecinisse dicitur: The-
» mistoclesque aliquot ante annis, cum epulis
» recusasset Lyram, hibitus aut in doctior ». Un
Proverbe étoit en vogue chez les anciens: *qui
étoit ennemi de la Musique, l'etoit des Dieux.*
Une preuve de ce que j'avance, c'est que *Philip-
pe* Roi de Macédoine, & père d'Alexandre, eût
un jour dispute avec un célèbre Chanteur; celui-
ci osa lui dire: *nos Dieux puissans vous préservent,
grand Prince, d'être plus savant que moi en musique!*

J'ai l'honneur d'être, &c.

Paris, le premier Mai 1777.

LETTRE XV.

Annales du Théâtre François.

ANNÉE 1723.

LEs Comédiens François jouerent plusieurs fois dans les premiers jours de Janvier le *Nouveau Monde*, & le Mercredi 13 dudit mois, ils donnerent la première représentation de *Basile* & *Quiterie*, Tragi-Comédie en vers en trois actes, avec un Prologue en prose, suivie d'un Divertissement ; ce sujet est tiré du Roman de Dom-Quichote ; c'est l'unique ouvrage de M. Gauthier d'Avignon : son fils a eu l'honneur de servir le Roi dans ses Mousquetaires avec moi ; il a épousé la fille du célèbre Rameau, & est décoré de la Croix de Saint Louis. La seconde représentation de cette Pièce fut le samedi 16, la troisiéme fut le dimanche 17, la quatriéme fut le mardi 19, la cinquiéme fut le mercredi 20, la sixiéme fut le samedi 23, la septiéme fut le lundi 25, la huitiéme fut le mercredi 27, la neuviéme & dernière, fut le lundi premier Février ; cette Tragi-Comédie avec son Prologue & son Divertissement remplit le Spectacle.

Nitetis, Tragédie en 5 actes & en vers, par M. *Danchet*, représentée la première fois le jeudi 11 Février, la seconde fois le samedi 13, la troifiéme fois le lundi 15, la quatriéme fois le mercredi 17, la cinquiéme fois le vendredi 19, la fixiéme fois le dimanche 21, la feptiéme fois le mercredi 24, la huitiéme fois, le vendredi 26, la neuviéme le dimanche 28, la dixiéme le dimanche 7 Mars, la onziéme le mardi 9, la douziéme le jeudi 11, la tréziéme & dernière le vendredi 12.

La clôture du Théâtre fe fit le famedi 13, & le compliment d'ufage fut prononcé par *Quinaut*.

Les Paniers, Comédie en profe en un Acte, de *le Grand*, repréfentée pour la première fois jeudi 25 Février; la mode des jupes enflées, dits *Paniers*, dont la grandeur fut pouffée à une dimention extraordinaire, donna lieu à cette petite Pièce qui eft un Vaudeville.

La Dlle. du *Boccage* débuta le vendredi 9 Avril dans le Tartuffe, par le rôle de Dorine.

Le fieur *Dubreuil* débuta le jeudi 15 Avril dans Mithridate par le rôle de Xipharès.

Le mardi 6 Avril, les Comédiens donnèrent pour l'ouverture de leur Théâtre, la première repréfentation de la fameufe Tragédie de M. la *Motte*, intitulée *Inès de Caftro*, qui a fait tant de bruit dans la République des Lettres, & qui a produit la feule & bonne Parodie fous le nom d'*Agnès dè Chaillot* (M. *Parfait* marque que le compliment de rentrée fut prononcé par *Quinaut* avant la grande Pièce). *Baron* y joua d'original le rôle d'*Alphonfe*. Cette Tragédie eut un fuccès extraordinaire, qui fut parfaitement foutenu dans les différentes reprifes qui en ont été faites; elle fit éclore nombre d'écrits pour & contre dont vous pouvez lire la liste dans le Mercure d'Octobre 1723. A la seconde représentation l'Auteur retira sa Pièce pour y faire des changemens, & elle ne fut jouée pour la troisiéme fois que le samedi 14 Mai suivant, & eut sans discontinuer trente-deux représentations, dont la dernière se donna le samedi 21 Août, ainsi cette Pièce occupa le Théâtre pendant quatre mois sans lasser les Spectateurs.

Le *Divorce* de l'Amour & de la Raison, Comédie en 3 actes & en vers, avec un Prologue, par l'*Abbé Pelegrin*, représentée la première fois le mercredi premier Septembre; cette Pièce n'eut que quatre représentations, la musique du Divertissement est de *Quinaut*, Comédien, & le Ballet du sieur *Dangeville*.

Je dois vous parler maintenant des débuts : le sieur *Armand* débuta le mardi 2 Mars dans l'Homme à bonne fortune, par le rôle de Valet.

La Dlle. *Bercy* débuta le lundi 25 Septembre par le rôle d'Andromaque dans la Tragédie de ce nom.

Le sieur *La Cour* débuta le lundi 20 Décembre dans Iphigénie, par le rôle d'Achille.

Les Pièces remises au Théâtre cette année furent l'Œdipe de Voltaire, Esope à la Ville, Esope à la Cour, le Nouveau Monde, Héraclius, Basile, & Quitterie.

Le sieur *Duperier*, Pensionnaire de la Troupe,

mourut le dimanche 10 Juin en sa maison rue Mazarine.

ANNÉE 1724, les Comédiens jouèrent la reprise de *Nitetis*, Tragédie de M. *Danchet*, jouée l'année dernière, & interrompue à cause du succès prodigieux & étonnant d'*Inès de Castro*; cette Pièce eut encore douze représentations assez suivies, ils reprirent aussi cette dernière Tragédie qui fut jouée dix fois.

L'Impatient, Comédie & en vers & en 5 actes, avec un Prologue, pra M. *de Boissi*, représentée la première fois le mercredi 26 Janvier; cette Pièce n'eut que neuf représentations; le sujet s'explique assez de lui-même sans en parler.

L'Ami de tout le Monde ou *le Philantrope*, Comédie en prose & en un acte; cette Pièce passe pour être du sieur le Grand; mais....) représentée la première fois le samedi 19 Février, elle eut vingt-sept représentations très-suivies; elle se trouve néanmoins imprimée dans les Œuvres de ce Comédien, sans doute que l'Éditeur ne sçavoit pas le larcin.

Mariamne, Tragédie en 5 actes & en vers, par M. de *Voltaire*, représentée la première fois le lundi 6 Mars; *Baron* faisoit Hérode, elle n'eut que cette représentation, en voici la cause. Mariamne avaloit du poison sur la Scène; il n'y avoit dans cela rien qui fut contre la bienséance, rien dont on n'eut vu l'exemple dans Rodogune; mais le hasard voulut qu'un Plaisant du Parterre s'écria, *la Reine boit, la Reine boit*; cette saillie,

bonne

bonne ou mauvaise, fit tomber la nouvelle Pièce, & obligea son Auteur à mettre en récit la mort de cette Princesse.

La clôture du Théâtre se fit le samedi premier Avril, par *Polyeucte*, le compliment d'usage fut prononcé par le sieur *Dufresne*.

A l'ouverture qui se fit le lundi 24 Avril, on donna pareillement *Polyeucte*, on remarque qu'aux deux fois *Baron* fit Severe ; le compliment fut prononcé avant la grande Pièce, par le sieur *Dufresne*, dont j'aurai occasion de vous parler, ma chère Comtesse.

L'Eclypse, Comédie en un acte & en prose du sieur *Dancourt*, représentée la première fois le jeudi 8 Juin. Cette Pièce est un Vaudeville du tems qui n'eut pas grand succès ; elle fut représentée trois fois.

L'Assemblée des Comédiens, Prologue en prose, de M. *Procope*, Médecin, représentée la première fois le vendredi 22 Septembre, à la quinziéme représentation de la reprise *des Trois Cousines*; elle eut douze représentations très-suivies.

Les *Bourgeoises de qualité*, Comédie en 3 actes en prose, avec un Divertissement représentée sous ce nom pour la première fois le lundi 25 Septembre: elle eut 25 représentations; *Dancourt* la donna au mois de Juillet 1700, sous le nom de *la Fete du Village* ; voyez l'Histoire du Théâtre Français, par MM. *Parfait*.

Le *Triomphe du Tems*, Divertissement en

Seconde Partie.   H h

profe en 3 actes, avec un Prologue, par *Legrand*, Comédien, repréfenté pour la première foisle mercredi 18 Octobre ; il eft compofé de trois Pièces, fçavoir ; le Tems paffé, le Tems préfent, le Tems futur ; il eut feize repréfentations.

Le *Dénouement imprévu*, Comédie en profe en un acte, de M. de *Marivaux*, repréfentée la première fois le famedi 2 Décembre ; elle n'eut pas un grand fuccès, néanmoins elle fut repréfentée fix fois. Voyez fes Œuvres.

Cette année eft remarquable par plufieurs faits qui feront époques dans l'Hiftoire du Théâtre François : parlons d'abord des débuts des Acteurs & Actrices.

Mademoifelle *Nefmond* débuta le famedi 22 Janvier dans les Folies amoureufes par le rôle de Lifette.

Mademoifelle du *Boccage*, le Lundi 7 Février apporta fon ordre à l'Affemblée de la Troupe, pour y être reçue pour la feconde fois.

Le fieur *Mirail* débuta le mardi 21 Mars par le rôle de Mithridate, dans la Tragédie de ce nom.

Le fieur *Poiffon* pere, demanda fa retraite & fe retira du Théâtre le famedi premier Avril, jour de la clôture ; il étoit fils de *Raimond* Poiffon, inventeur des rôles de *Crifpin*, & Auteur de plufieurs Comédies. *Voyez* l'Hiftoire du Théâtre Français, par MM. *Parfait*.

Mademoifelle *la Chaife* débuta le mercredi 3

Mai dans Andromaque , par le rôle d'Her-mione.

Mademoiselle *du Fey* débuta le Samedi 20 Mai dans Iphigénie , par le rôle de Clytem-neftre.

Mademoiselle *Pouchard* débuta le Mardi 13 Juin dans l'Homme à bonne Fortune , par le rôle de Marton

Le Sieur *Moligni* débuta le mardi 13 Juin dans la Comteffe d'*Orgueil* , par le rôle du Mar-quis.

Le fieur *Duchemin* fils , débuta le lundi 3 Juillet dans Iphigénie , par le rôle d'Achille , *Baron* jouoit Agamemnon ; il y a une anecdote à ce fujet. Le dimanche 6 Août fuivant , on joua Mithridate : Baron repréfenta Mithridate , & no-tre Débutant , Xipharès. « M. le Maréchal de Vil- » leroy & M. le Duc de Roquelaure interrompi- » rent la repréfentation.

Mademoiselle *Boyer* débuta le mercredi 16 Août dans Bajazet , par le rôle d'Atalide. Le vendredi fuivant 17 , on donna le même Spec-tacle , mais on ne joua que les deux premiers actes de la Tragédie , à caufe de l'indifpofition fubite de Mlle. *le Couvreur* , qui étoit tombée en foibleffe , & qui demeura fort longtems en cet état.

Le vendredi 27 Octobre , le fieur *Armand* eut fon Ordre pour être reçu dans la Troupe. J'au-

rai occafion de vous en parler, ma chere Comteffe.

Mademoifelle *de Seine* débuta à Fontainebleau
devant le Roi, ce qui ne s'étoit jamais vu, dans
la Tragédie d'Andromaque, par le rôle d'Her-
mione, le mardi 7 Novembre ; *Baron* faifoit
Pyrrhus. Le jeudi 16 on donna *Cinna*, Mlle. *de
Seine* y repréfenta Emilie, & le lendemain vendredi 17, cette Actrice eut fon ordre pour être
reçue dans la Troupe, contre la règle.

Le dimanche 10 Décembre, il arriva une aventure fingulière, c'eft-à-dire, qu'il n'y eut point
de Spectacle : voici le fait pour les curieux d'anecdotes. On avoit affiché le Cid & le Denouement
imprévu ; mais aucunes des jeunes Actrices ne
voulut jouer l'*Infante*, & Mlle. *Labatte* fit dire
qu'elle étoit indifpofée ; elle fut condamnée à
une amende de 100 liv. en faveur des Pauvres
de Saint Sulpice.

Voici une autre Anecdote non moins intéreffante pour les Curieux & Amateurs du Théâtre :
le jeudi 14 du préfent mois, on avoit affiché &
on devoit jouer le Triomphe du Tems & le
Cochèr fuppofé ; mais il vint un ordre de la
Cour à la Troupe de fermer leur Théâtre en
confidération du Jubilé commencé le 10 Décembre ; il y eut relâche au Théâtre pendant
dix jours confécutifs, & deux jours de plus pour
la veille & le jour de Noel.

Ce qu'il y a de plus remarquable cette année
1724, & que l'on doit conferver dans les faftes

du Théâtre ; c'est que le mercredi 17 Mai dans la Tragédie du Comte d'Essex , le sieur *Baron* représentant le Comte , & la Dlle. *le Couvreur* représentant Elisabeth , parurent tous deux pour la première fois avec un *Cordon bleu* , ce qui a été une loi pour l'avenir.

Je ne dois point oublier de vous dire , ma chere Comtesse , que le Théâtre Français cette année fut fermé deux fois , l'une pour la mort de Dom Louis d'Espagne , pendant huit jours ; la seconde pour le Jubilé pendant dix jours.

Les Pièces remises au Théâtre , furent les *Trois Cousines* , *Inès de Castro* , *Œdipe* , le *Jaloux désabusé*. Je me repose sur ces matériaux de l'Histoire du Théâtre Français , crainte de vous fatiguer l'esprit par l'uniformité des faits & dits ; & je parlerai d'autre chose.

Fin de l'année 1724.

J'ai l'honneur d'être , &c.

Paris , le 15 Avril 1777.

LETTRE XIV.

Annonces & Extraits des Ouvrages Dramatiques, ou relatifs à cet Art.

ŒUVRES d'Alexis Piron, 9 vol. *in-12*, prix relié 18 l. à Paris, 1776, chez *la Porte*, Libraire, rue des Noyers, & Barrois jeune, Libraire, Quai des Auguftins ; & chez Dorez, Libraire, rue Saint-Jacques.

Cette Edition * renferme toutes les Pièces Tragiques & Comiques que *Piron* a fait repréfenter fur le Théâtre Français, on y a joint une Paftorale en un acte en vers, qui a pour titre la *Fauffe Allarme*, & la Comédie de l'*Amant Myftérieux*.

Piron travailla d'abord pour les Théâtres de la Foire, & furtout pour celui de l'Opéra-Comique, Spectacle qui avoit alors la plus grande vogue, par la gayeté qui y régnoit, & la malignité du Vaudeville qui en étoit l'ame. Les *Opéra-Comiques* de ce Poëte n'avoient point encore été imprimés, & c'eft pour la première fois qu'ils voyent le jour, à l'exception néanmoins de la

---

* Elle eft auffi complette que celle donnée par Soufcription en 7 vol. *in-8*.

Rofe ou les *Fêtes de l'Hymen* qui me rappelle l'Anecdote fuivante.

Piron avoit plufieurs créanciers , entr'autres , un Tailleur qui le tourmentoit fort : chaque matin il en recevoit la vifite ; enfin fatigué de cet homme , il lui donna fon Opéra-Comique intitulé la Rofe , en lui difant : vas-t'en trouver *Monet*, il te donnera cent écus. Quoi ? cela ! ce font des chanfons , *répartit le Tailleur* , je n'en veux point : payez-moi ma créance , &c. Revenons à ces petites Pièces , qui , quoiqu'elles ne foient pas toutes également bonnes & de la même force , n'ont point été rejettées par l'Editeur , (M. *Rigoley de Juvigny*,) vue que ces productions ne font pas , *dit-il dans fon Avertiffement*, affez férieufes pour influer fur la réputation de l'Auteur , qui ne les a pas regardées lui-même comme des titres propres à l'établir.

Je joins la Lettre fuivante. « Je voudrois, M., pouvoir vous envoyer un Exemplaire des *Œuvres de M. Piron* ; mais je n'ai que celui qui m'avoit été deftiné , ainfi , c'eft au Libraire qu'il faut vous adreffer. Comme je n'ai jamais eu la prétention de paffer pour Auteur , il m'eft abfolument indifférent qu'on faffe mention ou non dans les Journaux des Opufcules qui peuvent m'échapper , & fi j'y ai toujours mis mon nom , c'eft moins par vanité que par modeftie , afin qu'on n'attribuât pas mes fottifes à d'autres , s'il m'arrivoit d'en faire. Quant à *Piron* , tout ce qu'on dira de lui , ne l'empêchera pas d'être *Poëte immortel*, & c'eft envain que la rage & l'envie ont voulu de leur fouffle impur deffécher fes lauriers, ils n'en feront pas moins verds toujours ».

« Votre Ouvrage, Monfieur, peut devenir très-intéreffant, fi vous combattez avec courage l'efprit du moment ; mais quels cris vont s'élever contre vous de la part des prétendus fucceffeurs de Corneille, de Racine, de Molière, de Crébillon, de Piron ; (pauvres Auteurs qui n'avoient que du génie !) vous entreprenez beaucoup, fi vous n'êtes pas dans l'intention d'encenfer & d'adorer le faux Dieu du Goût, qu'on révére aujourd'hui. J'ai l'honneur d'être, &c. *Signé*, Rigoley de Juvigny ».

Les Comédiens, ou le Foyer, Comédie en un acte & en Profe, par M * * *. à Londres. L'Editeur de cette petite Pièce dit dans fon Avertiffement que l'on s'appercevra que l'Auteur a proportionné fes traits au fujet. « Il n'a pas cru, fans doute, devoir à des » Hiftrions, dont l'infolence a découragé long- » tems les Gens de Lettres, & fatigué le Public, » les mêmes ménagemens, qu'à des hommes dont » les talens eftimables rachetoient en partie les » travers ».

Vous ne doutez pas, Madame la Comteffe, que le Théâtre doit repréfenter le Foyer de la Comédie : d'abord on y voit un Auteur maltraité & même perfifflé par ces *Meffieurs* & ces *Dames*, ainfi qu'il eft d'ufage. On y trouve plufieurs bons mots

mots, que voici. « Il est difficile de tirer les Ac-
» trices de leur lit, quand la Scène ne se passe
» point en monologue.... *Crispin se dépêche,*
» il faut que ce soit pour faire niche à quelque
» pauvre Auteur.... Je crois bien que vous allez
» faire justice : voici la sellette....; les Dames
» doivent avoir le pas, surtout au Théâtre; n'en
» sont-elles point les appuis ? *Crispin repond :* ces
» Bégueules là ne sont pas contentes de joindre
» à leur part entière, un casuel énorme, auquel
» nous autres, pauvres malheureux, ne pouvons
» pas penser..... Ailleurs, *Crispin ajoute :* son-
» gez que vous parlez à votre Ancien ; il y a
» vingt ans que je décide : le Public s'en est
» apperçu ; il n'a rien dit, je ne vois que des
» *Auteurs* qui s'en plaignent.......C'est une
» pauvre espèce que ces gens-là : cela est bon à
» vous faire des rôles & à se taire, aussi je vou-
» drois bien voir qu'ils prissent des tons : mes
» amis, laissez-moi faire, je vous apprendrai à
» soutenir les prérogatives du Corps ». Vous
applaudirez, sans doute, ma chere Comtesse,
à ces différens traits de bonne plaisanterie ; en
voici d'autres qui ne leur cedent pas. « *Quoi,*
» *vous allez lire ?* dit Crispin à une Actrice ; oui,
» sans doute ; on ne recevoit personne de mon
» tems qui ne sçut lire ; est-ce que vous trouvez
» ce talent étrange ? » En parlant d'un Auteur qui
est malade, l'Auteur fait dire: « le pauvre Diable
» s'est morfondu pendant trois heures dans l'an-
» tichambre du Soudan Orosmane, après s'être
» beaucoup échauffé pour y arriver à l'heure in-
» diquée ». *Ailleurs il ajoute ;* « quand le tour

Seconde Partie.   I i

» d'un *Auteur* eft paffé ici, il faut qu'il coure
» dix ans après ..... C'eft affez vraiment à une
» Société de gens comme nous de recevoir le
» ton d'un Auteur celèbre ; *quant aux autres*, il
» faut bien les tenir à l'ordre ». On demande au
fieur Mon***, comment les Italiens recoivent
ces Pièces ? il répond, comme elles le méritent:
bien, *le premier repart* ; c'eft-à dire, qu'on nous
traite en Confreres ; mais le Public n'a pas la
même indulgence ; en effet, *la Suite de Julie*
n'a point reuffi ; & le *Stratagéme* eft tombé à
plat. Dans ce tems même ont paru les Epigram-
mes fuivantes :

Si Mons Monvel n'étoit point de la Race

Des Hiftrions, fon Erreur d'un moment

N'auroit point réuffit : n'en doutez nullement,

Mais *Afinus*, *Afinum*, fri fricaffe.

Pardonnez-moi, belle Comteffe, cet Epifode,
je reviens à l'endroit de ces *Dames*, & je tombe
fur le dos de ces *Meffieurs*. A la Scène XII,
l'Auteur fait dire à Mlle. D***, cette Actrice
charmante, cette Actrice modefte, cette Actrice
fi fage, la réponfe fuivante : » moi ! m'ériger en
» Juge, je n'ai jamais prife cette liberté. *Crifpin*
» *lui repart* : tant pis, Mlle, tant pis ; c'eft re-
» noncer aux prérogatives de votre état ; & que
» deviendroit le Théâtre, fi chacune de vous en
» faifoit autant ? *celle-ci répond* : ce qu'il fut du
» tems de Molière, du tems de Corneille & de
» Racine ; lorfque les Comédiens confultoient

» les Auteurs & que le Public feul avoit droit
» de prononcer fur ceux-ci. *Crifpin*, qui ne veut
» point demeurer eu refte, lui dit : favez-vous
» bien, ma chère Demoifelle, qu'il n'y a pas le
» fens commun à tout ce que vous dites-là, &
» que dans tous les fens, vous êtes au Théâtre
» un Etre fort extraordinaire »; en effet, Mlle.
D***, eft modefte & fage, a un bon efprit,
& n'a point celui du Corps ; puis elle ajoute,
qu'on devroit au moins, par un fentiment de
juftice, contenter le Public ; que c'eft lui qui
paye. *Crifpin* prononce avec feu : » & les *petites*
» *Loges* ; on en fera dans toute la Salle.....Si
» on étoit fcrupuleux avec le Public, il vaudroit
» mieux être Galérien, &c. » Je paffe beaucoup
de traits plaifans répandus çà & là, dans cette petite Comédie, il faudroit la tranfcrire toute entière. Nous fommes à l'endroit où Molière a
décliné fon nom à l'Affemblée qui l'appelle *Ombre*
refpectable, que nous avons tant fêtée il y a quatre
ans. *Molière*, « tant fêté il y a quatre ans, &
» & que vous outragés tous les jours, miférables
» Hiftrions, méritez vous que moi-même je vien-
» ne vous informer de la diftance qu'il y a tou-
» jours eu de Molière Auteur, à Molière Comé-
» dien ; & vous apprendre le refpect dû au Génie
» qui vous met la parole à la bouche.....» Molière ajoute plus bas, que les outrages que ces
Meffieurs & ces *Dames* font tous les jours à l'Art
Dramatique, peuvent bien le regarder un peu ;
voici comme il leur parle. « Hiftrions, écoutez-
» moi ! apprenez ce qui vous attend fi vous ne
» refpectez pas les Maîtres que Corneille, Ra-

» cine & moi vous avons laiſſez : créateurs pour
» vous , & vos véritables guïdes ; les Auteurs qui
» conſacrent leurs veilles à la Scène , font éclore
» les objets , comme une glace paſſive & fidèle ;
» vous devez les recevoir & les réflechir. Il ap-
» partient au Public ſeul de prononçer des Arrêts ,
» &c. » Il y a ici des perſonnalités, des ſarcaſmes
contre les Acteurs & Actrices , que je ne tranſcrirai point , & que je n'approuve point , ni n'ap-
prouverai jamais ; l'Auteur n'auroit pas dû faire
imprimer cette Tirade. « Vous, Meſdames
» les Actrices , qui puiſez vos talens dans les
» Boudoirs , & dont quelques - unes devroient
» apprendre à lire, au lieu de ſe méler de pro-
» téger ; vous faites auſſi Tribunal , il n'eſt pas
» juſqu'à ces plats Hiſtrions ſubalternes qui oſent
» citer devant eux les Muſes à qui vous devez
» toutes vos garde-robes & vos carroſſes. » *Pàſſe*
pour cette Tirade: « les Auteurs vous ont donné
» plus de conſideration que vous ne méritez ; ils
» ſe ſont amuſés à vous faire des procès , au lieu
» de vous accabler de ridicules ; il s'en trouvera
» peut être un enfin..... Tremblez , devenez
» attentifs, devenez modeſtes , ſouples & recon-
» noiſſans ; alors vous verrez renaître des hommes
» ſemblables à moi ; & l'éclat de la Scène Fran-
» çaiſe qui panche vers ſa ruine , lui ſera rendu....
» Un Prince jeune , équitable le ſentira, n'en
» doutez point, il y mettra un ordre.... J'ai
» vu le Génie & le Talent ſe morfondre & s'a-
» villir à votre porte ; je viens de leur inſpirer
» un noble orgueil. .... » C'eſt toujours Molière qui parle , & voici ſes dernières paroles

» J'ai cru que ma voix feroit plus d'impreſſion ſur
» vous, que les cris du Public indigné ; apprenez
» à reſpecter le Génie qui vous fait agir & ſubſiſ-
» ter. Vous n'êtes pas fait pour juger ; voulez-
» vous voir des fruits de cette manie, voyez les
» Pièces qui ont eu vos ſuffrages, tomber les
» unes ſur les autres ; quel maſſacre ! ſi les ſifflets
» ne vous percent pas les oreilles, croyez que
» c'eſt l'ordre public qu'on reſpecte, & que le
» Parterre vous hue dans le fond de ſon ame.
» Maheureux, vous avez à moitié détruit l'Art !
» vous acheverez, ſi un autre Théâtre prêt à s'é-
» lever, ne vous écraſe, comme ma Troupe cul-
» buta les Heurleurs & les Farceurs de l'Hôtel de
» Bourgogne ; mais il s'élévera enfin, & vous irez
» alors faire pendant aux Danſeurs de Corde :
» l'*Ombre s'évanouit* ». Criſpin dit avec ironie :
» à votre aiſe, Monſieur Molière ; nous tenons
» encore le Privilége ».

Cette petite Comédie eſt un ouvrage d'amu-
ſement, je n'en connois pas l'Auteur, mais je dé-
ſire fort le connoître, vu que ſes ſentimens, en
fait de Théâtre, s'accordent avec les miens ; &
que ſa façon de penſer eſt la même ſur l'éta-
bliſſement d'un ſecond Théâtre Français dans notre Capitale. Voyez une Lettre à la Comteſſe de
T***. voyez mon Ombre de Colardeau aux
Champs Eliſées, Brochure in 8. qui a paru l'année dernière ; il ne m'appartient pas de faire mon
éloge, il me ſuffira de rapporter le prononcé de
M. *Linguet*, dans ſon Journal de Politique & de
Littérature Nᵒ. 15, Juin 1776. « M. le Chevalier

» du Coudray est un des hommes de Lettres de
» nos jours qui a le plus hautement combattu
» pour l'établissement d'un second Théâtre Fran-
» çais à Paris ; c'est encore là l'objet de cette
» Brochure...... & en général, *ajoute ce très-*
» *fameux Journaliste*, les Comédiens font très-
» peu ménagés dans cet Ecrit ». pag. 226 & 227.

Journal Littéraire, ou le Nouveau Spectateur,
Prospectus. « Ce Journal interrompu, pendant
» quelques mois, & auquel M. le Fuel de Mé-
» ricourt n'aura désormais aucune part, repa-
» roîtra le premier Avril » : je vous l'avouerai,
chere Comtesse, que la résurrection de cet Ouvrage périodique m'a fort étonné ; d'autant plus
que j'avois voulu l'acheter du Propriétaire du Privilége, & que des ordres supérieurs m'en avoient
empêchés, il est étonnant que dans la République des Lettres, il se trouve des ames capables de penser, d'écrire & de faire imprimer
qu'elles vengeront les Comédiens des sarcasmes
de quelques particuliers, & les justifieront
des refus qu'ils auront faits des Pièces, soit tragiques, soit comiques. Enfin, il paroît que ce ré-
chauffé périodique sera tout-à-fait, *in genere lau-*
dativo.

Le Bal de l'Opéra, Comédie en un acte
& en prose, avec des chants & des danses, à Paris,
chez Couturier fils, Libraire, Quai des Augustins,
1777, avec Privilége. A proprement parler,
cette petite Pièce est dans le goût des anciens
Opéra-comiques que vous aimez tant, belle Comtesse, & dont vous desirez le retour, qui peut-

être n'eſt pas loin. Je ſais que cette petite Comédie a été préſentée aux Comédiens Italiens,
qui la refuſerent ſur le prétexte que le fond
du ſujet avoit paru très-indécent. Telle fut la
déciſion de l'Aréopage comique. Ce reproche
eſt faux ; la lecture vous en convaincra, & ſur-
tout la Scène V. Mademoiſelle Suzon ré-
ſiſte aux pourſuites galantes d'un Petit-Maître,
n'écoute point ſes diſcours enchanteurs, refuſe
même ſes offres ſpécieuſes de mariage ; enfin,
quand ce dernier lui préſente une bourſe de
vingt-cinq louis, elle lui donne un ſoufflet, en
diſant : *Allez trouver vos filles de Spectacles.* Sans
doute, ce ſont ces trois mots : *filles de Specta-*
cles, qui ont déplu à ces Dames ; & comme
ces Dames influent beaucoup ſur l'eſprit & le
corps de ces Meſſieurs, la Comédie a été re-
fuſée. Revenons à l'Analyſe ; les premieres Scènes ſont très-agréables ; on y rit, & on y danſe.
L'intrigue commence à ſe nouer à la Scène **VI**,
que je vous invite à lire ; elle eſt fort gaie, &
l'on y trouve du vrai comique & de bonnes
plaiſanteries. L'avanture eſt naturelle ; c'eſt
un mari jaloux qui fait coucher ſa femme,
& qui va au Bal de l'Opéra. De ſon côté, ſa
femme ne ſe couche point, & ſe trouve au
même Bal, avec le Préſident ſon Oncle, & le
Chevalier ſon Couſin. Son mari (qui paroît être
un peu libertin & grand coureur de filles)
l'aborde, lui conte fleurette, lui trouve de l'eſprit,
& en devient amoureux. La reconnoiſſance de
l'un & de l'autre fait le dénouement, qui eſt
fort bien amené & très-heureux. Il y a encore

une autre aventure de Bal : c'eſt un Abbé qui pourſuit une Danſeuſe, & la Danſeuſe ne l'écoute point ; l'Abbé loue un Domino de Financier & ſe promene dans la Salle ainſi déguiſé ; alors la Danſeuſe l'écoute & lui dit des douceurs, l'autre s'en mocque à ſon tour & la refuſe. En général, cette Comédie eſt bien écrite, & auroit été d'un grand effet au Théâtre : nous ne doutons point que celui du Temple ne s'en empare, & vous en verrez avec plaiſir les repréſentations. La derniere Scène eſt un Ballet de Vieillards, qui eſt terminé par un Vaudeville moral, dont voici deux couplets :

Vanter l'honneur & la vertu
La peine eſt inutile :
Lucrèce n'a pas un écu,
Et Laïs en a mille ;
Faut-il en dire la raiſon,
La faridondaine, la faridondon,
C'eſt que tout va dans ce tems ci,
Biribi,
A la façon de Barbari,
Mon ami.

Dans la miſere reſtera
Vertueuſe fillette ;
Venez au Bal de l'Opéra
Votre fortune eſt faite,
Faut-il en dire la raiſon ? &c.

Proverbes

Proverbes dramatiques mêlés d'ariettes connues, dédiés A. S. S. Madame la Duchesse de Bourbon, par Madame *Delaisse*. A Amsterdam ; & se trouve à Paris, chez la veuve Duchesne, *Libraresse*, rue Saint-Jacques, au Temple du Goût ; & chez l'Auteur, au Luxembourg, Cour des Fontaines, 1777, 1 vol. *in* 8.

Permettez - moi de vous dire, Madame la Comtesse, que j'aurois voulu que Madame *Delaisse* eût mis chez l'*Autrice*, comme j'ai mis *Libraresse*. Ces qualifications ne sont pas approuvées, il est vrai, par l'Académie Française, mais elles n'en sont pas moins bonnes & significatives ; d'ailleurs l'usage les autorise : car nous disons tous les jours à Paris, une *Notaresse*, une *Commissaresse*, une *Libraresse*, &c. Revenons au mot forgé d'*Autrice*; il n'est point nouveau, plusieurs fois on l'a dit & même écrit : ce mot d'Autrice est consigné dans les fastes de l'Histoire du Théâtre Français, tom. XIII, pag. 58. Je transcris l'article, « le » Voleur ou le Titapapouf, petite Comédie de » Mademoiselle de *Longchamps*, non imprimée, » représentée pour la premiere fois le mardi 4 » Novembre 1687 ». MM. *Parfait* rapportent ensuite l'extrait du Registre de l'année, conçu en ces termes : « Mardi 4 Novembre, *Britannicus* » & la premiere représentation du Voleur ou » Titapapouf, par Mademoiselle *Longchamps*, » Souffleuse ...., part d'*Autrice*. . . . . 9 liv.

» Vendredi 7 Novembre, *Bérénice*, & la se- » conde représentation de *Titapapouf* . . ., part » d'*Autrice*. . . . . 9 liv.

Seconde Partie. Kk

» Samedi 8 Novembre, *Mitridate*, & la troi-
» fieme & derniere repréfentation de *Titapapouf.*
•. ., part d'*Autrice* ». . . . . 9 liv.

Me voilà, ce me femble, affez autorifé à me
fervir du nom d'*Autrice*, pour fignifier une femme
de Lettres. Je reviens à nos Proverbes dramatiques, qui font au nombre de quatorze, dont voici
les titres fidèlement copiés : *l'Innocence éclairée*:
A l'Amour tout eft poffible: *Qui poffede un ami
n'a rien à defirer*: *la Grandeur ne fait pas le bonheur*: *les Ridicules*: *Si Jeuneffe favoit, fi Vieilleffe pouvoit*: *l'Or fait tout*: *le Fat puni*: *la Vanité trompée*: *le Bonheur échappe à qui croit le
tenir*: *la Bonne Mere*: *l'Heureux Déguifement*:
le Hazard fert mieux quelquefois que la prudence.

Il y a de jolis détails dans ces petits Drames,
qui pourroient être joués fur le Théâtre de *l'Ambigu-Comique* ou le *Mont-Parnaffe*: il y a des
morceaux ingénieux; & l'intrigue offre une grande
fimplicité, telle que les Maîtres de l'Art l'ont
exigé des Auteurs. Le ftyle même eft affez cou-
lant & facile, mais beaucoup de fautes d'impreffion; néanmoins j'ai trouvé que Madame
Delaiffe fe permettoit quelquefois, dans la Profe,
les inverfions de la Poëfie, ce qui eft contraire à
la Langue, & des finales ou terminaifons de
phrafes rimées, ce qui choque l'oreille la moins
fufceptible. Ces négligences, à mon avis, fiéent
bien à une femme dont le ftyle ne doit pas être
guindé. Madame *Delaiffe* n'a pas encore l'honneur de l'invention de cette forte d'Ouvrage; le
Public connoît depuis long-tems les Proverbes

dramatiques par M. *Carmontel*, connu avantageusement dans la République des Lettres. Ce
que l'on pourra reprocher à Madame *Delaisse*,
c'est d'avoir farcis ses petits Drames d'ariettes
trop connues de l'Opéra-Comique & de l'Opéra
sérieux : elle pouvoit y insérer de jolis couplets
de sa façon, qui auroient été plus attrayans par
leur nouveauté. Madame *Delaisse* auroit encore
bien dû ne point se servir pour ses titres, de
Sentences, Maximes, Apostegmes, au lieu de
Proverbes : elle doit en connoître la différence ;
là-dessus consulter ses amis, ou tout simplement
ouvrir le Dictionnaire, elle auroit été instruite,
que *qui possede un ami n'a rien à desirer :
le Bonheur échappe à qui le croit tenir : le Hasard
sert mieux quelquefois que la prudence*, ne sont
point des Proverbes, mais bien des Maximes,
des Sentences, des Apostegmes ; de plus que
*l'innocence éclairée : les Ridicules : le Fat puni :
la Vanité trompée : le Français à Paris : la Bonne
Mere : l'Heureux Déguisement*, n'ont jamais été
Proverbes. Madame *Delaisse* nous pardonnera
cette légère critique : si ce n'étoit pas Madame
Delaisse, nous ne la ferions pas ; d'ailleurs, cette
Dame sait qu'il n'y a que les bons Ouvra-
ges qui soient critiqués. Je vous donnerai, ma
chère Comtesse, une Dissertation sur les Proverbes dans une de nos prochaines Lettres.

J'ai l'honneur d'être, &c.

Paris, le premier Juin 1777.

K k ij

LETTRE XVII.

Annales du Théâtre François.

Voici les matériaux pour écrire l'Histoire du Théâtre Français, & qui peuvent servir de suite à l'Ouvrage de MM. *Parfait :* je continue mon plan.

ANNÉE 1725.

Il est à remarquer que le vendredi 5 Janvier, Mademoiselle *De Seine* joua pour la première fois à Paris le rôle d'Hermione dans Andromaque.

Le jeudi 15 Février, les Comédiens donnerent la première représentation d'une nouvelle Tragédie de *Mariamne*, par l'Abbé Nadal. Le rôle d'Hérode fut rendu par *Baron :* cette mauvaise Tragédie n'eut que quatre représentations.

Le lundi 5 Mars, le sieur *Poisson* fut reçu dans la Troupe, en conséquence d'un ordre de la Cour, daté du 2 Mars.

Le mercredi 7 Mars, le sieur *Dubreuil* eut son ordre du Roi, pour être reçu dans la Troupe ; mais il n'y fut admis que le 12.

Le samedi 10 Mars, on joua devant le Roi à Versailles, le Chevalier à la mode ; Mademoi-

felle *Dubuisson* y débuta par le rôle de Madame
Patin.

La clôture du Théâtre se fit à l'ordinaire le
samedi devant la Paffion 17 Mars, & le fieur
Armand prononça le compliment d'ufage.

L'ouverture fe fit le lundi 10 Avril; le fieur *Armand* prononça le compliment de rentrée avant la
Tragédie, qui fut *Mariamne*, par M. de *Voltaire.*
Cette Princeffe ne s'empoifonnoit plus fur le
Théâtre : fa mort fut mife en récit ; & telle qu'on
la joue maintenant, cette Tragédie eut vingt-
trois repréfentations très-fuivies.

Voici une anecdote pour les curieux du Théâtre : le 18 Avril, Pierre-Jacques *Duchemin*, âgé de
17 ans, époufa dans l'Eglife de Saint-Euftache,
Marie-Anne *Chateau-Neuf*, dite *Duclos*, âgée
de 55 ans.

La Belle-Mere, Comédie en cinq actes & en
vers de M. *Brueys*, fut repréfentée pour la premiere fois le famedi 21 Avril : elle n'eut que quatre repréfentations. Je ne fais pourquoi, dans fa
Bibliotheque des Théâtres, M. *Maupin* l'attribue
au fieur *Dancourt*, & qu'il ajoute : « Le même
» jour on joua au Théâtre Italien une Comédie,
» fous le titre, de *la Force du fang*, ou *le Sot tou-*
» *jours Sot*, dont le fonds du fujet étoit le même :
» ces deux Pièces pour lefquelles il y eut de la
» conteftation, n'eurent pas de fuccès. Cependant
» on peut dire que celle de *Dancourt* eft une de
» celles qui doit lui faire le plus d'honneur
» par la maniere vive & légère dont elle eft dia-
» loguée & verfifiée ». Le fait eft faux, d'abord

la *Belle-Mere* n'eſt point imprimée dans le Théâtre Français du ſieur *Dancourt* : enſuite cette Pièce eſt inſcrite ſur le Regiſtre des repréſentations de la Comédie Françaiſe, ſous le nom de *Brueys* : enfin c'eſt que *Dancourt* n'a point écrit en vers ; j'aurai occaſion pluſieurs fois, ma chère Comteſſe, de relever les erreurs dramatiques.

Le Babillard, Comédie en vers en un acte, par M. *Boiſſy*, jouée la première fois le ſamedi 15 Juin. Elle eut un ſuccès prodigieux, elle alla juſqu'à la ſeizième repréſentation, malgré pluſieurs Pièces nouvelles qu'on jouoit alors. M. *Maupin*, dans ſa Bibliotheque des Théâtres, ſoutient encore une faute : il marque que le *Babillard* fut d'abord en cinq actes, puis réduit en un.

Les Comédiens François fermerent leur Théâtre pendant les quatre premiers jours de Juillet, en conſidération des Prières publiques faites à l'occaſion de la Proceſſion de Sainte Genevieve, qui ſe fit le lundi 5 dudit mois. Il y a une Lettre du Curé de Saint-Sulpice, annexée au Regiſtre de la Comédie Françaiſe.

L'Indiſcret, Comédie en un acte, en vers de M. de *Voltaire*, jouée pour la première fois le ſamedi 18 Août, à la ſuite d'Hérode & Mariamne, Tragédie du même Auteur. La petite Pièce n'eut que ſix repréſentations.

Le vendredi 7 Septembre, ces *Meſſieurs* & ces *Dames* donnerent une repréſentation du *Joueur*, *gratis*, en réjouiſſance du mariage de

Louis XV avec la Princeſſe Marie Leczinski, fille du Roi Staniſlas de Pologne.

Il me ſemble, ma chère Comteſſe, comme une choſe extraordinaire, une repréſentation de trois Pièces à la fois jouées le même jour. J'aï cru même rapporter ce fait afin de le conſigner dans les Annales du Théâtre. Ce fut le mercredi 26, le ſamedi 29 & le dimanche 30 Septembre; on joua les *Précieuſes ridicules*; la *Métamorphoſe amoureuſe*, & le *Mari retrouvé*. Le mois ſuivant on donna le même Spectacle auſſi trois fois.

Les Amuſemens de l'Automne, divertiſſement nouveau, compoſé de deux petites Pièces d'un acte chacune en proſe, & précédées chacune d'un Prologue par M. *Fuſelier*, jouées le mercredi 17 Octobre; il eut dix repréſentations. Dans la Bibliotheque du Théâtre, cette Pièce eſt ſous le nom de Comédie en trois actes, avec les intermèdes : le ſieur *Maupin* ajoute qu'elle ne fut point goûtée.

L'Impromptu de la Folie, divertiſſement nouveau, compoſé d'un Prologue & de deux petites Pièces en proſe, par M. *Legrand*, notre camarade (tel eſt le prononcé du Regiſtre des Comédiens). Dans les Œuvres de cet Auteur, cette Pièce eſt intitulée *Ambigu-Comique*, & eſt compoſée de deux petites farces : l'une intitulée les *Nouveaux Débarqués*; l'autre, la *Françoiſe Italienne*. J'obſerverai que dans cette derniere, la Demoiſelle *Legrand* joua ſous l'habit d'Arlequin, & copia parfaitement le fameux *Thomaſſin*. Le ſieur *Armand* y joua le rôle de Pantalon, &

contrefit à merveilles les geftes , les grimaces de
cet Acteur , & même imita le fon de fa voix.
Le Prologue étoit une critique des Pièces du tems,
ainfi que du goût du Public. Il finiffoit par la Revue du Régiment de la Calotte, faite par *Momus*
& la *Folie* : les airs étoient du fieur *Quinaut*
Comédien , & les Ballets du fieur *Dangeville*.
Cette Pièce eut un grand fuccès, fut repréfentée
la premiere fois le lundi 5 Novembre. Les Comédiens la jouerent à la Ville , à la Cour , elle pro-
duifit de très-groffes recettes qui font marquées
fur le précieux Manucrit que j'ai en mains : elle
eut vingt-trois repréfentations cette année
1725 , & fix l'année fuivante , ce qui fait vingt-
neuf en tout : c'étoit beaucoup alors ; car les
Pièces fe fuccédoient les unes aux autres ; &
ces *Meffieurs* & ces *Dames* ne s'avifoient point
encore de ne pas vouloir faire des frais de
mémoire.

Les Débutans furent encore , la Demoifelle
Angélique *Ménevray* , par le rôle de Pulcherie
dans *Héraclius* , le famedi 4 Août ; & le fieur
Legrand fils , par le rôle de Sofie dans *Amphitrion* , le famedi 11 du même mois.

Les Comédiens morts cette année 1725 , furent
le fieur *Dancourt* , Penfionnaire de la Cour , âgé
de 64 ans , le vendredi 7 Décembre ; le fieur
Beaubourg , Penfionnaire auffi de la Troupe , âgé
de 70 ans , le jeudi 27 du même mois ; la Demoifelle *Dancourt* , Penfionnaire de la Troupe ,
âgée de 64 ans , le vendredi 11 Mai.

Mademoifelle

Mademoifelle *Legrand* fut reçue enfin dans la Troupe, le lundi 17 Décembre.

La Dlle *Angélique Menevray* vint pour la première fois à l'affemblée le lundi 31 Décembre : elle fut reçue pour fix mois à l'effai pour un quart de part, à commencer dudit mois, quoique fon ordre fut apporté à la Troupe le lundi 19.

Les Pièces que les Comédiens remirent au Théâtre fe réduifent à quatre, favoir : *Pénélope*, *Andronic*, *le Roi de Cocagne*, & *les trois Coufines* ; mais ils avoient donné auffi huit Pièces nouvelles, tant comiques que tragiques.

Année 1726.

Dans le commencement de cette année on reprit *Hérode & Mariamne*, Tragédie de M. de *Voltaire*, & on continua les repréfentations de *l'Impromptu de la Folie*, farce de *Legrand*.

Œdipe, Tragédie en cinq actes & en vers, par M. *Delamotte*, repréfentée le lundi 18 Mars. Il y a eu un Compliment prononcé par Mademoifelle *Quinaut* avant la repréfentation. Cette nouvelle Pièce ne fut jouée que fix fois avant la clôture du Théâtre, à caufe de l'indifpofition de Mademoifelle *Duclos Duchemin* ; elle devoit être reprife à la rentrée, mais cela n'eut pas lieu. Il eft à remarquer que M. *Delamotte* a mis depuis cette Tragédie en profe : celle en vers fut parodiée fous le titre du *Chevalier errant*, en un acte & en vers par le fieur *Legrand*.

Le *Talifman*, Comédie en un acte & en

Seconde Partie. L l

profe de M. *de Lamotte*, jouée la première fois
le mercredi 27 Mars. Le fujet de cette petite
Pièce étoit le Conte de la Fontaine, intitulé
l'*Oraifon de Saint-Julien*, mis en action décemment, & accommodé aux bienféances théatrales,
néanmoins elle n'eut que trois repréfentations.

La clôture du Théâtre fe fit le famedi 6 Avril.
Le fieur *Dubreuil* prononça le compliment. Je
dois faire obferver que la Troupe fut jouer à Verfailles ce jour-là : le même Acteur prononça le
compliment de rentrée avant la Tragédie, qui fut
Pyrrhus.

Pyrrhus, Tragédie en cinq actes & en vers de
M. *Crébillon*, repréfentée la première fois le
lundi 29 Avril (jour de la rentrée du Théâtre) :
elle eut le plus grand fuccès, & fut jouée feize
fois confécutives. Voyez les Journaux du tems,
fur-tout le Mercure de Mai 1726. C'eft dans
cette Tragédie où l'on trouve ces deux vers :

Puifqu'un feul repentir peut défarmer les Dieux,
Un mortel doit-il donc en exiger plus qu'eux.

La *Fauffe Comteffe*, Comédie en profe & en
un acte, par M. d'*Allainval*; elle n'eut que cinq
repréfentations.

Le *Paftor-Fido*, Paftorale en vers libres, & en
trois actes de l'Abbé *Pellegrin*, avec un Prologue:
elle eut neuf repréfentations.

Je tranfcris cette anecdote pour les amateurs
des couliffes. Le dimanche 6 Octobre, la Troupe

étant à Fontainebleau, la Demoiselle Angélique *Menevray* fut congédiée par ordre de la Cour, à cause de mauvaise conduite : je ne ferai aucunes réflexions.

La *Chasse du Cerf*, Comédie en trois actes & en prose de M. *Legrand*, Comédien. Cette Pièce n'eut pas grand succès ; elle est imprimée dans les Œuvres de cet Auteur : elle fut jouée néanmoins dix fois, & la première fois le lundi 24 Octobre.

Tibere, Tragédie en cinq actes & en vers, représentée la première fois le vendredi 13 Décembre ; elle n'eut que trois représentations. L'Auteur garda l'anonyme ; mais malgré son peu de succès, il la fit imprimer.

La Demoiselle *Amoche* débuta le samedi 10 Janvier par le rôle de Clytemnestre dans *Iphigénie*, & de Rosette dans le *Cocher supposé*.

Le sieur *d'Avareau* & la Demoiselle *d'Avareau* débutèrent ensemble le même jour lundi 21 Janvier, par les rôles de *Camille* & d'*Horace*, dans la Tragédie de ce nom.

Le sieur *Montmeny*, fils du célèbre *Lesage*, Auteur de *Gil-Blas*, débuta le mercredi 8 Mai dans l'*Etourdi*, par le rôle de Mascarille.

Le sieur *Lavoy* mourut le lundi 2 Décembre. Comme ce n'étoit pas un grand Comédien, je n'entrerai dans aucun détail de sa vie.

Je loue & je blâme, je blâme & je loue : souvenez-vous, ma chère Comtesse, de ma devise :

Tros, *Rutulus vé fuat*, *nullum discrimen habebo*.
Ainsi je dois rapporter le trait suivant, & en faire
l'eloge. La Demoiselle *Gaultier*, qui avoit eu une
pension de cent pistoles, par ordre de la Cour,
au mois de Février de cette année, quitta le vil
métier qu'elle faisoit, & se fit Religieuse Carme-
lite à Lyon. *Rara avis*.

Les Pièces que ces *Messieurs* & ces *Dames* re-
çurent au Théâtre, furent : le *Naufrage*, l'*Important*, le *Galant Jardinier*, *Atrée & Thyeste*,
les *Vacances*, *Rhadamiste & Zénobie*, le *moulin
de Javelle*, *Rodogune*, le *Port de mer*, le *Mari
sans femme*, *Hypermnestre*, la *Famille extravagante*, & l'*Andrienne*. Ces *Messieurs* & ces *Dames*
alors jouoient nombre de Pièces nouvelles. Comment y suffisoient-ils donc ?

ANNÉE 1727.

On continua les représentations de la reprise
de l'*Andrienne*. Il est à remarquer que Mademoiselle *Le Couvreur*, qui représentoit ce personnage, imagina une sorte de robe abattue qui
convenoit parfaitement à ce rôle, dont la mode
s'établit & dura long-tems : ces robes portoient
le nom d'*Andrienne* ; on les appelloit les *An-
driennes*, comme aujourd'hui l'on dit les *Po-
lonaises*.

Les Connoisseurs savent que cette Comédie est
faussement attribuée à *Baron* ; elle est du Père
la *Rue*, ci-devant soi-disant Jésuite, & c'est la
première traduction des Pièces de Térence qui

ait paru fur le Théâtre Français. On la joua pour la première fois en 1704; elle eut le plus grand fuccès, qui fe foutient encore chaque fois qu'on la repréfente. J'ai remarqué, ma chère Comtefle, que les Débutans & Débutantes la choififfent volontiers de préférence à d'autres.

La *Nouveauté*, Pièce nouvelle en un acte & en profe, avec un Prologue de M. *Legrand*, notre camarade; (tel eft le prononcé du Regiftre de la Comédie, de ce précieux Manufcrit que j'ai entre mes mains). La Bibliotheque des Théâtres marque que cette petite Pièce, après avoir été corrigée, fut goûtée. « L'Opéra de *Caracalla* en mufique » fans paroles, dit M. *Maupin*; & les habits du » fiècle paffé y firent un bon effet ». Elle eut vingt repréfentations, dont la premiere fut le mardi 13 Janvier. (*) Malgré qu'on la donnât altrenativement avec le *Philofophe marié*; c'eft une Pièce épifodique fans intrigue, fans nœud : ce font toutes fcènes détachées, qui n'ont aucun rapport les unes avec les autres que par leurs liaifons avec la nouveauté : néanmoins chaque fois qu'on la donne au Théâtre, il y a beaucoup de monde, & l'on y rit beaucoup.

Admette & Alcefte, Tragédie de M. *Boiffy*, repréfentée la première fois le famedi 25 Jan-

_____

(*) La Bibliotheque du Théâtre dit la feconde, c'eft une faute; la troifième repréfentation fut donnée le vendredi 14 Février, avec le Concert ridicule, la veille de la première repréfentation du *Philofophe marié*. Voyez le Regiftre de la Comédie.

vier. Baron faisoit *Admette*. Après la troisième représentation il vint un ordre de cesser de la jouer.
L'Auteur y fit des changemens considérables ,
sur-tout dans le rôle de d'*Admette* & d'*Alceste*, y
substitua plus de six cens vers nouveaux ; & avec
les corrections , il changea l'ancien titre d'*Admette* pour lui donner celui de la mort d'*Alceste* :
elle fut ainsi remise au Théâtre au mois de Novembre suivant de cette année , je vous en
parlerai à cet article.

Le *Philosophe marié*, Comédie en cinq actes,
en vers, par M. *Destouches*, jouée la première
fois le samedi 15 Février avec le plus grand succès.
Il y avoit un nombre prodigieux de spectateurs :
la recette ce jour-là se monta à 2605 liv. 10 s.
la seconde, à 2720 liv. 10 sols : la troisième, à
2980 liv. 10 sols, & la quatrième à 3070 livres
qui fut la plus haute. Je ne dirai rien de cette
Comédie qui est jugée il y a long-tems : d'ailleurs
c'est l'avis de plusieurs Auteurs dramatiques, illustres sur la scène, (entr'autres MM. le *Miere
Cailhava* & *Sauvigny*) qui m'ont conseillé de ne
point parler des Pièces que tout le monde connoît, & qui se jouent tous les jours. En cela ces
annales dramatiques seront curieuses & peu vo-
lumineuses : songez, ma chère Comtesse, que ce
ne sont que de simples matériaux pour écrire
l'Histoire de nos Théâtres. Revenons au *Philosophe marié* : cette Comédie eut vingt représentations de suite jusqu'à la clôture du Théâtre , &
à la rentrée six , ce qui fait vingt-six ; nombre
considérable, si on considere qu'alors les nouveau-

tés se succédoient les unes aux autres, & que M.
Deftouches lui-même donna une autre Comédie
nouvelle qui eft l'*Envieux.*

« Le mardi 18 Février, le fieur *Dufrefne* & la
» D^{elle} de *Seine* partirent de Paris pour aller à
» Lyon jouer la Comédie ; mais le premier motif
» fut leur mariage ; ils ont eu congé deux mois de
» la Cour ». *Note du Regiftre de la Comédie.*

Le famedi 29 Mars se fit la clôture du Théâtre,
le fieur *Fontenai* prononça le compliment d'ufage.
Ce même jour la Troupe fut jouer à Verfailles.

Le lundi 21 Avril les Comédiens firent l'ouverture de leur Théâtre, le fieur *Fontenai* prononça le compliment entre les deux Pièces.

L'*Envieux*, Comédie en un acte & en profe
de M. *Deftouches*, repréfentée la première fois
le famedi 3 Mai, lors des repréfentations multi-
pliées de fon *Philofophe marié* : cette petite
Pièce n'eut pas le même fort, elle ne fut jouée que
quatre fois.

Voici une anecdote fort peu intéreffante pour
le Public, & nullement propre à former les Auteurs dramatiques, ne tendant point aux progrès de
l'Art ; néanmoins je la rapporterai, parce qu'elle
eft couchée fur le Regiftre de la Comédie. « Le
» premier Juin de cette année 1727, M. *Du-
» frefne* & Mademoifelle de *Seine* font arrivés
» de Lyon, après une abfence de trois mois &
» huit jours ; ils fe font mariés à Lyon le mer-
« credi 21 Mai 1717 ». J'ajouterai que la De-

moifelle de *Seine* avoit été reçue à Fontainebleau le 16 Novembre 1724, & que le Roi Louis XV eut la bonté de lui faire préfent d'un habit de Théâtre qui revenoit à plus de 8000 livres, & dans lequel il entroit neuf cens onces d'argent.

Le *François à Londres*, Comédie en profe & en un acte de M. *Boiffy*, repréfentée la première fois le jeudi 3 Juillet, avec de grands applaudiffemens, ce qui arrive encore chaque fois qu'on la joue : elle eut dix-fept repréfentations.

« Le mardi 5 Août, relâche au Théâtre à caufe » de la Tragédie des Jéfuites.

» Le mardi 19 Août, le *Feftin de Pierre*, *gratis*, » en réjouiffance de la Naiffance de deux Prin- » ceffes dont la Reine eft accouchée le 14.

» Le mercredi 20 Août, *Néant* : on devoit jouer » *Andromaque* & le *Deuil* ; mais Mademoifelle » *Dubocage* ne voulut pas jouer le rôle de *Céphife*, » elle fut amendée en faveur des Pauvres de Saint- » Sulpice ».

Les *Petits Hommes* ou l'*Ifle de la Raifon*, Comédie en profe en trois actes, avec un Prologue & un divertiffement, par M. de *Marivaux*, repréfentée le jeudi 11 Septembre. Cette Pièce ne fut pas goûtée du Public, qui ne put fe faire à l'illufion de l'Auteur : elle eut quatre repréfentations. Tout le monde fait que le fujet eft tiré des Voyages de *Guliver*. M. de *Marivaux* convient dans fa Préface, que le Public a eu raifon de la condamner.

Les

Les *Amazones modernes*, Comédie en profe en trois actes, avec trois divertiſſemens de MM. *Legrand* & *de Grandmaiſon*, (notez ce point, ma chère Comteſſe), repréſentée pour la première fois le mardi 29 Octobre : elle eut quatre repréſentations ſous ce titre. On l'afficha, ſous le nom de *Triomphe des Dames*; mais elle n'attira pas plus de monde, car elle n'eut que trois repréſentations de plus. Il eſt à remarquer que la muſique étoit du ſieur *Quinaut*, Comédien.

La *Mort d'Alceſte*, Tragédie de M. de *Boiſſy*, repréſentée pour la première fois le mercredi 26 Novembre : elle n'eut que deux repréſentations. Le Lecteur peut voir le Théâtre de cet Auteur.

« Le mercredi 24 Décembre, le ſieur *Legrand*, » Comédien, reçut ſes Sacrémens, qui lui furent » adminiſtrés par M. le Curé de Saint-Sulpice, » après avoir promis que ſi Dieu lui faiſoit la » grace de recouvrer la ſanté, il ne monteroit » plus ſur le Théâtre ». *Note des Regiſtres de la Comédie.*

La *Surpriſe de l'Amour*, Comédie en trois actes & en proſe, par M. de *Marivaux*, repréſentée la première fois le mercredi 31 Décembre : elle eut quatorze repréſentations.

Le ſamedi 29 Novembre, la Demoiſelle *Balicourt* débuta dans *Rodogune* par le rôle de *Cléopâtre*; elle y reçut de grands applaudiſſemens. Et le lundi 29 Décembre, elle apporta ſon ordre à la Troupe, pour y être reçue à part entière.

Seconde Partie.   M m

Vous devez avoir remarqué, ma chère Comtesse, le grand nombre de *Pièces* nouvelles que les Comédiens jouèrent cette année, outre les sept anciennes Pièces remises au Théâtre, qui sont: l'*Andrienne*, *Pénélope*, *Cléopâtre*, *Scevole*, *Momus Fabuliste*, *Régulus*, *Tiridate*.

Alors ces *Messieurs* & ces *Dames* travailloient & s'occupoient de leur état ; ils recevoient & jouoient des Pièces continuellement, pour contenter le Public & les Auteurs dramatiques : loin de s'amuser à faire des mémoires de frais, ils s'occupoient à faire des frais de mémoire, puisque voilà quinze pièces anciennes & nouvelles, apprises & jouées.

Fin de l'année 1727.

J'ai l'honneur d'être, &c.

Paris, le 15 *Juin* 1777.

LETTRE DERNIERE.

Annales du Théâtre Français.

ANNÉE 1728.

LE mercredi 31 Décembre dernier, les Comédiens Français avoient donné la première représentation de la *Surprise de l'Amour*, Comédie en trois actes & en prose, par M. *de Marivaux* : la seconde fut donnée le vendredi 2 Janvier de cette année 1728. Cette Pièce eut quatorze représentations.

Le jeudi 8 Janvier, le sieur *Legrand* pere mourut en sa maison. Trois jours après, savoir, le dimanche même 11 du mois, on avoit affiché *Tiridate*; mais on joua *Phedre & Hypolite*, & le sieur *Dufresne* fit le compliment au Partere : « *Messieurs,.... » la perte considérable que nous avons faite de M. » Legrand*, notre camarade , ne permet pas à » son fils , qui est dans la plus vive douleur , de » jouer dans la Tragédie de *Tiridate*, que nous » vous avions promise ; nous vous supplions instamment de recevoir à la place la Tragédie de » *Phedre* ».

S'il m'étoit permis de faire comparaison de ces tems-là au nôtre , je dirois que les Comédiens alors ne manquoient point impunément au Public, ou lorsque la faute étoit commise, ils en faisoient réparation aussi tôt : je continue.

Le samedi 24 Janvier, la premiere & unique représentation de D. *Ramire* & *Zaide*, Tragédie. Le Public voulut bien l'attribuer à M. de *Boissy*, qui justifia qu'elle n'étoit pas de lui, mais bien du nommé la *Chazelle*. Cette Pièce n'a point été imprimée ; mais c'est le même sujet que celle du P. *Porée*, fameux Jésuite alors, jouée sur le Théâtre de Louis-le-Grand, & que l'on trouve dans ses Œuvres.

Les *Amans déguisés*, Comédie en trois actes & en prose, par M. l'Abbé *Onillon*, qui est son véritable Auteur, ayant été donnée sous le nom d'une Dame (*Bibl. des Théâtres* (représentée la première fois le samedi 7 Février : cette Pièce n'eut pas un grand succès, qui se borna à cinq représentations.

Le *Procureur Arbitre*, Comédie en un acte & en vers, par le sieur *Poisson*, représentée le 25 Février pour la première fois après *Inès de Castro*; elle eut un grand succès, qui se monta à dix-sept représentations. Cette petite Pièce, composée de scènes à tiroirs, est jouée très-souvent ; elle se trouve imprimée dans les Œuvres de ce Comédien Auteur.

Le samedi 13 Mars, les Comédiens firent la clôture de leur Théâtre par *Polyeucte*; & le sieur *Dubreuil* prononça le compliment d'usage entre les deux Pièces.

Le mardi 6 Avril, les Comédiens firent l'ouverture de leur Théâtre par *Polieucte*; & le sieur *Dubreuil* prononça le compliment d'usage avant la grande Pièce.

« Le lundi 7 Juin, le sieur *Montmeny* apporta » à l'Assemblée son ordre de réception dans la » *Troupe* à demi-part, à prendre sur celle du sieur » *Fontenay*, qui reçut ordre de la Cour, à cause » de son incommodité fâcheuse & cruelle (*), dont » il étoit malheureusement attaqué ».

« Le sieur *Fontenay* a joué pour la dernière fois » le jeudi 20 Mai, le rôle de Mathan dans » *Athalie* ». *Note de* M. Parfait, *copiée mot à mot.*

Le *Faux Savant*, Comédie en trois actes & en prose, par M. *Duvaur*; il y avoit un Prologue; représentée pour la première fois le lundi 21 Juin : cette Pièce n'eut que quatre représentations, & ne fut point imprimée. Doresnavant je veux, ma chère Comtesse, vous marquer les Pièces imprimées & celles qui ne le sont pas : j'ajouterai de même les noms des Libraires chez qui elles se vendent.

L'*École des Bourgeois*, Comédie en prose & en trois actes, avec un Prologue, par M. d'*Alinval*, représentée la première fois le lundi 20 Septembre. Cette Pièce ne fut point goûtée, elle eut néanmoins neuf représentations, & fut imprimée dans le tems : c'étoit *Ribou* qui la vendoit.

(*) C'étoit le mal de Saint-Jean. Voyez la Lettre XV

Les *Fils ingrats*, Comedie en vers & en cinq actes, par M. *Piron*, représentée pour la première fois le jeudi 21 Octobre : elle eut vingt-deux représentations de suite & fort suivies. Cette Pièce annonçoit déjà ce que le Poëte devoit être un jour. Je vous observerai, ma chère Comtesse, que *Piron* avoit intitulée sa Comédie, l'*Ecole des Peres* ; mais il la changea, ce titre ayant déplu aux Comédiens à cause de quelques Pièces peu goûtées, données en ce tems sous le titre d'*Ecole*. Il est inutile de vous dire que cet Auteur depuis l'a intitulée l'*Ecole des Peres* ; & cette Comédie se trouve sous ce nom dans les différentes éditions de ses Œuvres.

Le vendredi 19 Novembre, les Comédiens donnerent une représentation *gratis*, en réjouissance de l'heureux rétablissement de la santé du Roi Louis XV, qui avoit eu la petite vérole.

Le sieur *Bercy* débuta par les rôles de Mithridate dans la Tragédie de ce nom ; & de Nicodème dans le *Deuil*, le jeudi 8 Avril.

Le sieur *Duvié* débuta par le rôle d'Agamemnon dans *Iphigénie*, le lundi 12 Avril.

La Demoiselle *Anceau de Cleves* débuta par le rôle de Chimene dans le *Cid*, le lundi 16 Décembre. Il est à remarquer que *Baron* faisoit D. Diegue, & Mademoiselle *Le Couvreur*, Elvire. Cette Débutante reçut son ordre de réception dans la Troupe le jeudi 30 du mois.

Les Pièces, soit tragiques, soit comiques, remises au Théâtre cette année 1728, furent, *Inès de Castro*, *Pourceaugnac*, *Athalie*, *Je vous prends sans verd*, *Colin-Maillard*, *l'Andrienne*, *Hérode & Mariamne*, *Pénélope*, *la Princesse d'Elide*, *Régulus*, *Médée*, *le Mari retrouvé*.

Voilà douze Pièces anciennes que ces *Messieurs* & ces *Dames* apprirent de nouveau cette année, outre les sept Pièces nouvelles qu'ils représenterent, cela fait en total le nombre de dix-neuf, si l'Arithmétique est une science certaine : je m'interdis toute autre réflexion.

Je ne dois point oublier, ma chère Comtesse, que le sieur *Guérin*, Acteur retiré & Pensionnaire de la Troupe, mourut à Paris le 28 Janvier de cette année 1728.

ANNÉE 1729.

Il paroît, suivant le Registre de la Comédie, ce précieux Manuscrit que j'ai le bonheur de posséder & de transcrire, que les Comédiens continuerent les représentations des *Fils ingrats*, du *Philosophe marié* & de la Tragédie de *Médée*.

Je crois vous observer, ma chère Comtesse, qu'il y eut plusieurs jours de relâche au Théâtre pendant le mois de Janvier, entr'autres les 17, 18, 19, 20, 21, à cause du grand froid.

La *Boëte à Pandore*, Comédie en un acte & en vers, avec un Prologue de M. *Poisson* l'aîné, représentée la première fois le vendredi 18 Mars après le *Tartuffe*. Cette petite Pièce n'eut que trois repréſentations ; elle ſe trouve dans les Œuvres de ce Comédien Auteur.

La clôture du Théâtre ſe fit le jeudi 31 Mai par *Athalie*. Le ſieur *Montmeny* prononça le compliment d'uſage entre les deux Pièces.

Il eſt à remarquer que le Théâtre fut fermé pendant un mois & un jour : en voici la raiſon dans une note de M. *Parfait*, que je vais copier. « Les » vacances ont été cette année de 31 jours, à cauſe » du Jubilé qui commença le vendredi premier » Avril 1729, jour que les Comédiens eurent ordre » de fermer leur Théâtre ; mais ils l'ont ouvert » le lundi 2 Mai, avec défenſes cependant de » jouer les Dimanches & les Fêtes pendant le cou- » rant du mois de Mai, tems que doit encore du- » rer le Jubilé, qui eſt de deux mois, & qui doit » finir le mardi 31 Mai ». *Puis il eſt écrit plus bas*, « Pâques le 17 Avril ».

En conſéquence des ordres ci-deſſus, les Comédiens n'ouvrirent leur Théâtre que le lundi 2 Mai par *Iphigénie*. Le compliment fut très-court, le ſieur *Montmeny* le prononça entre les deux Pièces.

Voici encore une note intéreſſante ; je la copie mot à mot. « Le mercredi 4 Mai, on avoit » mis dans l'affiche que *Sarrazin* devoit repré- » ſenter le lendemain jeudi 5 *Mithridate* ; mais » Mademoiſelle *Le Couvreur*, qui devoit jouer » *Monime*, & qui vouloit jouer avec lui, s'étoit » expliquée la veille qu'elle ne joueroit point « avec le ſieur *Dumirail*. Ce dernier prétendant

qu'au

» qu'au défaut du sieur *Baron* (malade) c'étoit
» à lui à jouer *Mithridate*, fit changer l'affiche.
» Le 15, on avoit affiché *Mithridate*, dont le
» sieur *Dumirail* devoit représenter le principal
» rôle, &c. *Mais on ne put pas, quoique le
» monde vînt en foule*; Mademoiselle *Duclos* est
» enrhumée, dirent les Comédiens au Public
» pour excuse. Les Contrevenans furent punis ».

L'*Impertinent malgré lui*, Comédie en cinq
actes & en vers, par M. de *Boissy*, représentée la première fois le samedi 14 Mai. L'Auteur
la retira pour y faire des corrections, ainsi rajus-
tée, elle reprit le lundi 30 suivant, sous le second titre des *Amans mal assortis*. (Cette Pièce se
trouve dans le Théâtre de ce Poëte dramatique,
elle n'eut que cinq représentations).

Les *Trois Spectacles*, divertissement nouveau
en trois actes, avec un Prologue de M. d'*Aigue-
bere*. Cet Ouvrage est composé de trois petites
Pièces, savoir: la Tragédie de *Polixene* en vers:
la Comédie de l'*Avare amoureux* en prose, & la
Pastorale de *Pan & Doris*, avec un Ballet &
des chœurs, dont la musique est de *Mouret*. La
première représentation en fut donnée le mercredi
6 Juillet : cette Pièce eut un très - grand succès,
& fournit une Parodie au Théâtre Italien : les représentations allerent jusqu'au nombre de vingt ;
elle est imprimée *in-8.* chez *Tabarie*.

Le samedi 27 Août, on remit au Théâtre
Vinceslas, Tragédie de *Rotrou*. Je rapporterai
la note intéressante pour les curieux de l'étiquette

Seconde Partie. N n

du Théâtre ; *Baron* fit le rôle de *Vinceslas* en cordon bleu, avec *Dufresne* & *Duchemin* fils : le lendemain *Dubreuil* s'en décora aussi d'un.

« Le samedi 3 Septembre, le sieur *Baron*, qui » représentoit *Vinceslas*, se trouva si incommodé » dans la seconde scene du premier acte à ce vers :

» Pouvez vous attenter sur ceux dont j'ai fait choix,

» qu'il ne put pas continuer son rôle : il se retira, » *Dumirail* joua le rôle de *Vinceslas*; il n'avoit point » de cordon bleu, il se servoit de l'habit de *Mont-* » *meny* pour le premier acte ; & dans le courant du » reste de la Pièce, il mit un habit beaucoup plus » riche, qui appartenoit à M. le Duc *** » : telle est la note de M. *Parfait*.

Je dois, Madame la Comtesse, détromper le Public de la faute grossiere qui se trouve dans les deux Bibliotheques des Théâtres, où il est dit que ce fut à ce vers :

Si proche du cercueil où je me vois descendre :

cette circonstance a paru favorable & même extraordinaire, & les Auteurs peu scrupuleux ont préféré l'anecdote plaisante à la vérité du fait. Je serai dans le cas de relever nombre d'erreurs historiques du Théâtre, tant sur les premières représentations des Pièces que sur la mort des Auteurs ou Acteurs & les débuts.

Le mercredi 7 Septembre, les Comédiens donnerent *Dom Japhet d'Arménie*, *gratis*, à cause de l'heureuse Naissance du Dauphin, dont la Reine étoit accouchée le dimanche 4, à trois heures du matin, à Versailles.

Le dimanche 8 Septembre, on donna la première représentation des *Réjouissances publiques*, divertissement en un acte & en prose, par *d'Alainval*, *Armand*, *la Thorilliere & l'Affichard*. Cette Pièce ne fut jouée que cette unique fois, & ne fut point imprimée. Je vous observerai, Madame, qu'elle n'est point nommée dans la Bitheque des Théâtres.

Les *Philosophes amoureux*, Comédie en cinq actes de M. *Destouches*, représentée la première fois le samedi 26 Novembre. Après cette unique représentation, l'Auteur la retira pour la faire imprimer : elle se trouve dans ses Œuvres.

Le jeudi 22 Décembre, le sieur *Baron* mourut sur les six heures du soir, en sa maison de l'Estrapade, âgé de 82 à 83 ans, après avoir reçu les Sacremens de l'Eglise, & fut inhumé à Saint-Benoît sa Paroisse. Je ne ferai point l'éloge de ce célèbre Acteur, parce que je n'aime point à répéter ce que les autres ont dit : j'ajouterai seulement que *Michel Baron* ou *Boyron* entra d'abord dans une Troupe de petits Comédiens qui jouoient à la Foire Saint-Germain l'an 1600, & qui attiroient tout Paris. On les appelloit les petits Comédiens Dauphins, parce qu'ils avoient représentés à la Cour pendant l'enfance de Monseigneur le Dauphin, fils de Louis XIV. (Je me réserve à vous parler de ce Théâtre, ma chère Comtesse, dans une de mes Lettres).

La Troupe de Moliere ayant eu permiffion de s'établir à Paris, le jeune *Baron* y entra, dont il fortit quelques-tems après, & s'en alla courir la Province ; puis revint à Paris auprès de Moliere fon cher Maître, & fit briller fes talens fur le Théâtre du Palais-Royal. A la mort de Moliere, arrivée le 28 Février 1673, il fe mit dans la Troupe de l'Hôtel de Bourgogne, où il joua toujours les premiers rôles avec les graces nobles & naturelles qui lui ont fait une fi grande réputation.

En 1680, la Troupe de l'Hôtel de Bourgogne s'étant jointe par ordre du Roi à celle de la rue Guénegaud, *Baron* y paffa avec les autres, & il y a toujours repréfenté les rôles les plus brillans jufqu'en l'année 1691, qu'il quitta le Théâtre avec une penfion de 3000 livres : cette retraite étonna tout Paris. Le vrai motif, dit M. *Parfait*, fut que *Baron* traitoit d'une Charge de Valet-de-Chambre de Sa Majefté qui lui en refufa l'agrément : cet Acteur s'imagina qu'en fe retirant du Théâtre, il pourroit l'obtenir ; mais MM. les Valets-de-Chambre du Roi ne voulurent point avoir pour camarade un *Comédien*, ni un *ex-Comédien*.

Après trente années de vie privée, *Baron* reparut fur la fcène, le mercredi d'après la quinzaine de Pâques 1720 : loin que fes talens paruffent affoiblis ou rouillés par le non-ufage, au contraire ils femblèrent s'être perfectionnés, & fa vieilleffe même donnoit des convenances

adroites où la maturité fied bien : il ne laiſſoit
pas d'en jouer de jeunes dont il s'acquittoit au
gré du Public, malgré la diſproportion d'âge de
l'Acteur à celui du perſonnage. Parlons maintenant des débuts.

Le lundi 3 Mars, le ſieur *Sarrazin* débuta par
le rôle d'*Œdipe*, dans la Tragédie de ce nom.

Le lundi 21 Mars, le ſieur *Bercy* débuta à
la Cour dans *Polyeucte* par le rôle de *Félix*, &
dans le *Deuil* par le rôle de Nicodeme.

Le 28 Mars, les ſieurs *Sarrazin* & *Bercy* furent
reçus dans la Troupe, en conſéquence de leur
ordre daté du 22 du même mois.

Le jeudi 9 Juin, le ſieur *Banieres* débuta par
le rôle de *Mithridate* dans la Tragédie de ce nom.

Le mercredi 19 Octobre, Mademoiſelle *Deſ-
broſſes* débuta par le rôle de Célimene dans le
Miſantrope. Elle fut reçue dans la Troupe le
ſamedi 10 Novembre ſuivant, par ordre daté
du 10.

Le ſamedi 19 Novembre, le ſieur *Grandval*
débuta par le rôle d'*Andronic* dans la Tragédie
de ce nom : il joua auſſi Oreſte dans *Electre*.
Le jeudi premier Décembre ſuivant, cet Acteur
repréſenta à Verſailles le rôle d'*Andronic* dans la
Tragédie de ce nom ; & la Reine le fit recevoir
dans la Troupe, de ſon ordre : j'aurai occaſion
de vous en parler.

Les Pièces remiſes au Théâtre cette année 1729

furent : l'*Inconnu* , la *Mere coquette* , *Manlius* , *Venceflas* , *Jodelet Maître & Valet* ; *Pirrhus* , le *Retour imprévu* , *Andronic* , *Ino & Melicerte*. Voici neuf Pièces anciennes avec cinq nouvelles , ce qui fait quatorze : on en joue huit aujourd'hui.

Pour imiter MM. *Parfait* , mes modeles , je vais vous donner l'état des Comédiens qui compofoient la Troupe cette année 1729.

Les fieurs Baron , la Thorilliere *pere* , Dangeville , Quinault , Dufrefne , Duchemin *pere* , Legrand , la Thorilliere *fils* , Armand , Dumirail , Poiffon , Dubreuil , Duchemin *fils* , Montmeny , Sarrazin , Bercy.

Les Demoifelles Baron , Duclos , Dangeville , Le Couvreur , Quinault , Jouvenot , Dubreuil , Lamotte , La Batte , Duboccage , Dufrefne , Legrand , Ballicourt , de Cleves.

Voici le feizième Tome du *Théâtre Français* ; il commence en 1722 , & finit en 1730. J'ai rempli cette tâche en trois ou quatre feuilles d'impreffion ; je ne fuis point volumineux , comme vous voyez, ma chère Comteffe. Dans ces Lettres, on trouvera des matériaux pour écrire l'Hiftoire de nos Spectacles.

NOUVELLES DES FOYERS.

COMÉDIE FRANÇAISE.

LE premier Mars 1777, le sieur *des Rozieres*, Acteur de Province, y jouant les premiers rôles, a débuté sur le Théâtre de la Comédie Française par le rôle d'Auguste dans *Cinna*; il a joué ensuite Couci dans *Adélaïde du Gueselin*.

Cet Acteur, âgé de 28 ans, d'une taille avantageuse, paroît avoir l'usage du Théâtre; mais les oreilles de la Capitale ne pourront se faire à sa prononciation Provençale.

Le vendredi 7 Mars, les Comédiens Français ont donné une représentation de *Sémiramis*, au profit de Mademoiselle *Dumesnil*, Actrice émérite : le Public s'est porté en foule à ce spectacle, & a marqué, par son empressement, l'estime qu'il fait de cette Actrice célèbre.

J'aurois voulu qu'on eût représenté *Mérope*, Tragédie que le Sénat Comique avoit jugé mauvaise, & que Mademoiselle *Dumesnil* fit recevoir malgré l'Arrêt foudroyant.

La clôture du Théâtre s'est faite à l'ordinaire le samedi devant la Passion, 15 Mars; & le sieur *Dauberval* a prononcé le compliment d'usage.

Ces *Messieurs* & ces *Dames* ont donné le mardi 8 Avril une représentation du *Misantrope* pour l'ouverture du Théâtre; le sieur *Dauberval* a prononcé le compliment d'usage, dans lequel, dit-on, l'Auteur s'est proposé principalement d'établir que le génie des Poëtes dramatiques contribuoit à former les talens des Acteurs.

Le mercredi 7 Mai, la premiere représentation du *Veuvage trompeur*, Comédie en trois actes & en vers de dix syllabes de M. *de la Place*; elle n'eut pas un grand succès; mais l'Auteur l'a réduite en deux actes. Au moyen de ce changement, cette Pièce fut bien accueillie du Public, jamais ingrat envers ceux qui tâchent de lui plaire.

Le jeudi 19 Juin, ces *Messieurs* & ces *Dames* représenterent enfin pour la première fois l'*Egoïsme*, Comédie en cinq actes & en vers de M. *Cailhava*. Cette Pièce n'a point eu un grand succès : le Public a paru ne point approuver le principal personnage, qui est un Scélérat, un *Roué*.

On m'a rapporté, ma chère Comtesse, qu'on avoit dit au Foyer que mon *Egoïste* auroit plu davantage; & que ces *Messieurs* & ces *Dames* avoient eu tort & très-grand tort de ne point recevoir cette Comédie : en conséquence, je viens de la mettre en vente, non pour lutter contre M. *Cailhava*, dont le talent est reconnu pour la bonne Comédie, mais pour les curieux & amateurs du Théâtre.

Comédie

COMÉDIE ITALIENNE.

La Dame *la Ruette*, ancienne Actrice de ce Théâtre, joua le jeudi 7 Mars pour la derniere fois dans l'*Ami de la Maison*, où elle sembla redoubler de talent, de jeu, de voix & de goût dans son chant, au dire de quelques amateurs.

La flatterie ni la satyre ne se trouveront jamais dans cet Ouvrage ; aussi, ma chère Comtesse, vous ne lirez point ces éloges excessifs prodigués à ces *Messieurs* & ces *Dames* dans certains Journaux. Je vous dirai simplement que la Dame *la Ruette*, fille d'un Tailleur, se destina au Théâtre à cause d'une voix brillante que la Nature lui avoit donnée : que ses premières armes furent à l'ancien Opéra comique : qu'elle y chantoit très-bien nos petits couplets, nos charmans Vaudevilles : qu'ensuite elle voulut essayer ses talens dramatiques sur le Théâtre du grand Opéra, qu'elle y joua finement le rôle de Colette dans le *Devin du Village :* qu'enfin elle débuta à la Comédie Italienne où elle eut un succès constant, & qui paroît mérité, elle a 1500 liv. de retraite.

Il y a des rôles propres à la Dame *la Ruette :* il sera difficile de la remplacer ; mais elle le sera, parce que la Dame *Favart* l'a été.

Ces *Messieurs* & ces *Dames* ont fait l'ouverture de leur Théâtre le mardi 8 Avril, par une représentation du *Cabriolet volant*, Canevas Italien : le sieur *Carlin* a fait le compliment de lui-

Seconde Partie. O o

même ; à cét effet , il a joué une difpute fort plaifante avec fon Souffleur ; & a donné effor à fon imagination , en marquant au Public fa reconnoif-fance & celle de fes camarades.

La Demoifelle *Mouter* a débuté le jeudi 10 Avril fur ce Théâtre , par le rôle de *Fatime* dans le *Cadi dupé*. Cette Actrice n'a point paru avoir , pour être reçue , affez de fûreté dans fon or-gane , dans fon chant ni dans fon jeu , foit par timidité , foit par faute d'ufage de la fcène dra-matique.

Le Dimanche 13 , la Demoifelle *Brabant* a débuté par le rôle de la Mere d'*Agathe* dans le *Sorcier* ; elle a joué le lendemain le rôle de Claudine dans le *Maréchal*. Cette Actrice a du feu & de l'intelligence ; elle détaille fes rôles avec efprit ; elle chante agréablement , & elle annonce de vrais talens & un grand ufage du Théâtre : fes emplois font les Duegnes.

Le 14 , le fieur d'*Arboville* a débuté fur ce Théâtre par le rôle de Marcel dans le *Maréchal*. On lui reproche de forcer trop fa voix & fon jeu : défaut facile à corriger.

Le 10 Mai , ces *Meffieurs* & ces *Dames* don-nerent la première repréfentation des *Gémeaux*, Parodie de *Caftor & Pollux* en trois actes ; qui n'a eu aucun fuccès par la faute de ces *Meffieurs* & de ces *Dames*.

Le 24 Mai , la première repréfentation des *Trois Fermiers* , Pièce en deux actes mêlées d'Ar-riettes ; les paroles font du fieur *Monvel* , Comédien Français, & la muſique eſt de M. *Deſaides*, que les Amateurs trouverent très-agréable, d'un beau choix, & bien adaptée aux paroles & aux ſituations.

JEUX SCENIQUES.

COLLISÉE. Les Entrepreneurs de ce monument public s'efforcent de jour en jour de plaire au Public, en variant ſes plaiſirs, & leurs divertiſſemens utiles & profitables.

Vaux-Hall. Le ſieur *Torré* vient de donner un nouveau Spectacle digne d'attirer le petit nombre de connoiſſeurs de notre Capitale : c'eſt un Tournois, à l'inſtar des anciens, où l'on voit venir une foule de Chevaliers Français ſe battre pour leurs *Dames*, & rompre la lance. L'effet en eſt Pittoreſque, & l'exécution en a été ſimple & parfaite. Je dois vous dire, ma chère Comteſſe, que le ſieur *Torré* eſt le premier en France qui a donné des Spectacles pyripantomimes : cet Entrepreneur, quoiqu'Italien de Nation, mérite les encouragemens du Gouvernement Français ; & le Public lui prouve tous les jours ſon attachement, en applaudiſſant à ſon zèle & à ſon invention.

Cirque Royal. Voici un nouveau Spectacle, ma chère Comteſſe, qui vient de s'établir ſur les nouveaux Boullevards, dans le goût néanmoins des deux précédens. J'ai vu le Public l'accueillir , on ne peut mieux : il semble trouver trop cher le prix des Places , qui est de 40 sols , néanmoins il y a concédé ; & le plaisir qu'il prend aux superbes Feux d'artifices du sieur *de la Variniere* , lui fait oublier la surcharge des *dix sols*. Je ne doute point que le *Cirque Royal* ne devienne un jour un des Spectacles le plus agréable à la Nation.

J'ai l'honneur d'être , &c.

Paris , *le* 1 *Juillet* 1777.

P. S. Je vous annonce , ma chère Comtesse , la mort de M. *Farfait*, Auteur de l'Histoire du Théâtre Français , arrivée le 26 Juin dernier.

Fin de la Seconde Partie.

TABLE
DES MATIERES
De la première Partie.

Fin de la Table de la première Partie.

TABLE
DES MATIERES
De la seconde Partie.

Fin de la Table de la feconde Partie.

APPROBATION.

J'ai lu, par ordre de Monfeigneur le Garde des Sceaux, la *Correfpondance Dramatique*, & il m'a paru qu'on pouvoit en permettre l'impreffion. A Paris, ce 14 Janvier 1777.

D'HERMILLY.